Motiv: Rache
Wen hat M verärgert?
Schule? Modelagentur?
Glaub ich nicht, alle mochten sie …
Agentur XYZ?
Marion
andere Mädchen
vor Ort recherchieren

OETINGER 34

LARA DE SIMONE

SECRETS

WAS KASSY WUSSTE

OETINGER 34

Alle Bände der Reihe »Secrets«

Band 1: Wen Emma hasste
Band 2: Wem Marie vertraute
Band 3: Was Kassy wusste

MIX
Papier aus verantwortungsvollen Quellen
FSC® C083411

Poppenbütteler Chaussee 53, 22397 Hamburg
Oetinger34, ein Imprint der Verlag Friedrich Oetinger GmbH

Text: Lara de Simone
Einband- und Reihengestaltung: Daniela Richter-John
Satz: Dörlemann Satz, Lemförde
Druck und Bindung: CPI books GmbH, Birkstraße 10, 25917 Leck
Printed 2016
ISBN 978-3-95882-065-4

Dieses Buchprojekt ist auf Oetinger34.de im Team entstanden.
Autorinnen: Lara de Simone, Daniela Pusch, Elisabeth Denis;
Paten: Rita Falk, Stefan Valentin

www.oetinger34.de
www.secrets-trilogie.de

Kapitel 1

Meine Hand gräbt sich in die Nackenhaare eines Fremden, meine Lippen auf seinen, und für einen Moment vergesse ich, dass Marie in elf Stunden begraben wird. Die Nacht vom 27. Juni ist aus meinem Gehirn gebleicht. Ich atme ein, tief durch die Nase. Der Junge riecht nach Rum-Cola und Wärme.

Ich kann meinen Herzschlag spüren, oder seinen, oder den Beat der Musik, egal, ich bin am Leben, so viel ist sicher.

Am Leben. Um mich herum tanzen irgendwelche Abiturienten zu irgendeinem Elektroscheiß, niemand starrt mich an, niemand rückt mir auf die Pelle, den ich nicht in meiner Nähe haben will. Keine Panik, alles unter Kontrolle. Ich atme erneut ein und fahre mit meinen Fingerspitzen seinen Nacken herunter.

Noch zehn Stunden und fünfzig Minuten bis zu ihrer Beerdigung.

Fuck. Mir ist plötzlich schwindelig. Warum? Ich bin doch bloß ein bisschen angetrunken. Ich löse mich von den Lippen des Jungen, schäle seine Hände von meinem Rücken und lege sie ihm auf den Bauch.

»Ich geh mal zu meinen Freunden«, schreie ich ihm ins Ohr.

Er nickt mit glasigem Blick, ich kann nicht sagen, ob er enttäuscht ist, ob er überhaupt irgendwas verstanden hat. Ich kämpfe mich durch die tanzenden Gliedmaßen, einmal quer durchs Wohnzimmer. Ich glaube, es ist ein Wohnzimmer, ich habe keine Ahnung, wer genau diese Party steigen lässt. Ich weiß nur, dass es irgendein Bonzenkind sein muss, denn dieses Haus hat tausend Zimmer und ist voller Designscheiß. Normalerweise bin ich lieber auf Studentenpartys in irgendwelchen engen, abgefuckten WGs oder im Hexenkessel, aber Anna und ihre Truppe aus dem Abijahrgang haben mich eingeladen, und da sagt man einfach nicht Nein.

Ich schiebe die Glastür zur Terrasse auf, wo ich meine Crew zum letzten Mal gesehen habe. In der Ecke steht zumindest noch Anna mit ihrem Neonhalsband, das auf ihrer dunkelbraunen Haut schimmert. Die Abendluft kühlt nicht besonders, aber sie lässt sich besser atmen.

Anna zündet sich gerade eine Kippe an, als sie mich bemerkt. »Da bist du ja wieder«, sagt sie und hält mir eine offene Luckys-Schachtel hin.

Ich habe an diesem Abend noch nicht geraucht. Eine kann ich mir gönnen. Ich stecke mir die Zigarette zwischen die Lippen, und Anna zündet sie wortlos an.

»Und? Wie schmeckt Olli so?«, sagt sie nach ihrem ersten Zug.

Der heiße Rauch an meinen Lippen fühlt sich gut an. »Wer?«

»Der Typ, den du geknutscht hast.«

»Urgh, ich hab mit ’nem Olli rumgemacht?« Ich werfe einen Blick zurück durch die Scheibe, kann Olli aber nirgends sehen. »Was fürn Scheißname. Aber heiß.«

Anna grinst beim Rauchauspusten. Sie legt den Kopf in den Nacken und guckt in den Himmel. Ihr Kraushaar schimmert, als das Licht in der Bewegung wandert, und ich folge ihrem Blick.

Man sieht nicht viele Sterne, aber sie hält einfach die Klappe und schaut. Ich sollte öfter mit ihr feiern gehen.

»Hey, ich wollte nur sagen … das mit deiner Freundin, Marie … das tut mir echt leid.«

Oder auch nicht. Ich löse den Blick von den paar Sternen und schaue mich auf der Terrasse um. »Ja, danke.«

Noch zehn Stunden und fünfundvierzig Minuten.

Irgendwo hier muss doch noch was Trinkbares stehen. Ich entdecke eine halb volle Weißweinflasche, die auf einem Glastisch zwischen den Aschenbechern steht, und schnappe sie mir. Sieht teuer aus. Ich biete sie erst Anna an, die ein paar Schlucke nimmt, dann leere ich sie in drei tiefen Zügen.

»Ach, übrigens«, sagt sie und zieht an ihrer kurzen Zigarette. »Daniel sucht dich.«

Was will der schon wieder? Ich hab ihm doch klipp und klar gesagt, was Sache ist.

»Ich geh wieder tanzen«, sage ich zu Anna und versuche einen einladenden Unterton. Doch sie sieht hoch in den Himmel und meint, sie käme nach.

Egal, ich tanze sowieso lieber alleine. Ich ziehe die Glastür auf und schwanke ein bisschen, als mir der Bass volle Kanne entgegenschlägt. Ich weiß nicht, was das ist, aber es klingt verdammt gut. Ich drängle mich weiter in die Mitte, bis ich nur noch von Körpern umgeben bin, und fange an zu tanzen. Als wäre ich eine andere Version von mir.

Eine, die Marie nicht verloren hat. Eine, die nachts schlafen kann.

Eine, die keine Albträume von Klippen hat, und eine, die kellnert, um Geld für den Australienflug zusammenzukriegen. Eine, die aus Spaß feiern geht und nicht, um die Stunden totzuschlagen.

Ich atme ein.

Einzelne Haare bleiben auf meinem schweißnassen Gesicht kleben. Ich bin am Leben.

Noch zehn Stunden und vierzig Minuten.

Anstatt wirklich zu tanzen, drehe ich mich. Drehe mich, bis mir schwindelig wird.

Ich stoße mich durch die Tanzenden, fange mir einen erstickten Fluch und Giftblicke ein, mir egal, ich muss hier sofort raus. Meine Brust fühlt sich an, als würde jemand draufsitzen. Ich stolpere in den Flur, aber auch da sind Leute, verpisst euch doch. Ich nehme eine Treppe runter, während mein Puls rast, als wäre ich in Lebensgefahr. Reiße die Tür auf und stehe in einer kleinen Kellerschwimmhalle.

Alleine. Gott sei Dank.

Ich krümme mich, oh shit, gleich kommt mir der Wein wieder hoch. Presse mir die Hand auf die Lippen, als ob das helfen würde. Unter meinen Füßen schwankt der Boden. Ich rutsche an der Wand hinab, bis mein Hintern auf den Fliesen liegt. Der Chlorgeruch des Schwimmbeckens dringt mir in Nase und Mund. Mein Magen zieht sich zusammen, ich schnappe nach Luft, doch alles bleibt drin.

Erschöpft lehne ich die Wange gegen die kühlen Fliesen an der Wand. Eine Ader am Haaransatz pocht schmerzhaft. Großartig. Wenn ich jetzt schon Kopfschmerzen habe, sollte ich morgen gar nicht erst aufstehen.

Muss ich aber. Meine Augen fangen an zu brennen. Ich spüre den Wind an der Klippe, den Ostseewind, der mein Gesicht mit duftender Meeresluft –

Nicht jetzt, bitte.

Noch zehneinhalb Stunden.

»Hey. Bist du okay?« Ich zucke zusammen. Ein Junge mit hochgekrempelten Hosenbeinen beugt sich über mich. Seine Stimme klingt hell und besorgt. Wo zur Hölle kommt der jetzt her?

»Seh ich aus, als wär ich okay?« Ich schüttle seine Hand von der Schulter. Wütend schaue ich zu ihm hoch, er weicht zurück.

Die Härchen auf seinen Waden liegen an. Um seine nackten Füße herum bilden sich kleine Pfützen. Wahrscheinlich hat er sie ins Wasser gehalten. Der Junge starrt mich mit weit aufgerissenen Augen an, als wäre ich ein Geist oder so was.

»Hau ab!«

Er nickt, als würde er verstehen, warum ich ihn ankläffe, und streicht sich durch die zentimeterkurzen Haare. Etwas in seiner Art, zu gehen, aufrecht, die Hände in den Taschen seiner Jeans vergraben, kommt mir bekannt vor.

Moment mal, den kenn ich doch!

»Hey, warte!«, rufe ich ihm hinterher. »Du bist doch … Fritzkola-Boy!«

Halb rechne ich damit, dass er mich einfach ignoriert und die Treppe hochstapft, doch er dreht sich um und hebt fragend die Brauen.

»Du kommst immer in mein Café und bestellst eine Fritzkola.« Shit, jetzt erinnere ich mich, der war echt nett. Ich hätte nicht so ein Arsch sein sollen. »Tisch 14, jedes Mal.«

»*Dein* Café?«, sagt er und verzieht einen Mundwinkel.

»Ja, die Pony Bar. Ich arbeite da, mein Café.«

Er mustert mich, legt den Kopf schief. »Stimmt.«

Mit drei großen Schritten kommt er zurück und setzt sich neben mich. Er lässt eine Handbreit Platz zwischen unseren Schultern, was mir gerade sehr recht ist.

»Hi, ich bin Jan«, sagt er und hält mir die Hand hin.

Ich schaue hoch in seine Augen, um zu sehen, ob er das ernst meint, und nein, sie funkeln belustigt.

»Kassandra die Dritte.« Ich nehme Jans Hand und schüttle sie mit abgespreiztem kleinen Finger. »Kassy, für meine Freunde.« Er hält sie ein bisschen länger als nötig und legt sie sanft auf dem Boden ab. Dann lehnt er den Kopf gegen die Wand und atmet tief durch. Ihm geht's wohl auch dreckig. Natürlich, sonst würde er hier nicht alleine ins Wasser starren.

»Schon scheiße hier«, sagt er und schaut an die Decke.

»Jepp.«

Jan wirft mir einen Blick von der Seite zu. Kurz bleiben seine Augen an meinen zerwühlten Haaren hängen. Dann fängt er an zu lachen, stumm, dass ihm das T-Shirt auf der Brust zittert.

»Was?«, sage ich und spüre ein Lächeln auf meinem Gesicht, es ist ansteckend.

»Fritz-kola-Boy. Das ist der Spitzname, den du mir verpasst hast?«

»Na ja, wie sonst soll man sich beim Kellnern Stammkunden merken, wenn nicht über die Bestellung?« Jan lässt den Nacken kreisen. Ich sehe seine Muskeln sich an- und entspannen. Diese Muskelprotze mit Stiernacken fand ich schon immer hässlich. Aber Jan hat nicht zu viele Muskeln. »Und was treibt dich immer wieder in die Pony Bar?«

»Die Aussicht«, sagt er und linst gerade kurz genug zu meinen Lippen runter, dass es nicht eklig ist.

»Das ist mal ein steinalter Spruch«, gebe ich zurück.

»Nicht wahr? Schon fast ein Klassiker.« Er kratzt sich am Hinterkopf, als hätte ihn seine eigene Anmache verlegen gemacht, sein T-Shirt rutscht hoch und legt einen Streifen Haut über seinem Hosenbund frei. Was für ein süßer Trottel. »Also, meine Bufdi-Stelle ist in der Nähe von deinem Café.«

»Ach, du machst diesen Bundesfreiwilligendienst?«

»Jepp.«

»Und was machst du da genau?«

»Ich betreue behinderte Kinder und Jugendliche.«

»Nice«, sage ich, und, Mann, wenn ich jetzt nichts Dummes sage und den klarmache, ist der Abend vielleicht doch nicht fürn Arsch. Gerade will ich ihn zum Tanzen auffordern, da geht die Tür zum Treppenaufgang auf.

»Kassy!«, grölt Daniel, der zwischen zwei seiner Kumpels klemmt. »Da bist du ja!«

»Hey, Vollpfosten.« Ich merke, wie Jan sich neben mir aufrichtet, und spanne mich reflexartig an.

Daniel löst sich aus der Mitte seiner Kumpels und lässt sich an meiner anderen Seite auf den Boden plumpsen. »Wir müssen reden, Schätzchen«, raunt er mir ins Ohr, oder zumindest glaubt er das, denn es hallt durch die ganze Schwimmhalle.

Ich stehe auf und schaue auf ihn hinunter, trete dabei einen Schritt zurück, sodass Daniel plötzlich Jan bemerkt.

»Wer bist du denn?« Sein glasiger Blick stellt sich scharf.

»Geht dich gar nichts an.« Ich trete ihm vors Schienbein. »Was willst du, he?«

»Das ist privat«, sagt er und ruckt mit dem Kopf in Jans Richtung.

Jan steht auf und sucht meinen Blick. »Belästigt dich dieser Kerl?« Seine Stimme ist eine halbe Oktave abgerutscht, und ich sehe an seiner Körperhaltung, dass er Daniel sofort eine verpassen würde, wenn ich wollte.

Ich atme einmal tief ein und einmal tief aus.

Auf Daniel hab ich echt so was von keinen Bock. Andererseits ist der Moment mit Jan so oder so ruiniert, also was soll's.

»Das ist bloß ein alter Kumpel«, sage ich, als wäre Daniel nicht der Rede wert. Versuche stattdessen, meinen Flirtblick aufzusetzen, den Jan allerdings nicht mitkriegt, weil er just in dem Moment von Daniels schwankendem Freund angerempelt wird, der mit einer Flasche Tequila wedelt. Jan weicht ihm aus.

»Hey, ich arbeite morgen Nachmittag wieder in der Pony Bar. Vielleicht sieht man sich ja …« Ich grinse ihn schamlos an. »… Fritz-kola-Boy.«

Er wirft noch einen wachsamen Blick auf Daniel, dann zeigt er mir den hochgereckten Daumen – was für ein Nerd – und nimmt die Treppe zurück ins Erdgeschoss.

Daniels Kumpel schließen die Glastür hinter ihm und lehnen sich mit den Rücken dagegen. Ich schnaube. Aus welchem dummen Gangsterstreifen haben die denn den Bullshit?

»Was ist los, Danny-Boy?«, frage ich. Sein Kreuz ist unnatürlich breit, seine Bewegungen grob und unkoordiniert. Er war Emma noch nie so unähnlich.

Emma. Die schläft wahrscheinlich gerade friedlich in ihrem Bett und träumt von … keine Ahnung was, aber es ist hundertpro besser, als was auch immer das hier werden soll. Die Filteranlage des Beckens surrt tief und grollend.

»Hast du immer noch Schiss, dass ich dich an die Bullen verpfeife?«, seufze ich und spüre die Ader an meiner Stirn pochen.

»Nein, ich hab keinen Schiss.«

»Wunderbar, kann ich jetzt bitte wieder tanzen gehen?«

»Ich wollte bloß wissen«, sagt er und lächelt ein dickes Lächeln, das an seinen Augenringen haltmacht, »ob du schnelles Geld machen möchtest?«

Das Wasser wirft schwindelerregende Muster auf sein Gesicht. Ich massiere mir die Schläfen. »Daniel, ich hab dir gesagt, ich mach das nicht mehr.«

»Komm schon, Kassy!« Er boxt mir kumpelhaft gegen den Oberarm. »Bei all den gelangweilten Schnöselkindern bist du ein halbes Kilo doch ruckzuck los.«

Was zur Hölle?

»Ein halbes Kilo? Bist du total –«

Auf einmal hängt mir Daniels Visage knapp vor der Nase, und sein Atem fließt mir ungefiltert in den Mund.

»Ja, Kassy«, zischt er mit kaum verhohlener Ungeduld in der Stimme. »Ein halbes Kilo, ist das ein Problem für dich?«

Ich schüttle den Kopf. »Hör zu, wenn du willst, geb ich dir die Handynummern, aber …«

»Ich hab keine Zeit, jedem einzelnen deiner kleinen Kiffer hinterherzurennen, ich brauch die Kohle jetzt.«

»Dann geh zur Bank«, sage ich und stoße ihn heftig zurück. »Ist nicht mein Problem!«

Daniel strauchelt nah am Schwimmbeckenrand, fängt sich aber rechtzeitig. Ich spüre das Blut in meinen Ohren rauschen.

»Oh, ja? Hast du vergessen, was du mir verdankst? Ohne meine Deals«, winzige Tröpfchen fliegen durch die Luft, »hättest du jahrelang kellnern müssen, um –«

»Ich brauch das Scheißgeld nicht mehr, okay?« Meine Hände zittern. Ich balle sie zu Fäusten und blicke ihm direkt ins Gesicht. »Ich flieg nicht mehr nach Australien.« Ich sehe es ihm an, er ist kurz davor, mir eine reinzuhauen. »Komm mir noch mal mit deinem Drogenscheiß, und ich verpfeif' dich wirklich an die Bullen. Kapiert?«

Ich spüre, wie hinter mir Daniels Bodyguards unruhig werden.

»Du würdest dich nicht selbst in die Pfanne hauen«, sagt er, unverändert nach vorn gekrümmt. Doch seine Augen verraten ihn. Seine Pupillen verengen sich, nur eine winzige Bewegung. Der Zweifel, dass ich vielleicht doch nicht bluffe.

»Lass. Mich. Raus.«

Daniel bleckt seine Zähne, und ich wappne mich, doch dann gleitet sein Blick schwankend von meinem Gesicht weg. Er nickt seinen Kumpels über meinen Kopf hinweg zu, und in den Augenwinkeln sehe ich sie von der Tür abrücken.

»Na, also«, sage ich zuckersüß und freudlos, drehe mich um und schiebe mich durch die Glastür zum Treppenaufgang. Spüre jede Stufe unter meinen Füßen.

Mein Herz rast, aber mein Kopf ist leicht und leer. Adrenalin, wie bei einem Dach-zu-Dach-Sprung.

Zurück im Wohnzimmer schaue ich mich um. Jan ist nirgends zu sehen. Aber Olli tanzt gerade ein Mädchen im Sommerkleidchen an. Ich nehme seine Hand und ziehe ihn von ihr weg. Er schaut mich kurz verwirrt an, dann grinst er. Ich lege meine Hand an seinen Nacken und ziehe ihn zu mir.

Anna, die mit den anderen Zwölftklässlerinnen vor der Anlage Kurze trinkt, lächelt mir anerkennend zu.

Der Witz ist, ich bluffe immer.

Noch zehn Stunden bis zu Maries Beerdigung.

Kapitel 2

Ich lächle dem Hipsterpärchen an Tisch fünf zu, während ich mir ihr Fünf-Euro-Trinkgeld ins Portemonnaie stecke. Stelle die leeren Chai-Latte-Gläser auf mein Tablett und atme auf. Mir geht's gut, es riecht nach Vanille, und ich schaffe das. Ich gehe mit dem Tablett zur Theke. Ich bin am Leben. Jeder Schritt rammt diesen Satz tiefer in meine Knochen. Ich bin am Leben, am Leben.

Jan ist da. Es sitzt wie immer an Tisch vierzehn, und gerade lächelt er mich an. Ich lächele zurück. Ich frage mich, wie mein Gesicht das überhaupt macht, während ich noch ganz klar Emmas tränende Augen vor mir sehe, als sie über Maries Cola-Kopfstand spricht.

Ich trage die Gläser hinter die Theke, lege sie Paul in die Spüle und versuche, nicht an den großen, weißen Holzkasten im Altarraum zu denken. Ich nehme die Bestellung von Tisch fünf entgegen – Soja-Cappuccino und eine vegane Mohnschnecke.

Andi steht gerade hinter der Theke und quatscht mit Paul über Bartpflege. Obwohl ihm die Pony Bar gehört, steht er manchmal selbst an der Theke.

»Machst du mir einen Soja-Cappuccino?«

»Klar«, sagt er und macht sich an die Arbeit. Ich gehe zur Auslage und hebe eine Mohnschnecke auf den Teller.

»Wie geht's deinem Freund?«, frage ich Andi, weil ich nicht an Ilsas dunkle Augenringe denken will.

»Hector?«

»Hast du denn noch einen?«

»Nee.« Andi lacht. »Joah, gut geht's ihm. Er freut sich, dass wir in den Urlaub fahren.«

»Cool«, sage ich und lächle schon wieder. »Wohin denn?«

»Neuseeland.« Beiläufig stellt Andi mir den Cappuccino aufs Tablett, und ich atme einmal tief ein. Dann bringe ich Tisch fünf seine Bestellung.

Tisch acht schaut zu mir herüber, wahrscheinlich wartet sie schon auf ihr Sandwich, aber ich brauche einen Moment, ihr Scheißsandwich muss warten, scheiß drauf, wenn sie mir kein Trinkgeld gibt. Ich stütze mich an einer Tischkante ab und atme kurz durch.

Am Leben.

Paul, der gerade Geschirr abtrocknet, wirft mir einen raschen Blick zu.

Mein Handy habe ich mir seitlich in den BH gestopft, weil dieses ätzende Kleid keine Taschen hat, und jedes Mal, wenn es vibriert, ist es wärmer. Emma hat mir bestimmt schon fünfmal geschrieben, aber ich kann einfach nicht nachsehen. *Was sie fertiggemacht hat, ist, dass ihre besten Freundinnen sich andauernd stritten und sie ein Jahr in Australien verbringen sollte, wozu sie keine Lust hatte.*

Glaubt Emma wirklich, dass wir Marie so wehgetan haben, vielleicht gibt sie mir die – oh, Scheiße.

Das leere Tablett zittert in meinen Händen, ich lege es auf die

Theke, als wäre es heiß. Gehe vor der Wanne mit dem Schmutzgeschirr in die Hocke und lege ein paar Teller hinein.

Reiß dich zusammen.

»Kassy, Liebes, einen Latte macchiato bitte an Tisch dreizehn!«, ruft Andi mir vom Ende der Theke zu. Er packt gerade einem Jungen mit riesigen Tunnelohrringen einen veganen Apfelmuffin in eine Papiertüte.

»Roger«, rufe ich zurück. Ich kann das, komm schon, mach den Kopf leer.

Meine Hände bewegen sich von alleine. Sie graben den Metallaufsatz für die Maschine in den Kaffee, schlagen zweimal gegen den Behälter, um das überschüssige Pulver runterzuklopfen, sie drehen ihn ein, schalten die Maschine an, halten die Milchkanne genau dann wieder gerade, als die Flüssigkeit den 180-Milliliter-Strich erreicht hat, löffeln den Milchschaum wie von selbst bis knapp über den Glasrand. Ich atme aus. Ich denke nicht an das Facebook-Profil kASSy, das wieder aufgetaucht ist, wie ein Geist der Vergangenheit. Nicht daran, dass es jemand auf mich abgesehen hat. Ist mir doch egal, ist doch alles egal, es sind Ferien. Ich seh ja eh keinen von diesen Vollidioten aus der Schule. Ich bin am Leben.

Andi zwinkert mir zu. »Du Terminator«, sagt er, und es ist irgendwie goldig, wie er versucht, mich mit Popkultur zu loben. Als ob dieser Film nicht schon alt gewesen wäre, als ich auf die Welt kam. Ich mache einen kleinen Robotertanz mit meinen Armen in der Hoffnung, dass das irgendwie hinkommt, und Andi strahlt.

Dann gehe ich mit dem Latte zu Tisch dreizehn, das ist der direkt in der Ecke beim Fenster, der beste eigentlich. Im Vorbeigehen will ich etwas zu Jan sagen, doch in meinem BH vibriert es wieder, und mir fällt nichts ein.

Wie zum Teufel kann dieses ätzende Profil schon wieder online sein?

Ich atme durch und verdränge die Frage. Ich bin am Leben. Am Leben.

Die ältere Frau, die den Latte bestellt hat, trägt ein dunkles Kleid mit großen weißen Punkten, aus dessen Ärmel ein faltiger Arm voller Tattoos ragt. Hammergeil. So will ich auch aussehen, wenn ich alt bin.

Sie blickt kurz von ihrem Taschenbuch hoch, als ich den Milchkaffee vor ihr abstelle. »Danke«, murmelt sie und streicht sich eine rote Strähne aus der Stirn. Am Haaransatz glänzt es silbergrau.

Ich sehe sie vor mir, den Kopf über dem Waschbecken, das Wasser schwer in den Haaren, wie sie sich die Stirnfransen nachschneidet, sie sich bleicht, kämmt, färbt, flicht, und jetzt, in diesem Moment, streicht sie sich die Strähne zurück und denkt nicht daran, dass ihr abgestorbenes Gewebe durch die Finger gleitet. Es fühlt sich bestimmt weich an, vielleicht auch rau, aber auf jeden Fall nach Leben.

Ich versuche einzuatmen, aber etwas drückt auf meine Brust. Am Leben, ich bin am Leben, ich bin okay.

Eigentlich sind dir deine Haare immer einen Schritt voraus. Sie sind schon tot, obwohl du noch lebst. Maries wasserstoffblondes Haar wächst weiter.

Scheiße, es wächst immer noch. Mein Magen zieht sich zusammen.

»Alles in Ordnung, Schätzchen?«, höre ich die Frau fragen, der Ton gedämpft.

Plötzlich sehe ich Marie im Sarg liegen, unter der Erde eingeschlossen, Augen zu, als würde sie schlafen, und die Haare offen wie immer. Inzwischen sieht man die dunklen Wurzeln am Scheitel, sie färbt sie jeden Monat nach, beim Friseur natürlich. Hat einen festen Termin, immer der erste Montag im Monat. Oder der letzte?

Mir wird schlecht. Ich murmle der Frau von Tisch dreizehn etwas zu und drehe mich weg, atme ein, atme ein, atme ein. Ich atme – Fuck.

»Kassy.« Jans Gesicht taucht auf. Er stützt mich. »Bist du okay?«, fragt er, die Augen fest auf mich gerichtet.

Ich erinnere mich ans Ausatmen, atme aus. Tief und ruhig. Reiß dich zusammen.

Jan zieht die Hand zurück und greift damit nach seiner Cola.

»Hier, nimm einen Schluck.«

»Okay, Fritz-kola-Boy«, sage ich und nehme die Flasche, setze sie vorsichtig an. Die Cola ist noch fast voll und kühl in meinem Mund.

»Danke.« Ich stelle die Flasche zurück auf seinen Tisch, ein bisschen links von dem Untersetzer, den ich ihm vorher hingestellt habe, denn dort liegt jetzt ein heller Sonnenstreifen auf der Platte. Jan nimmt das Pappstück in die Hand, dreht es einmal zwischen den Fingern und legt es dann auf den Flaschenhals, vielleicht, um die Cola gegen Wespen zu schützen. Ein schmaler Muskel an seinem Nacken bewegt sich unter dem Tanktop. Wenn Daniel mir gestern nicht dazwischengefunkt hätte, hätte ich ihn auf jeden Fall abgeschleppt.

»Kann ich dir noch was bringen?«, frage ich.

Jan schaut zu mir hoch und schüttelt den Kopf. »Vielleicht brauchst du ’ne Pause.«

Nett gemeint, aber eine Pause ist wahrscheinlich das Letzte, was ich brauche.

Ich atme ein und gehe wieder hinter die Theke.

Ich bin am Leben.

Ich bin am Leben und fühle den Schweiß meinen Haaransatz entlangsickern.

Ich bin am Leben, fühle den Schweiß und spüre Jans Blick in meinem Rücken.

Ich bin am Leben, fühle den Schweiß, spüre Jans Blick und höre das Telefon im Hinterzimmer klingeln, ein freundlicher Dreiklang, den man schon seit Jahrzehnten in allen Friseur-, Bäckerläden und Arztpraxen in Deutschland hört. Hinter der Theke drehe ich den Kaltwasserhahn auf und halte meinen rechten Puls unter den kühlen Strom. Dieses schwarze Kleid macht mich fertig, ich hätte Wechselklamotten mitnehmen sollen.

»Kassy.« Andi hat leise gesprochen, trotzdem zucke ich zusammen. Er hält den kabellosen Hörer in der rechten Hand und hält die untere Hälfte mit der linken zu. »Da ist ein Polizeibeamter für dich in der Leitung. Es geht um Marie.«

Mein Magen fühlt sich an, als hätte jemand eine Harpune hineingestoßen und würde sie langsam drehen. Ich schmecke Galle. Suche Andis Blick.

»Vielleicht willst du das hier im Lagerraum entgegennehmen.« Seine Stimme ist unruhig.

Ich atme scharf ein. Reiß dich zusammen.

Er drückt mir das Telefon in die Hand, und meine Beine tragen mich nach hinten. Zwischen Getränkekästentürmen und Milchkartons gehe ich zittrig in die Hocke.

»Ja, hallo?« Das Telefon liegt glatt und heiß in meiner Hand.

»Spreche ich mit Kassandra Jakobi-Hua?«, sagt eine männliche Stimme, verzerrt aus dem Lautsprecher im Kunststoffgehäuse.

»Ja.«

»Guten Tag, Frau Jakobi-Hua, hier ist Kommissar Brandtner am Apparat. Es geht um Thea Marie Zanders Todesfall.«

Ich kann nicht an sie denken, bitte, lass mich nicht an sie denken, bitte –

»Okay.«

»Ich möchte Sie bitten, für eine Vernehmung ins Landeskriminalamt nach Alsterdorf zu kommen. Wir sitzen am Bruno-Georges-Platz.«

»Was?«, höre ich mich sagen. Meine Lippen sind so trocken, dass es an den Mundwinkeln brennt. Die Polizei hat doch gesagt, es war Selbstmord. »Warum?«

»Das ist ein bisschen kompliziert zu erklären. Kurz gefasst: Frau Zanders Obduktion ergab …«

Oh Gott, hör auf zu reden, bitte.

»… dass ihre Verletzungen nicht mit einer Selbsttötungsintention übereinstimmen.«

»Was?« Mein Zwerchfell verkrampft sich, ich starre auf den obersten Kasten eines Fritz-limo-Turms. Atme ein, aber ich kriege kaum Luft. Alles zittert.

»Sie ist rückwärts gefallen, Frau Jakobi. Das ist nicht üblich bei einem Freitod.«

Es schüttelt mich am ganzen Körper. »Aber, was soll das heißen? Was – was wollen Sie damit sagen?«

»Beruhigen Sie sich, es kann auch ein Unfall gewesen sein. Vielleicht ist Frau Zander ausgerutscht, aber wir können Fremdeinwirken nicht ausschl–«

»Jemand hat Marie umgebracht?« Ich schreie fast.

»Es ist sicher besser, wenn wir alles Weitere in einem persönlichen Gespräch klären, also könnten Sie vielleicht einfach vorbeikommen?«

Die Fritz-limo-Kisten neben mir schwanken plötzlich. Alles wird körnig, wie das Bild in einem steinalten Fernseher, und der Polizeifuzzi redet weiter, aber meine Hand schlottert so heftig, dass ich fast nichts verstehe.

Bitte, nicht schon wieder! Ich bin am Leben, ich muss atmen, ein, tief, aus, komm schon, ein –

Ein langer Arm schlingt sich um meine Taille, und im nächsten Moment hat mich Andi aus meinem Versteck geholt und drückt mich an sich. Dämpft das Zittern meines Körpers mit seinem.

»Schhhhh«, sagt er mit tiefer, beruhigender Stimme. »Alles wird gut.«

Er zieht mir das Telefon aus den steifen Fingern und hält es sich ans Ohr.

»Andreas Höfer hier am Apparat. Ich fürchte, Sie können gerade nicht weiter mit Kassandra sprechen.«

Ein aufgebrachtes elektronisches Krächzen schwebt über mir aus dem Hörer, aber ich kann nicht verstehen, was der Kommissar sagt.

»Ich verstehe voll und –«, setzt Andi an.

Ich drücke mich fester an ihn und schließe die Augen. Die Punkte tanzen vor meinen geschlossenen Lidern weiter, und mein Puls rast, als würde ich einen 100-Meter-Sprint hinlegen.

»Sie hat eine Panikattacke bekommen!« Jetzt klingt Andi aufgebracht. »Ja, falls es sie interessiert. Ich bin diplomierter Psychologe, ich weiß sehr genau, wovon ich rede. Kassy geht absolut nirgendwohin. Sie ist minderjährig.«

Eine Welle von Zuneigung für Andi durchströmt mich, sie kribbelt in meinen Fingern, und langsam öffne ich meine Augen. »Wenn überhaupt, geht sie nach Hause. Ich schlage also vor, Sie sprechen mit ihrer Mutter. Auf Wiederhören!«

Ich bin mir sicher, wenn Andis Telefon ein Modell aus den Siebzigern wäre, hätte er den Hörer mit solcher Wucht aufgelegt, dass die Drehscheibe auseinandergeflogen wäre. Stattdessen drückt er einfach auf den Knopf mit dem roten Zeichen und umschließt mich dann mit beiden Armen.

»Alles wird gut, Kassy«, sagt er leise und wiegt mich hin und her. »Komm, atme mit mir!«

Er atmet tief ein, ich versuche es auch.

»Sehr gut, und jetzt aus.«

Bestimmt kann Andi mein Herz rasen spüren.

»Alles gut.«

Eine Minute lang stehen wir zwischen den Getränkekästen und atmen zusammen, bis sich mein Puls beruhigt hat. Ich bin wie leergepumpt. Vorsichtig löst Andi unsere Umarmung, hält aber seine Hände auf meinen Schultern. »Bist du wieder im grünen Bereich?«, fragt er, und seine braunen Augen sind warm und tröstlich.

Ich nicke und wische mir Tränen vom Gesicht, von denen ich nicht mehr weiß, wann ich sie geweint habe.

»Hey, hast du solche Panikattacken öfter?«

»Nein«, sage ich und schniefe wie ein Kleinkind, das sein Eis fallen gelassen hat. Mann, reiß dich zusammen, Kassy.

»Das ist überhaupt nicht schlimm.« Andi schließt seine Hände kurz fester um meine Schultern. »Mäuschen, du stehst unter sehr viel Stress. Jeder würde so reagieren, wenn er jemanden verliert, den er sehr gernhat. Nur, tu mir den Gefallen, falls du noch mal eine Panikattacke kriegst, ruf mich an, okay? Hey, schau mich an! Versprich mir, dass du anrufst!«

Unwillkürlich muss ich lächeln. »Mach ich«, sage ich.

»Gut.« Er lässt meine Schultern los und richtet sich auf. »Wie wär's, wenn wir heute einfach früher schließen und ich dich nach Hause fahre?«

Was soll denn der Bullshit? »Andi, es ist gerade super viel los, ich kann dich nicht einfach schließen lassen!«

Daran, wie Andi den Kiefer vorschiebt, sehe ich schon, dass er nicht nachgeben wird, da räuspert sich plötzlich jemand an der Tür.

»Also, ich hab zwar kein Auto, aber ich kann die Bahn mit dir nehmen.« Wir schauen zum Eingang des Lagerraums, und da steht Jan, die Hand am Hinterkopf, als wüsste er nicht, wohin mit ihr.

»Dir ging's doch grad irgendwie nicht so geil«, sagt er und meidet den Blick in Andis Richtung. »Da dachte ich, ich schau mal nach dir.« Sein Satzende klingt wie eine Frage, und er sieht so verlegen bei diesem Gestammel aus, dass ich lächeln muss.

Andi schaut mich an und hebt die Brauen.

»Jan und ich kennen uns von einer Party«, erkläre ich. »Er macht hier in der Nähe seinen Bufdi.«

Andi sieht Jan kurz und durchdringend an und zuckt dann mit den Schultern. »Gut. Aber schreib mir bitte eine WhatsApp, wenn du zu Hause ankommst, okay?«

»Ja, Papa«, sage ich und verdrehe die Augen, doch seine Hand drücke ich ganz fest, damit er weiß, wie dankbar ich ihm bin.

Ich setze den ersten Schritt in Richtung Tür, und Jan geht rasch zur Seite, hält sie mir auf. Meine Knie sind noch ein bisschen weich, aber ich straffe die Schultern und gehe voraus.

Kapitel 3

Wir treten hinaus auf den schwitzenden Asphalt, und es verschlägt mir den Atem. Ich hätte wirklich Wechselkleidung mitnehmen sollen. Allerdings habe ich keine schwarze Tasche, die ich zur Beerdigung hätte mitnehmen können. Ich hole tief Luft, auch wenn es sich anfühlt, als würde ich warmes Wasser einatmen.

Nachmittags, wenn es richtig heiß wird, knallt die Sonne durch die Fenster der Pony Bar. Ich kneife die Augen zusammen, rucke mit dem Kopf in Richtung U-Bahn-Station, und Jan folgt mir. Ohne ein Wort zu wechseln, gehen wir auf die andere Straßenseite. Unter meinen Achseln wird es langsam feucht.

Großartig, auch das noch.

Ich werfe einen Blick in Jans Richtung, der gerade irgendwas auf der gegenüberliegenden Straßenseite anglotzt, und hebe unauffällig den Arm, um in Richtung Achselhöhle zu schnuppern. Riecht noch nicht nach altem Schweiß, nur ein bisschen salzig und nach Deo.

Neben mir geht Jan gemächlich, die Hände in den Hosentaschen seiner Shorts vergraben, als wäre es ein Sonntag wie jeder andere, als hätte er nicht miterlebt, wie ich innerhalb von vierundzwanzig Stunden zwei Zusammenbrüche erlitten habe. Als würde er mich schon ewig kennen und nicht erst seit gestern. Als würde er jede Woche psychisch labile Mädchen nach Hause begleiten. Okay, das klingt irgendwie creepy. Aber so wirkt er überhaupt nicht. Er sieht müde aus mit seinen Augenringen und melancholisch. Und er kann die Klappe halten, und das ist gerade Gold wert.

Wir biegen zweimal ab, bis das große U in Sicht ist. Auf halber Höhe der Treppe höre ich unsere Bahn einfahren, aber ich habe keine Lust, zu rennen, und Jan macht auch keine Anstalten loszusprinten. Wir setzen uns auf eine Gitterbank mit abblätterndem Lack und warten auf die nächste. Jan beugt sich nach vorne, stützt die Ellenbogen auf den Knien ab und legt sein Kinn auf die Handflächen, als würde er intensiv über etwas nachdenken.

Letztes Jahr saß Emma genauso neben mir auf einer U-Bahn-Bank. In ihren dicken Wintermantel gepackt, Schal bis unter die Nase, hat sie vor sich hingestarrt. Marie war krank, Grippe. Und da haben Emma und ich zum ersten Mal allein etwas zusammen unternommen. Erst waren wir im Kino, irgendeine furchtbare Schnulze, die Emma großartig fand, und dann habe ich sie mit in den Hexenkessel genommen. Ungefähr eine Dreiviertelstunde hat sie es ausgehalten.

»Dieser eine Typ hat mich die ganze Zeit angestarrt«, meinte sie.

»Wahrscheinlich wollte er flirten, komm schon, M&M, nur noch ein Stündchen.«

In meinem BH vibriert es, und ich zucke zusammen.

Jan wirft mir einen besorgten Blick zu.

»Alles gut, es ist nur«, ich ziehe mein Smartphone aus dem

BH, und erst als ich das schweißbenetzte Teil herausgeholt habe, fällt mir ein, dass Jan das vielleicht eklig finden könnte, »mein Handy.«

Eine Sekunde schaut er mich verdutzt an, dann lacht er auf. Er lehnt sich zurück, und sein Adamsapfel tritt hervor, als er den Kopf in den Nacken legt.

»Was denn?«, sage ich und knuffe ihn verlegen in die Seite. »Ihr Jungs habt überall Taschen an eurer Kleidung.«

»Wo steckt denn dann dein Geldbeutel?«

»Das willst du nicht wissen.« Mit einem hohen Sirren fährt unser Zug ein. Ich drehe mein Handy zwischen den Fingern, und dann, einem verrückten Impuls folgend, springe ich auf Jan zu und wische es an seinem T-Shirt ab.

»Ihhhh!«, kreischt er und lacht wieder los, diesmal ist es ansteckend.

Wir steigen in den Wagen, aus den Augenwinkeln kann ich ihn noch grinsen sehen, dann schaue ich nach, wer mir geschrieben hat.

Emma natürlich. Mein Lächeln schmilzt wie warmes Wachs.

Ich kann nicht.

Ich kann nicht auf das Handy schauen, ich weiß, was mich erwartet.

`wo bist du???`, würde da stehen.

`es war kein Selbstmord! ich habe es dir doch gesagt`

`du warst nie für sie da`

`es ist alles deine Schuld`

Und dann würde Emma noch eins drauflegen: `du kanntest marie überhaupt nicht, du verdienst es nicht, dich ihre Freundin zu nennen` jemand hat Marie umgebracht und du flirtest mit irgendeinem rando herum

Meine Augen brennen. Das Letzte kann sie natürlich nicht wissen. Aber wenn sie wüsste, wie ich mich Jan gegenüber verhalte, würde sie genau das denken. Scheiße. Etwas in mir reißt auseinander, und im nächsten Moment habe ich mein Gesicht in den Händen vergraben und erzähle alles auf einmal. Jan, diesem Fremden.

Wie Marie nach Australien wollte, dass sie die beste Freundin war, die ich je gehabt habe, dass ich einen Haufen Vollidioten zu ihrer Abschiedsparty mitgeschleppt habe, dass alle gedacht haben, sie habe sich umgebracht, sogar ich, scheiße, ich wollte ihre beste Freundin sein, wie konnte ich – und dass sie heute beerdigt wurde und Emma die Trauerrede gehalten hat und ich ihr seitdem nicht mehr in die Augen schauen kann. Und ich erzähle ihm von diesem blöden Mobbingprofil, das ausgerechnet jetzt wieder auftaucht, und dass gerade vorhin ein Kripotyp angerufen und gemeint hat, jemand habe Marie umgebracht.

Als ich endlich aufsehe, ist Jan papierbleich und wischt sich über die Augen.

Großartig. Jetzt stecke ich sogar diesen armen Jungen mit meinem Psychoscheiß an. Gegenüber von uns sitzt eine Frau mit Kopfhörern, die unbeteiligt aus dem Fenster guckt. Wenigstens hört mir nicht die ganze Bahn beim Rumheulen zu.

Unbeholfen legt mir Jan seine Hand auf die Schulter. »Und woher, ähm, … woher wissen die, dass deine Freundin umgebracht wurde?«

»Irgendwas wegen ihrer Verletzungen. Sie ist rückwärts gefallen, hat der Kommissar am Telefon gesagt, vielleicht ist sie aber auch einfach ausgerutscht.« Erst jetzt wird mir klar, dass nicht nur meine Wangen nass sind, sondern auch meine Nasenspitze. »Scheiße, hast du ein Tempo?«

Ich Idiot, ich Riesenbaby, ich Vollpfosten.

Während ich mir die Hand vor Nase und Mund halte, tippt Jan die Frau mit den Kopfhörern an und fragt sie nach einem Taschentuch. Ihr Blick fliegt zu mir rüber, dann kramt sie in ihrer Handtasche und druckt mir gleich die ganze Packung in die Hand.

»Behalt sie ruhig«, sagt sie und lächelt mir zu.

Wow, ich muss wirklich übel aussehen. So würdevoll wie möglich putze ich mir die Nase und schniefe dann: »Wir sind zwei Stationen zu weit gefahren.«

Jan zuckt mit den Schultern. »Dann machen wir eben einen kleinen Spaziergang.« Er steht auf und reicht mir die Hand, sie ist verschwitzt und klebrig, aber das ist mir im Moment wirklich scheißegal. Im Moment drücke ich seine Hand, so fest ich kann, als wäre sie das Einzige, das mich daran hindert, in einen schwindelerregenden Abgrund zu fallen. Nicht runtersehen.

Wir steigen aus und nehmen die Rolltreppe hoch.

»Sie hasst mich«, flüstere ich und verfluche mich gleichzeitig. Ich kenne diesen Typen gar nicht. Er wünscht sich wahrscheinlich gerade auf den Mond und ist bloß zu höflich, um einfach kehrtzumachen und mich stehen zu lassen.

»Marie?«

»Emma.«

»Sie hasst dich bestimmt nicht«, sagt Jan und schaut zu Boden. Ich kann es ihm nicht verübeln. So durchgeknallt, wie ich bin, würde ich meinen Blick auch meiden.

Wir kommen oben an, und die Sonne schlägt mir ins Gesicht. Ich lasse seine Hand los.

»Ich habe diese ganzen Arschlöcher eingeladen.«

Was zur – warum höre ich nicht einfach auf zu reden? In meiner linken Hand knete ich die Tempopackung. »Die haben den Hartalk mitgebracht, und wenn Marie den nicht getrunken hätte …«

»Kassy«, sagt er, aber ich gehe vor ihm her, ohne ihn anzusehen. »Kassy!« Ich spüre seine Hand auf meinem Arm, er legt sie sanft auf. »Ich will nicht behaupten, zu wissen, wie du dich gerade fühlst, ich …« Diesmal schaut mir Jan direkt in die Augen. Er schluckt. »Aber eines weiß ich ganz bestimmt: Es ist nicht deine Schuld, okay?«

Ich muss mir auf die Zunge beißen, um nicht gleich wieder loszuheulen. Dass Jan das sagt, hat nichts zu bedeuten, überhaupt nichts, und trotzdem fühlt es sich gut an, es zu hören.

»Und vielleicht«, fährt er fort und kratzt sich dabei am Ellenbogen, »ist Emma wütend auf dich. Aber sie wird dir bestimmt verzeihen. Irgendwann. Und wenn nicht, dann ist sie keine richtige Freundin. Dann solltest du sowieso nicht mit ihr rumhängen.«

Ich nicke. Die Sonne brennt mir in den Augen, und ich putze mir noch einmal die Nase.

Jan nimmt mir die Tempopackung ab und verstaut sie in seiner Hosentasche. »Sorry, ich bin absolut nutzlos darin, Leute zu trösten …«

»Glaub mir, du bist besser, als du denkst«, sage ich und werfe das gebrauchte Taschentuch in einen Mülleimer. »Und du kennst mich ja nicht mal wirklich.«

Schweiß bildet sich an seinem Haaransatz, und er lächelt ein bisschen traurig. Dann strafft er die Schultern und bietet mir den Arm an. »Madame?«

Okay, das ist wirklich süß von ihm. Ich hake mich bei ihm ein. Eine Weile gehen wir schweigend Arm in Arm nebeneinanderher.

Wir gehen gerade an einem Spielplatz vorbei, im Sandkasten steht ein Piratenschiff aus Holz und daneben ein buntes Klettergerüst, dessen Querstäbe im Sonnenlicht glänzen, da fragt Jan plötzlich: »Und was machst du so, außer kellnern und zur Schule gehen?«

Mein Blick bleibt an einem kleinen Mädchen hängen, das seine Spielgefährtin auf der Schaukel anschubst. Die Schaukelnde stößt einen Freudenschrei aus, jedes Mal, damit ihre Freundin ihr neuen Schwung gibt.

»Du willst wissen, was ich für Hobbys habe? Ernsthaft?«

Jan zuckt mit den Schultern, wie um zu sagen: »Warum nicht?«, und irgendwie hat er ja recht.

»Na ja … ich mag Musik.«

»Jeder mag Musik.«

»Ich bringe mir gerade Ukulele bei.« Boah, warum erzähle ich ihm ausgerechnet das? Klingt doch total beknackt. »Und ich gehe gern ins Kino …«

»Und feiern?«

»Ja«, sage ich lahm.

Oh, Mann, ich komm gerade furchtbar öde rüber. Da kann ich ihm gleich noch sagen, dass ich gerne im Internet bin und Klamotten umnähe. »Und ich bin in der Antifa. Nicht mehr wirklich aktiv in der letzten Zeit, allerdings.«

Shit, shit. Wahrscheinlich denkt er jetzt, ich wär gewalttätig oder so was.

»Oh, cool. Gehst du dann auf Demos und so?«

»Manchmal. Aber ich hab mich noch nie mit ’nem Neonazi geschlagen.«

Jan grinst. »Da haben die aber Schwein gehabt.«

Im Gegenlicht kneife ich die Augen zu. »Aber hallo!«, sage ich und spanne meinen Bizeps an.

Sofort fasst mir Jan an den Muskel und versucht, ihn zusammenzudrücken. Diesmal wirkt er wirklich beeindruckt. »Krass, gehst du ins Fitnessstudio oder was?«

»Was, nein! Ich mach bloß ein bisschen Parkour.«

»Im Ernst? Mach mal was vor!«

»Ich bin echt nicht besonders gut, quasi Anfängerin.« Jan hebt die Augenbrauen, als würde er mir nicht glauben. »Aber ich kann dir die Leute vorstellen, die mir das beigebracht haben. Die sind echt cool. Anke hat sogar einen YouTube-Channel.«

»Komm schon«, sagt Jan und schüttelt spielerisch an meinem Arm, »oder verarschst du mich bloß?«

»Ich trage ein Kleid, Mann.«

»Wie wär's damit: Falls dir was hochrutscht, mach ich ganz schnell die Augen zu.«

»Aber darum geht's doch gar nicht, du Nuss! Mein Kleid geht kaputt, wenn ich damit rumturne. Ich brauche Beinfreiheit.«

»Hm.«

Die Luft vor uns flimmert. In der Nachmittagshitze ist die Straße wie ausgestorben.

Doch auf einmal zieht mich Jan in den Schatten eines Hauseingangs und hakt sich bei mir aus. Ohne lange zu fackeln, packt er den Saum seines Tanktops und zieht es sich über den Kopf.

»Ähm … Jan?«, sage ich dem Kopf im Tanktopstoff, unwillkürlich fährt mein Blick über seine nackte Brust. »Was genau soll das werden?«

Vielleicht ist ihm einfach nur heiß. Jans Kopf taucht wieder auf, und er wirft mir sein Top zu.

»Wenn du Beinfreiheit brauchst«, sagt er und fängt an, die Knöpfe an seiner kurzen Hose aufzumachen, »dann kannst du einfach meine Sachen anziehen.«

Und mit diesen Worten zieht er seine Hose über die Turnschuhe und schmeißt mir auch die entgegen.

Okay, jetzt ist mir heiß. Ich kann einfach nicht anders, ich schaue auf seine Boxershorts. Er trägt eine graue mit kleinen Batman-Emblemen. Mühsam schlucke ich mein Lachen herunter und schaue zu ihm hoch. Er hat die Hände selbstsicher in die Hüften gestemmt, doch sein Blick huscht zur anderen Straßenseite. Genial, der Typ. Da muss ich einfach mitziehen.

Ich lege seine Klamotten vor mir ab, ziehe den Reisverschluss an meinem Rücken auf und steige aus dem Kleid. Aus den Augenwinkeln kann ich Jan zufrieden lächeln sehen, er glotzt ein bisschen, aber hab ich ja auch. Ist nur fair.

Seine Hose ist mir am Hintern ein bisschen eng, doch ich ziehe sie hoch bis zur Taille und irgendwie kriege ich auch ein paar Knöpfe zu. Das Top ziehe ich einfach drüber.

»Bitte schön«, sage ich und halte ihm mein Kleid hin. Jetzt bin ich mal gespannt.

Unglaublich. Ohne auch nur mit der Wimper zu zucken, zieht er sich mein Kleid über die Beine. Zum Glück ist das Kleid ärmellos, sonst würden seine Schultern die Nähte sprengen. Den Reisverschluss versucht er gar nicht erst zuzuziehen.

Okay, jetzt kann ich einfach nicht mehr. Ich pruste los. Jan stimmt sofort mit ein.

Ich lache wie damals, als Emma mir einen Papierflieger zugeworfen hat, und er stattdessen im Ausschnitt unserer Mathelehrerin gelandet ist.

Ich lache wie damals, als Marie zu einer 80er-Party mit

Omi-Outfit und Grauhaarperücke aufgetaucht ist, weil sie das Motto falsch verstanden hatte.

Ich lache wie schon lange nicht mehr.

Jan und ich lehnen neben den Klingelschildern und gackern, bis uns schwindelig wird, unsere Klamotten verschwitzt sind und mein Make-up endgültig zerlaufen. Die Tür des Hauseingangs geht auf, und ein Junge, vierzehn vielleicht, tritt heraus. Er schaut uns irgendwie erschrocken an, und Jan lacht direkt wieder los. Obwohl mir schon das Zwerchfell wehtut, steckt er mich an. Er hakt sich bei mir ein, und wir setzen unseren Weg fort.

»Brad Pitt hat mal ein Fotoshooting gemacht, wo er nur knallenge Cocktailkleider getragen hat. Aber das war in den Neunzigern, als er noch heiß war.«

»Und?« Jan wackelt bescheuert mit den Augenbrauen herum. Er dreht sich einmal um die Achse, und ich muss kichern, als sein Rücken sichtbar wird. Der aufklaffende Reißverschluss bildet einen Ausschnitt, der bis runter zu seinem Hintern geht. Aus seinen Boxershorts guckt das Schildchen raus. »Seh ich aus wie Brad Pitt, als er noch heiß war?«

Ich lege den Kopf schief und streiche mir über einen imaginären Bart: »Besser!«

Zufrieden hält Jan mir den Arm hin, und ich hake mich wieder bei ihm ein. Eine Frau mit einem kleinen Jungen an der Hand kommt uns entgegen und wirft uns wütende Blicke zu.

»Haben Sie das gehört?«, ruft Jan ihr hinterher, und ich giggle wieder los. »Ich seh besser aus als Brad Pitt in den 90ern.«

Wir gehen Arm in Arm weiter und grinsen allen zu, die uns über den Weg laufen. Eine Brise kühlt unsere erhitzten Gesichter mit trockener Luft, und ein paar zerpflückte Wolken schieben sich vor die Sonne. Wir gehen einen Block, zwei Blöcke, drei und reden über Filme und Musik.

Eine Viertelstunde später stehen wir vor dem Hochhaus, in dem Mama und ich leben.

»Home, sweet home«, sage ich und bin auf einmal verlegen. Eigentlich hasse ich es, Leuten zu zeigen, wo ich wohne. Ich weiß noch, als Emma und Marie einfach bei mir reingeplatzt sind, hätte ich ihnen am liebsten den Kopf abgerissen. Aber Jan beachtet den schäbigen Betonplattenweg nicht oder das Unkraut, das in den Rissen wuchert. Er löst unsere Armverschränkung und hält mich an der Hand.

»Vergiss nicht, Andi zu schreiben, dass ich dich nicht entführt habe«, sagt er ohne eine Spur Ironie in der Stimme, und ich spüre mich schon wieder lächeln. Eine Sekunde lang schauen wir uns einfach nur an.

Küss ihn, tu es! Jetzt ist der Moment.

»Hey, ähm … ich glaube, wir sollten wieder Klamotten tauschen«, sage ich stattdessen. Scheiße, was zur Hölle ist los mit mir? Ich führe mich auf wie eine verfluchte Sechstklässlerin.

Jan schaut an sich herunter. »Oh, richtig. Fast vergessen.« Er schiebt sich das schwarze Kleid vorsichtig über die Knie. »Die Dinger sind echt bequem. Luftig.«

Ich schmunzle. »Und danke, dass du dir Mühe gibst, mich aufzumuntern.«

»Um dich aufzumuntern, würde ich mich sogar komplett ausziehen.« Offensichtlich wird ihm erst verspätet klar, was ihm da rausgerutscht ist, und er zieht hastig sein Top über den Kopf.

Ich verstecke mein Grinsen in meinem Kleid. Der Stoff streicht über meine Wange, und ein leichter Geruch nach Jungenschweiß steigt mir in die Nase. Ich kann ihn nächstes Mal küssen.

Als wir beide wieder in unseren Klamotten stecken, verschränkt Jan die Arme und ruft plötzlich: »Moment, du wolltest mir doch Parkour-Tricks zeigen! Deshalb haben wir den Scheiß doch überhaupt gemacht.«

»Nächstes Mal auf jeden Fall«, verspreche ich und halte ihm mein Handy hin. »Gib mir deine Nummer, dann schreib ich dir auf WhatsApp.«

»Alles klar, Kassy« sagt er beim Tippen, »man sieht sich.« Er wirft mir das Handy zu und zielt zum Abschied mit zwei Fingerpistolen auf mich, meine Fresse, richtig beknackt, aber auch irgendwie großartig. Ich schaue ihm ein bisschen nach, vor allem seinem Hintern, dann drehe ich mich um und schließe die Tür auf.

Meine Mutter und ich wohnen im Erdgeschoss. Was praktisch wäre, wenn man eine Ma wie Emma hat, wenn man sich nachts rausschleichen muss. Aber ich kann einfach zur Wohnungstür raus. Meine Ma arbeitet manchmal nachts, und selbst wenn sie zu Hause ist, darf ich kommen und gehen, wann ich will.

Solange du nicht kokst, Heroin spritzt oder ungeschützt Sex hast, darfst du machen, was du willst, sagt sie immer. Als wir noch in Mannheim gewohnt haben, durfte ich mir sogar ein Tattoo stechen lassen. Ich liebe meine Ma.

»Hey«, rufe ich in die Wohnung und schmeiße meine Ballerinas in die Ecke. »Ich bin zu Hause.«

Irgendwo hinten, vielleicht im Bad, rumpelt es. Ich gehe zur Spüle in unserer Wohnküche und drehe den Kaltwasserhahn bis zum Anschlag auf. Tauche mit dem Kopf voran in den Wasserstrahl. Es prickelt auf meiner Haut.

»Tochter!«, ertönt es hinter mir. Meine Mutter, groß und kräftig, stapft in BH und Pflegerhose zur Anrichte und trinkt einen

Schluck aus ihrer roten Lieblingstasse. »Gott sei Dank, ich hatte mir schon Sorgen gemacht!«

Verdutzt komme ich unter dem Wasserstrahl hervor und schaue sie an. »Dreh den Hahn zu, Liebes. Andi hat angerufen, dass du auf dem Weg bist, und dann so ein superunhöflicher Polizeifuzzi, hat sich richtig wichtig gemacht, aber ich hab ihm gesagt, dass er sich gefälligst bis morgen gedulden soll.«

Ma stellt die Tasse weg und streicht mir eine nasse Strähne mit der blauen Spitze hinters Ohr zurück.

Plötzlich habe ich einen Kloß im Hals. Meine Unterlippe fängt an zu zittern, und ich beiße drauf, doch schon hat Mama mich an sich gedrückt.

»Oh, Baby«, sagt sie und streicht mir durchs Haar. »Lass es raus!«

Meine Ma ist Krankenschwester auf der Intensivstation. All die Leute, die kurz vorm Verrecken sind und die die Hoffnung aufgegeben haben, sie wäscht sie, gibt ihnen Schmerzmittel, wenn es zu schlimm wird, tröstet sie, tröstet die Angehörigen. Aber die Bezahlung ist beschissen, und die Arbeitszeiten sind abartig. Deshalb versucht sie schon seit ein paar Jahren, sich zur OP-Schwester fortbilden zu lassen. Aber mit Anfang vierzig ist das nicht mehr so einfach, die bevorzugen immer Pflegerinnen, die frisch ausgebildet sind.

Ich kann die Seife auf ihrer Haut riechen. Sie hält mich an sich gedrückt, bis ich mich ausgeheult habe.

»Warte mal eine Sekunde. Ich ruf kurz in der Klinik an, dass ich mich um dich kümmern muss«, sagt sie und greift nach dem Telefon auf der Anrichte.

»Nein, bitte!« Ich schnappe ihr das Telefon mit den Fingerspitzen weg. »Du hast doch schon so viel wegen mir auf der Arbeit gefehlt. Du hast endlich die Fortbildung sicher, ich will nicht, dass sie sie dir wieder streichen.«

»Baby, das ist nicht –«

»Ich bin kein Baby, okay?«, fahre ich sie an und fühle mich sofort schuldig. Doch sie macht das immer! Immer stellt Mama mich und alle anderen vor ihr eigenes Wohl und arbeitet sich kaputt. »Ich komm alleine klar.«

»Ich weiß, Schatz, ich weiß, aber …« Sie streicht sich das kurze blonde Haar aus der Stirn und sieht so müde aus, wie ich mich fühle. »Du weißt, wenn du reden willst, bin ich für dich da, ja?«

Und wie ich das weiß. Wie viele Nächte kurz nach Maries Tod habe ich bei ihr im Bett geschlafen, wie oft hat sie mich um drei Uhr, vier Uhr morgens getröstet, weil ich Albträume von der Klippe hatte. Seit ich denken kann, wohnen meine Ma und ich alleine. Sie hat sich von meinem Vater getrennt, aber das hab ich ihr nie übel genommen. Alkoholiker. Sie war so lange mit ihm zusammen, wie sie konnte. Hat ihn immer wieder trocken gekriegt, aber er ist immer wieder rückfällig geworden. Ihre größte Niederlage, sagt sie manchmal und lächelt dabei.

Mamas Schultern sinken, sodass ihr BH ein bisschen an den Brüsten klafft und ihr ein Träger von der Schulter rutscht. »Vielleicht bin ich auch nicht die Richtige zum Reden.« Sie stellt ihre Tasse in die Spüle und lässt ein bisschen Wasser den Bodensatz fortspülen. »Vielleicht brauchst du jemanden, der sich besser auskennt. Ich hab letzten Monat eine Kinderpsychologin versorgt, ich kann –«

»Nein, Mama!« Unfassbar. »Ich. Komme. Klar. Heute war ich einfach … keine Ahnung, es war zu heiß, ich hätte 'ne Pause machen sollen. Aber ich bin nicht psycho!«

»Okay, Liebling, wie du willst. Aber morgen um zehn begleite ich dich zu diesem Kripotypen.«

»Ma-a!«

»Du glaubst doch nicht, dass ich dich mit dieser Arschgeige alleine in einem Raum lasse?«

Bei der Vorstellung, wie meine Ma Kommissar Brandtner am Telefon so richtig zur Schnecke gemacht hat, muss ich lächeln. Sie und Andi würden sich bestimmt gut verstehen. Und ehrlich gesagt, fühlt sich die Vorstellung, meine Ma als Rückendeckung dabeizuhaben, echt nicht schlecht an.

Auch wenn das total beknackt ist.

Meine Ma verschwindet kurz in ihr Zimmer und fängt mich zwei Sekunden später fertig angezogen und mit Arbeitstasche im Flur ab.

»Ruf mich an, wenn's dir schlecht geht, okay?«, sagt sie und pflanzt mir einen dicken Kuss auf die Stirn.

»Ja, ja.«

Die Tür fällt ins Schloss. Einen Moment lang ist es still. Vakuum drückt mir auf die Ohren, wie im Weltall. Aber das ist natürlich Bullshit. In einer Zweieinhalbzimmerwohnung in Altona ist es nie still. Der Kühlschrank surrt, draußen auf der Straße fährt ein Auto vorbei, und noch eines, im Treppenhaus klappern Schuhe und Einkaufstaschen.

Ich atme tief ein, tief aus und gehe in mein Zimmer. Schnurstracks zum Sofa am Fenster, das ich letzte Woche unter die Hängematte gequetscht habe. Ich schlage die Bettlaken zurück, die ich oben am Fensterrahmen befestigt habe, und lasse die frische Abendluft hereinströmen. Mit dem Hintern drücke ich eine Schneise in den Kram, der auf der Sitzfläche herumliegt, und lehne mich zurück.

Ziehe mir den Laptop auf den Schoß, einen alten Apple, den ich für quasi umsonst und ein bisschen Gras abgestaubt habe. Emma hat mir ein paar Winx-Sticker aus ihrer alten Sammlung geschenkt, die ich über den Apfel geklebt habe, und Marie hat mit einem wasserfesten Edding Ranken drum herum gemalt. Am liebsten würde ich sie mit dem Finger nachfahren, aber sie sind schon so blass auf dem silbergrauen Metall, und ich will sie nicht noch mehr abnutzen.

Am Leben.

Ich schlage den Laptop auf, und zuallererst rufe ich meinen Blog auf. Es ist kein richtiger Blog-Blog, wo ich sorgfältig zusammengestellte Einträge zu einem Thema poste. Worüber sollte ich auch bloggen, ich bin jetzt nicht unbedingt die Expertin in irgendwas. Es ist ein tumblr-Blog, auf dem ich einfach jeden Scheiß reblogge, der mir unter die Nase kommt: irgendwelche Fotos von schönen Menschen oder Orten, Screenshots von Leuten, die sich im Internet wie Arschlöcher benehmen, lustige Text-Posts, manchmal ernste, manchmal gesellschaftskritische, Vines, hin und wieder noch YouTube-Videos, alles bunt durcheinander. Na ja, ich habe immerhin an die 350 Follower. Niemand von denen kennt mich persönlich, und ich hab noch nie meinen Namen verwendet oder Selfies von mir reingestellt. Ich hab zu viel Angst davor, dass mich jemand aus dem realen Leben dort findet. Ich mache einen neuen Eintrag auf, einen Text-Post.

es wird immer schwieriger, die panikattacken zu verstecken ... glaub, ich werde langsam psycho, hahaha ... oh mann. aber ich kann sie einfach nicht meine Schwäche sehen lassen, ich kann's einfach nicht.

Normalerweise schreiben die Leute alle auf Englisch. Ich auch. Aber manchmal schreibe ich Sachen, die nicht wirklich jemand lesen soll.

Ich halte den Curser über den Post-Button. Es ist buchstäblich unmöglich, dass jemand diesen Eintrag findet.

Aber wie es schon dasteht: Ich kann's einfach nicht. Ich verwerfe den Eintrag und scrolle stattdessen ewig durch die Einträge der Blogs, denen ich folge. Schaue mir ein paar Katzenvideos an, reblogge einen Text-Post über einen Angriff auf ein Asylbewerberheim und höre ein bisschen Musik von meiner Chill-Playlist über meine Anlage.

Nach einer Dreiviertelstunde werfe ich den Laptop neben mich auf einen Klamottenhaufen.

Mal schauen, was Jan gerade so treibt.

Ich rufe WhatsApp auf und gehe auf sein Profil. Da steht zwar nie viel drin, aber immerhin gibt's ein Bild von ihm. Ein typisches Sommerbild am Strand, allerdings mit Tanktop. Schade, er hat echt 'nen guten Oberkörper.

Aber er ist online.

`na? alles klar bei dir`, schreibe ich.

Ich hab irgendwie Lust, ihm ein Bild von mir zu schicken. Nichts Verrücktes, bloß was zum Hallo-Sagen.

Ich rufe meine Foto-App auf und zucke zurück. Meine Augen sind blutunterlaufen, dunkle Schatten darunter und die Foundation ist quasi nicht mehr drauf und lässt die roten Stellen auf meiner Haut durchscheinen.

Nope, in dem Zustand mach ich kein Foto. Ich werfe mein Handy auf einen anderen Kleiderhaufen.

Scheiße, sah ich die ganze Zeit so aus, als ich mit Jan rumgelaufen bin?

Draußen geht die Sonne gerade unter. Sie wirft noch ein paar letzte staubige Strahlen durch mein Fenster. Der Mensch, der über mir wohnt, schiebt Möbel rum, es kratzt und dröhnt von der Decke her.

Mein Blick fällt auf meinen Schreibtisch, wo meine Ukulele Staub fängt. Ich könnte auch mal wieder ein bisschen üben.

Aber mein Laptop ist gerade näher. Ich mache eine Folge »Fresh off the Boat« an, meine Lieblingssitcom gerade. Es geht um eine taiwanesische Einwandererfamilie in den Neunzigern, die von Little China in Washington irgendwo in die Pampa nach Florida zieht. Die erste Staffel läuft gerade auf ProSieben, aber ich bin schon bei der zweiten, also schau ich alles als Stream. In den Neunzigern war ich ja kaum auf der Welt, hab also keine Ahnung, wie es damals wirklich war. Aber ich mag die Klamotten und die Atmosphäre in der Serie. Keine Handys, keine Wirtschaftskrise, alles scheint irgendwie entspannter. Bunter. Vielleicht ist das auch bloß Massennostalgie.

Als ich wieder aufwache, ist es dunkel in meinem Zimmer. Mein Nachbar hat anscheinend genug Möbel rumgeschoben. Ich kann den Wind hören, vor meinem Fenster biegen sich die Büsche. Gut, endlich wird es stürmen und abkühlen.

Ich lasse das Licht aus und ziehe mein Handy heran. 22:36 Uhr. Wow, ich hab echt 'ne Weile gepennt.

Habe ein paar Facebook-Benachrichtigungen und eine WhatsApp von Jan.

`jepp, alles klar =) ich häng grad mit meinem Mitbewohner rum und schau serien. du so?`

`same`, schreibe ich zurück.

```
gleich wird es stürmen
ich liebe gewitter
ich auch!!
```

Ich schaue aus meinem Fenster in die dunkelgrauen Wolken. Noch regnet es nicht, aber die Luft riecht schon holzig und schwer.

Ich schaue aus meinem Fenster und stelle mir vor, wie Jan gerade das Gleiche tut, die nackten Füße vor sich ausgestreckt, neben ihm sein verpeilter Mitbewohner. Keine Ahnung, ob er wirklich einen verpeilten Mitbewohner hat, aber er meinte, es ist ein Philosophiestudent, und die stell ich mir ziemlich verpeilt vor.

Das Gebüsch, das den schmalen Streifen Gemeinschaftsgarten unseres Gebäudes begrenzt, schwankt immer heftiger. Gleich kommen die ersten Tropfen und dann das Donnern. Ich mummele mich tiefer in meinen Klamottenhaufen und rufe Facebook auf, vielleicht hat mich ja jemand zu einer guten Veranstaltung eingeladen. Einmal bin ich ganz spontan zu einer Dragshow, gegangen, und obwohl ich da niemanden außer der einen Facebook-Freundin kannte, war es supercool.

Doch diesmal hat mich bloß jemand auf einem Foto getaggt, Robbie, so ein Typ aus der Parallelklasse. Erst als ich auf eine Abbildung meines eigenen Hinterns starre, fällt mir das kASSy-Profil wieder ein. Meine Hand krampft sich um das Handy. Ich senke den Blick schnell von der Bildunterschrift – das muss ich mir echt nicht antun. Ich lösche die Verlinkung und melde das Foto als unangemessen. Nicht, dass es was bringt.

Ich erkenne den Hintergrund, neben meinem Po steht Marie und trägt das Outfit von dem einen Abend auf Pauls Dachparty. Obwohl ich gemütlicher nicht liegen könnte, rast mein Puls.

Die Schule ist aus, wer macht sich jetzt noch die Mühe, mich mit diesem Profil zu quälen? Hat sich vielleicht Daniel in den Account gehackt, um es mir wegen neulich heimzuzahlen? Ich versuche, eine paarmal tief einzuatmen, aber es ist, als würde meine Lunge auf halber Strecke feststecken.

Ich schaue aus meinem Fenster, warte auf den ersten Blitz und – hat sich da was bewegt?

Langsam stehe ich auf, und dann sehe ich es besser, da hockt jemand in den Büschen.

Ich bleibe stehen, schließe kurz die Augen und hole tief Luft. Richte den Blick wieder auf die Gestalt draußen. Sie steht jetzt und starrt zurück.

Eine Sekunde lang kann ich nicht atmen. Dann stürze ich auf das Fenster zu, und die Gestalt rennt davon. Zwei Sekunden später ist sie weg, und das Gebüsch wiegt sich im Wind, als wäre sie nie da gewesen.

Mein Puls rast. Ich schaue dorthin, wo gerade noch ihre Füße gestanden haben.

Fuck. Wer war das?

Ist jemand hinter mir her? Ohne das Fenster aus den Augen zu lassen, ertaste ich meinen Weg zurück zum Sofa.

Vielleicht war es auch nur irgendein Verrückter?

Oder vielleicht war da draußen niemand, und ich drehe jetzt durch.

Instinktiv greife ich nach meinem Handy. Meine Finger sind verkrampft und kalt.

Soll ich die Polizei anrufen?

Ja, klar. Als ob die mir glauben würden.

Ma?

Nein. Sie muss arbeiten. Und ich schieb doch bloß schon wieder Panik.

Reiß dich zusammen.

Jan?

Meinen Blick immer noch auf das Gebüsch vor dem Fenster geheftet, atme ich einmal tief ein. Ich könnte ihn fragen, ob er rüberkommen will.

Halb schweben meine Finger schon über dem Anruf-Button, da vibriert das Handy. Neue Nachricht von Jan.

```
dann viel spaß beim blitzegucken! schlaf
gut ;)
```

Scheiße, ich kann ihn doch nicht schon wieder vollheulen. Der glaubt doch jetzt schon, ich sei ein Psycho.

Aber hierbleiben kann ich auch nicht. Was, wenn ich mir diesen Menschen nicht eingebildet habe?

Ich scrolle durch meine Kontaktliste. Namen und Ziffern zittern. Reiß dich zusammen, reiß dich zusammen, reiß dich zu …

Es tutet an meinem Ohr.

»Hey, Olli. Na, was machst du so?« Seine Antwort rauscht an mir vorbei wie ein ICE am S-Bahnhof. »Nice. Hättest du Bock, im Hexenkessel feiern zu gehen? Ich krieg uns für umsonst rein.«

Kapitel 4

Ich lege meine Stirn in die Hände, um meinen schmerzenden Nacken zu entlasten. Das war echt eine Scheißidee, gestern feiern zu gehen. Mein Kopf wiegt eine Tonne.

Super. Jetzt auch noch die Bullen.

Es ist nicht mein erstes Mal auf einem Polizeirevier. In Berlin musste ich wegen Vandalismus hin, weil ich mit 'ner Sprayertruppe eine Plakatwerbekampagne verunstaltet habe. Das war eine supereklige Bierwerbung mit nackten Frauen als Flaschenhalter.

In Augsburg haben sie mich wegen Erregung öffentlichen Ärgernisses drangekriegt, ich meine, bescheuerter kann man eine Straftat echt nicht nennen. Bloß weil ich an Karfreitag mit ein paar Antifa-Leuten eine stille Party auf dem Rathaus veranstaltet habe. Wir wollten gegen das Tanzverbot protestieren, das in Bayern an allen möglichen christlichen Feiertagen herrscht, und ich versteh bis heute nicht, warum die Leute Anstoß daran genommen haben. Ich meine, wir hatten alle Kopfhörer auf, und haben keinen Lärm gemacht, und es war unser gutes Recht, gegen dieses blöde Tanzverbot zu protestieren. Aber wenigstens wurde bei beidem die Anzeige fallen gelassen.

Das hier ist etwas ganz anderes, das hier ist richtig schlimm.

Die Räume im Landeskriminalamt riechen nach Zitronenraumdeo und Tapetenreiniger. Meine Ma sitzt neben mir auf einem armlehnenlosen schwarzen Stuhl, der zum Grau des Linoleumbodens passt.

»… und wenn du dich unwohl fühlst, bei egal was, wirklich egal was, steh einfach auf und geh aus dem Raum, sie können dich nicht …«

Ich bin ihr dankbar, dass sie hier ist.

»… versuchen, darauf zu bestehen, dass ich auch dabei sein kann, wenn du willst …«

Sie sollte eigentlich gerade schlafen. Sie hat den Großteil der Nacht Pillen verteilt und Bettpfannen geleert. Und ich habe mich besoffen.

»… ihre Nummer gleich hier. Du brauchst mir nur Bescheid geben und …«

Shit, was hat sie gesagt?

Irgendwas hab ich verpasst.

Meine Ma streichelt mir die Hand und redet weiter, und ich schaue sie an, dunkle Ringe unter den Augen, die Haare schlaff an ihren Wangen, doch ihre Stimme ist tief und umarmend.

Reiß dich zusammen, Kassy. Konzentrier dich.

Sie redet … über eine Anwältin?

Einatmen.

Komm schon.

Doch es ist, als hätte sich eine Hand um meine Kehle gelegt. Sie drückt und drückt, und ich atme ein und ein, und –

»Liebling«, sagt Ma und endlich verstehe ich, was sie sagt. Sie lächelt und hält ihre Hand an meine Wange. »Wir gehen jetzt rein.«

Der Beamte, der vor uns steht, um uns zu begleiten, popelt an seinem Ärmelsaum herum. »Ähm«, seine Stimme ist sanft und unsicher, »ich fürchte, Ihre Tochter muss alleine gehen.«

»Was?«, schnappt meine Mutter sofort, und der junge Beamte beißt auf seiner Lippe herum. »Kommt gar nicht in die Tüte, das hab ich schon Ihrem Kollegen am Telefon verklickert. Meine Tochter wird mit ihm nicht alleine in einem Zimmer sitzen, nicht nachdem er sie zu einem Nervenzusammenbruch getrieben hat!«

»Ma«, sage ich leise, doch sie übergeht mich.

»Sie wird nicht alleine mit Herrn Brandtner reden. Der Mann ist völlig unsensibel.«

Der junge Beamte verlagert das Gewicht von einem Bein aufs andere. »Nun, Kommissarin Hohensträtter wird die Leitung des Verhörs übernehmen.«

»Ich kenne diese Frau nicht, warum sollte ich ihr vertrauen? Nein, inakzeptabel! Ich möchte mit Ihrem Vorgesetzten sprechen.«

»Ich versichere Ihnen, Ihre Tochter ist gut aufgehoben. Diese Aussage ist freiwillig. Sie kann jederzeit beschließen, von ihrem Schweigerecht Gebrauch zu machen oder einen Rechtsanwalt anzufordern.«

Meine Mutter sucht meinen Blick. Sucht mit ihren Haselnussaugen mein Gesicht ab, das Braun so viel heller als meines. Kann ich ihr das zumuten?, denkt sie gerade, da verwette ich meinen Hintern drauf.

»Ich schaff das«, sage ich, und sie starrt noch eine Sekunde weiter.

Dann drückt sie meine Hand, ihr Daumen streicht zärtlich über meine Finger.

»Du schaffst alles, das weiß ich. Denk nur dran, du kannst es immer ablehnen, eine Frage zu beantworten.«

Und plötzlich sitze ich in einem drögen Raufaserzimmer an einem trapezförmigen Tisch. Ich kenne diese Art von Tisch, mit runden hölzernen Beinen und weißen Kunststoffplatten, man kann vier davon leicht zu einem viereckigen Donut zusammenschieben.

Ich hab noch nie einen einzeln gesehen. Der Stuhl ist genau die Sorte Stuhl, die dazugehört; er hat schwere runde Holzbeine und eine breite Sitzfläche, sodass auch Menschen mit dicken Hintern noch reinpassen.

»Frau Jakobi, ich danke Ihnen für Ihr Kommen.« Kommissar Brandtner sitzt mir gegenüber, die Dreiecksfalten um seine Augen passen perfekt zu seiner schnarrenden Stimme. Ich kann ihn echt nicht ausstehen.

Neben ihm sitzt eine Beamtin, sie wirkt ein bisschen älter als Brandtner und viel einnehmender. Sie hat ein eckiges Kinn und einen scharfen Blick, ihre Stimme ist leicht und schwungvoll. »Mit meinem Partner Kommissar Brandtner haben Sie schon telefonisch gesprochen.« Sie legt einen schwarzen Leitz-Ordner auf den Tisch und blättert darin mit ihren spitz zulaufenden Fingernägeln. »Mein Name ist Eva Hohensträtter. Wir ermitteln im Fall Thea Marie Zander. Wir würden Ihnen gerne ein paar Fragen zu der Nacht des siebenundzwanzigsten Juni stellen.«

Ich nicke.

Spüre jeden einzelnen Muskel in meinem Nacken.

Sie sagt, ich solle erst ein paar Angaben zur Person machen. Wo ich geboren wurde, die vollständigen Namen meiner Eltern, Wohnsitz, Telefonnummer. Ich beantworte alles automatisch. Und atme ein, atme aus.

Ich bin ruhig.

Auf einmal geht es wieder von alleine. Es fließt aus mir heraus. Ich kann das. Ich muss bloß ein paar Fragen beantworten.

Die Zeit, in der Kommissarin Hohensträtter mich diesen unwichtigen Scheiß fragt, kommt mir übertrieben lang vor. Vielleicht ist es vollkommen egal, was sie fragt. Vielleicht will sie nur wissen, wie ich aussehe, wenn ich die Wahrheit sage. Man kann sich darauf trainieren, die Gesichter von Menschen zu lesen. Hab ich in so einer Ami-Serie gesehen.

Ich suche den Raum nach Kameras ab. Entdecke nur ein Aufnahmegerät, das wahrscheinlich in den Achtzigern hergestellt worden ist.

Brandtner sagt die ganze Zeit über kein Wort. Schreibt nur irgendwas in sein Notizbuch.

Ich bin ruhig, seelenruhig, und als Hohensträtter fragt, wann ich Marie zuletzt lebend gesehen habe, antworte ich ihr ruhig und gefasst. »Als wir ›Wahrheit oder Pflicht‹ gespielt haben.«

»Könnten Sie mit eigenen Worten wiedergeben, wie das abgelaufen ist?«

Es riecht nach Sand und Wodka und – nein, es riecht nicht nach Meer, es riecht nach Brandtners penetrantem Aftershave und Zitrusraumduft.

»Wir haben eine Wodkaflasche gedreht«, sage ich.

Flacher Ton, fast gleichgültig. Ist ja auch sinnlos, das geheim halten zu wollen, nachdem Emma es auf der Beerdigung vor allen rausposaunt hat.

»Wo?«

»Draußen auf der Terrasse. Irgendwann hat irgendjemand Marie herausgefordert, von der Klippe zu springen.«

»Wer?«

»Ich weiß es nicht mehr genau.«

Natürlich weiß ich noch, dass ich es war. Aber wenn ich das sage, klingt es nicht nach einer kindischen Mutprobe, sondern als hätte ich sie dazu aufgefordert, zu sterben.

»Und um wie viel Uhr war das?«

»Keine Ahnung.«

»Schätzen Sie!«

Langsam geht mir diese Frau auf die Nerven. Ihre Stimme ist so süß, aber irgendwie geht eine Hitze von ihrer Seite des Tisches aus.

»Elf, zwölf? Ich war auf jeden Fall schon betrunken.« Ich halte den Blickkontakt zu ihr, obwohl es sich anfühlt, wie in die Sonne zu starren.

»Und was ereignete sich dann?«

»Irgendwann wollte ich dann springen, keine Ahnung, wieso.« Aus den Augenwinkeln sehe ich, wie Brandtner, dessen Anwesenheit ich total ausgeblendet hatte, sein Mitschreibetempo anzieht. Das Kugelschreiberende schlackert in seiner Hand hin und her.

»Sie wollten von der Klippe springen?«, wiederholt Hohensträtter, und ihre dünnen Augenbrauen rücken einen Zentimeter in Richtung Haaransatz.

»Ja. Da ist so ein Absatz, ungefähr zwei Meter tiefer. Da kann man gut drauf landen. Und da wollte ich eigentlich hinspringen. Nicht komplett runter.«

»Warum?«

Auf meinem Schoß ballen sich meine Hände zu Fäusten zusammen. »Wie gesagt«, ich versuche, geduldig zu klingen, »ich war betrunken. Ziemlich dumm von mir.« Ich klinge stattdessen wütend. Super.

Ganz ruhig. Meine Ma steht nur ein paar Meter hinter der gegenüberliegenden Wand. Das schaffst du.

»Jedenfalls ist Emma wieder reingegangen, und ich bin gesprungen«, sage ich, und mein Blick sinkt auf die Tischkante, die zahlreiche Kerben und Dellen zieren. »Also nicht ganz runter, sondern auf den Absatz natürlich. Und dann bin ich wieder hochgeklettert, und Daniel ist zurück ins Haus, und ich wollte auch. Aber Marie hat gesagt, ich soll allein vorgehen …« Mit der Fingerkuppe fahre ich die Unebenheiten an der Tischkante nach. »Ich glaub, ich hab noch getanzt? Keine Ahnung, ich hab einen richtigen Filmriss.«

»Und daraufhin haben Sie sich vom Tatort entfernt?« Ihr Blick ist warm und hart wie zuvor. Ihr Tonfall ist unverändert, aber ich bin nicht blöd, ich höre den Vorwurf deutlich heraus.

»Was heißt hier Tatort? Ich hatte keine Ahnung, dass Marie …« Die Stimme zittert mir in der Kehle.

Brandtner wirkt kurz, als wäre er angeekelt, aber als ich hinschaue, schreibt er nur milde gelangweilt vor sich hin.

Ich atme tief aus.

Und ein.

»Wahrscheinlich bin ich bei Eric im Auto mitgefahren, Arzu, Jonathan und Daniel sind damit gekommen, wer auf dem Rückweg drinsaß, weiß ich nicht. Ich bin dann zu Hause aufgewacht. Erst dann hab ich erfahren, dass Marie …«, ich schlucke hart, »… was mit Marie passiert ist.«

»Wie genau haben Sie von Maries Tod erfahren?«

»Meine Mutter hat es mir erzählt. Aber vorher hatte mir Emma einen Haufen Nachrichten geschrieben. Ich hab's erst nicht geglaubt. Dachte, sie würde mir irgendeinen dummen betrunkenen Streich spielen wollen.«

»Warum sind Sie vom Tatort geflohen?«

Wieder dieses Wort. Tatort. Dass Menschen es wirklich benutzen, ist so unreal, ich fühle mich wie ein Statist in einer Fernsehserie. In der Stimme der Kommissarin schwingt wieder ein stummer Vorwurf mit.

»Ich wollte keinen Ärger«, sage ich und spüre ein saures Gefühl in meinem Magen zusammenlaufen.

Diesmal bilde ich es mir nicht bloß ein. Brandtner macht ein abfälliges kleines Geräusch. Ich beiße die Zähne zusammen, sodass es in meinem Kiefer pocht.

»Okay«, sagt die Kommissarin unbefangen. »Anderes Thema. Soziale Netzwerke.«

Urgh. Alte Leute denken immer, das wäre das Einzige, was unsere Generation interessiert.

»Ja, was ist damit?«

»Uns ist zu Ohren gekommen, dass Sie Opfer einer Online-Kampagne gegen Ihre eigene Person geworden sind.«

Gott, warum fragt sie das jetzt?

»Irgend so ein Opfer hat ein Facebook-Profil erstellt«, sage ich und zucke abweisend mit den Schultern.

Das geht die hier gar nichts an.

»Hm.« Die Kommissarin legt den Kopf schief. »Ist Ihnen bewusst, dass solche Hassprofile zu 90 % von Tätern aus dem unmittelbaren Umfeld des Opfers angelegt werden?«

»Wie jetzt, Familienmitglieder oder was?«

»Teilweise. Oder sehr enge Freunde. Oder Affären.«

Ich kneife die Augen zusammen und lehne mich auf meinem Stuhl zurück, verschränke die Arme vor der Brust. »Was genau meinen Sie damit?«

»Nun, könnte es zwischen Frau Zander und Ihnen unausgesprochenen Zwist gegeben haben?« Die Kommissarin legt die Fingerspitzen unter ihrem Kinn gegeneinander. »Ich weiß doch, wie das unter Mädchen manchmal so ist. Eifersucht auf einen Jungen oder Neid auf die Figur der Freundin. Etwas, das Sie motiviert haben könnte, dieses Hasspro –«

»Was soll das denn heißen, *unter Mädchen*?« Dieser sexistische Scheiß bringt mich ja sonst schon direkt auf die Palme, als ob alle Mädchen nichts anderes zu tun hätten, als sich um Jungs zu streiten und über ihre Figur nachzudenken, aber die Behauptung, Marie könnte mir oder irgendjemandem so etwas antun, kann ich noch tausendmal weniger auf mir sitzen lassen. »Wir waren beste Freundinnen, klar haben wir uns gezankt, aber das tun alle Menschen. Das ist ganz schön borniert von Ihnen, solche Ansichten zu haben!«

Ein Lächeln erscheint auf dem Gesicht der Kommissarin, und mein Hass auf Brandtner ist schlagartig unwichtig.

»Verstehe, Sie sind eine von denen. Männer und Frauen sind absolut gleich in jeder Hinsicht, huh?«

Wie diese Frau die Hände hebt und so tut, als wäre ich eine Lachnummer.

»Zumindest gleich dumm und voller Vorurteile, ja«, gebe ich gehässig zurück und lächle.

Und sie lehnt sich zurück, während unter dem Tisch meine Knöchel weiß hervortreten.

Brandtner, der kurz aufgehört hat zu schreiben, blättert ausdruckslos in dem Leitz-Ordner. »Sie selbst«, sagt er und irgendwie bin ich ihm dankbar, dass er meinen Blick von dieser Hexe wegzieht, »haben einen Status-Post um 18:34 Uhr am 27. Juni gemacht. Ist das korrekt?«

»Ich weiß es nicht mehr.«

Er zieht eine Seite aus einer Klarsichtfolie und legt sie mir hin. Ich hebe das Blatt hoch, näher an mein Gesicht. Es ist ein Screenshot eines Facebook-Posts.

hey Leute! kommt alle in den Wiesenweg 7 nach Nienbrook!!! unsere liebste Marie verlässt uns ja bald, also wird FETT GEFEIERT! bringt reichlich alk, ihr schnorrer!

»Das hab ich im Zug auf dem Weg nach Nienbrook geschrieben«, bestätige ich. Was ist schon dabei?

»Finden Sie es nicht unverantwortlich, die Adresse einer Party mit minderjährigen Gästen im Internet zu posten?«

Und schon ist Brandtner wieder der größere Arsch am Tisch. Es durchfährt mich eiskalt, diesmal hat er ins Schwarze getroffen. Der Vorwurf, der mich jede Nacht seit Maries Tod wachhält: Meinetwegen ist die Party aus dem Ruder gelaufen.

»Ja«, meine Stimme klingt wie die einer Fremden, brüchig und alt. »Das war eine Scheißaktion von mir. Wenn ich die Zeit zurückdrehen könnte –«

Die Folie knistert, als Brandtner das Blatt wieder hineinsteckt.

»Wie hat Frau Zander auf die vielen Gäste reagiert?«, ergreift nun wieder die Kommissarin das Wort.

»Sie war angepisst.«

»Im Sinne von wütend?«

»Ja, sauer.« Allmählich wird die Luft im Zimmer stickig. Vor Maries Tod hätte ich das nicht bemerkt, aber jetzt setzt es mir zu. »Sie war auch ziemlich angetrunken.«

»Ihre Freundin, Emma Richter, hat bei der Beisetzung ihrer Freundin ganz schön weit ausgeholt«, sagt die Kommissarin, und ihr Blick wird scharf.

»Ist das eine Frage?« Ich kann hier jederzeit rausgehen. Das hier ist freiwillig. Entspann dich.

»Glauben Sie auch, wie Frau Richter behauptet, dass dem Wodka irgendeine Substanz hinzugefügt wurde?«

Da ist sie, die Frage, die ich von Minute eins an erwartet habe. Ich setze mich aufrecht auf die Stuhlkante und schaue abwechselnd von einem Kommissar zum anderen. »Hören Sie mal gut zu. Ich liebe Emma wie eine Schwester. Aber seit Marie tot ist, ist sie halb verrückt vor Trauer. Ich weiß nicht, ob da wirklich was im Wodka war oder ob sie sich das nur einredet.«

»Frau Richter hat uns im Verhör gesagt, Sie hätten Erfahrung mit Rauschmitteln ...« Die Kommissarin lässt den Satz unbeendet.

Ich muss nicht antworten, ich kann auch aus der Tür raus. Frische Luft schnappen. Mit Ma eine Pizza bei Alfredo essen gehen. Sich an diesem Punkt einen Anwalt zu nehmen ist vielleicht echt nicht dumm. Gerade wenn man bedenkt, dass ich schon ein paarmal auf einer Polizeistation zu Besuch war ... Da haben die immer gleich Vorurteile.

Andererseits ermitteln sie in einem Mordfall. Die werden sich nicht für meinen Graskonsum interessieren, und dass ich auch etwas verkauft habe, wissen sie hoffentlich nicht. Ich straffe die Schultern gegen eine unsichtbare Last.

»Meine *Erfahrung mit Rauschmitteln*«, ich setze das Wort mit schweren Armen in Luftgänsefüßchen, »besteht aus ein paar Zügen an ein paar Joints. Emma hält mich da für erfahrener, als ich bin. Ich wüsste nicht einmal, wo ich so krasses Zeug herkriegen sollte.«

Brandtner kritzelt noch zwei Sätze auf sein Papier, dann schlägt er die Akte gezielt wieder auf, betrachtet kurz die Klarsichtfolie und heftet sie diesmal direkt aus. Es ist ein vergrößertes Passfoto von Daniel. Es ist pixelig, und die Farben tanzen vor meinen Augen. Oder liegt das an meinem Kreislauf?

»Haben Sie diesen Jungen am Abend des siebenundzwanzigsten Juni im Ferienhaus der Zanders gesehen?«, fragt Brandtner.

»Ja, das ist Daniel. Emmas Bruder.«

»Wann haben Sie Daniel zum ersten Mal an jenem Abend gesehen? Wann zum letzten Mal?« Ich wiederhole meinen Ich-weiß-nicht-genau-weil-betrunken-Sermon und muss dann wieder Zeiten schätzen.

Als Nächstes zeigt er mir ein Bild von Emma und fragt noch einmal das Gleiche. Und dann ein Passfoto von Eric, dann von einem Mädchen aus meiner Klasse, dann eines, das ich überhaupt nicht erkenne. So geht das zehn Minuten lang, und bei jedem Foto sehe ich weniger und bringe mehr durcheinander. Ich fange an, übers Atmen nachdenken zu müssen, und das lenkt mich noch mehr ab.

»Haben Sie Ralf Zander am Tag oder in der fraglichen Nacht gesehen?«

»Wen?«

»Frau Zanders Geburtsvater. Marie erwähnte wohl, dass sie ihn in Nienbrook gesehen habe.« Mir entgeht nicht, dass Brandtner seinen drögen Staubsaugertonfall abgelegt hat und nun aufmerksam mein Gesicht mustert. »Schauen Sie sich doch bitte dieses Foto an, erkennen Sie –«

»Zum hundertsten Mal: Ich war leider wirklich besoffen, okay? Ich habe keine Ahnung, ob dieser Typ da war oder nicht.«

»Haben Sie –«

»Okay. Das reicht.« Ich stehe so schnell auf, dass ich Punkte sehe. »Ich habe Ihnen alles gesagt, was ich weiß.«

»Das können wir sicher am besten beurteilen, Frau Jakobi«, sagt die Kommissarin, und ich habe Mühe, meinen Blick auf sie zu richten. Der Raum schwankt. Ich stecke eine Hand in die Hosentasche und kneife mir unauffällig ins Bein, bis der Schmerz meinen Blick wieder fokussiert.

»Ich heiße Jakobi-*Hua*.« Durch den Stoff meiner Cargohose kneife ich so fest, dass meine Stimme hart und scharf klingt. »Und wenn Sie wieder mit mir sprechen wollen, besorgen Sie mir einen Anwalt. Wiedersehen, Herr Brandel und Frau … Was-weiß-ich.«

Ich drehe mich auf dem Absatz um und verlasse das Zimmer.

Kapitel 5

Es ist, als würde eine Uhr in mir ticken. Wie lange noch bis zur nächsten Panikattacke? Vielleicht in zwei Minuten, wenn ich Jan gerade seine Fritz-kola einschenke. Vielleicht in drei Stunden, wenn meine Schicht vorbei ist und ich auf dem Weg nach Hause in der U-Bahn anfange zu schreien. Vielleicht in acht, wenn ich schweißgebadet von Albtraum Nummer 596 in meinem Bett hochfahre und sich das Zimmer vor meinen Augen dreht. Herzrasen, Schwindel, Übelkeit, das altbekannte Stechen in der Brust, wo das Brustbein auf die Rippen stößt. Vielleicht jetzt, vielleicht jetzt, vielleicht –

Ich atme tief aus und lege das leere Tablett auf die Theke.

Aber solange sie tickt, ist alles unter Kontrolle. Schätze, ich habe einfach nur richtig Schwein gehabt, dass die Zeit nicht in diesem Scheißverhör abgelaufen ist; und bald werde ich für meine Gefasstheit bezahlen. Bloß eine Frage der Zeit, irgendwann läuft sie immer ab.

Zum hundertsten Mal, seitdem er durch die Tür hereinspaziert ist, starre ich zu Jan hinüber, der an Tisch 14 sitzt und auf seinem Handy rumspielt. Paul hat heute frei, und natürlich ist es immer noch so ekelhaft warm, dass meine Haut klebt.

Eigentlich habe ich wirklich keine Ahnung, wie ich es durchgestanden habe, diese Aussage zu machen, warum ich nicht jeden Atemzug mitzählen musste, warum die Bombe in mir nicht hochgegangen ist. Bei jeder Frage dachte ich, ich sterbe. Nicht im übertragenen Sinne, nicht vor Angst oder so, sondern wortwörtliches Sterben. Dass mein Herz stehen bleibt, dass ich keine Luft mehr kriege. Tatsächliche Todesangst.

»Hey, ist die Cola für deinen Kumpan?« Andi, der sich die nassen Finger am Geschirrtuch an seiner Schulter trocknet, deutet auf die Flasche auf meinem Tablett.

»Jepp.«

»Dann geht die aufs Haus.«

Er wendet sich ab, um einen Cappuccino oder so aus der Maschine zu ziehen, und ich starre ihm auf den Rücken. Öffne den Mund, um mich zu bedanken, doch ein heißer Ball sitzt in meinem Hals. Es ist nur eine kleine Geste, aber ich weiß, dass er Jan dafür belohnt, dass er sich um mich gekümmert hat. Irgendwie ist es, als würde Andi ihm damit seinen Segen geben. Ich habe meinen Chef so unglaublich gern.

Doch kein Wort kommt mir über die Lippen. Meine verschwitzten Finger schließen sich fest um den Rand des Tabletts, sodass die Kante sich in meine Handinnenfläche gräbt. Mein Blick fällt auf das Pärchen an Tisch sechs. Eine junge Frau gibt ihrem Begleiter einen Kuss auf die Wange und hinterlässt einen Lippenstiftabdruck.

Wie ein Lastwagen überrollt mich die Erinnerung an einen Nachmittag auf der Wiese im Jenischpark. Emma, Marie und ich saßen auf einer Picknickdecke und spielten Karten. Irgendwann wurde mir langweilig, und ich bastelte Marie einen Blumenkranz aus Löwenzahn. Als ich ihn ihr aufsetzte, drückte sie mir mit ihrem Lippenstiftmund einen Kuss auf die Wange. Und ich weiß noch, wie ich insgeheim so glücklich über diese Geste war. Doch anstatt es zu genießen, sagte ich: »Ihhh, jetzt hab ich voll den Abdruck.«

Marie grinste bloß und gab dann Emma einen, die mit dem Kopf auf ihrem Schoß eingeschlafen war. Emma setzte sich auf.

»Stempelkissen! Marie, weißt du noch?«, kreischte sie, und Marie fing haltlos an zu lachen.

»Stimmt!«

Sie kugelten sich, und Marie versuchte zwischen zwei Japsern zu erklären, was es mit dem Insider auf sich hatte. Doch mehr, als dass es irgendwie mit blauem Lippenstift zusammenhing, habe ich nicht verstanden. Ich verzog meine Mundwinkel zu einem Grinsen, bis sie sich eingekriegt hatten, und eine Viertelstunde später zog ich los, um mich mit irgendwem zu irgendwas zu treffen. Daran kann ich mich nicht mehr erinnern. Nur an Emmas und Maries Lachen.

Und plötzlich fällt mir ein, was genau mich im Kripo-Amt vor der Panikattacke geschützt hat. Wut. Rasende Wut auf diese Kommissare, die so taten, als hätten sie das Recht, sich in Marie hineinzuversetzen. Als ob sie das je könnten, sie kannten Marie ja bis vor drei Wochen gar nicht. Sie kennen sie immer noch nicht.

Und all die Fotos, die sie mir unter die Nase gehalten haben, so viele Gesichter.

Das Ticken in meiner Brust schwillt an, breitet sich aus, bis sich die Härchen an meinen Armen trotz der Hitze aufgestellt haben.

Eines dieser Gesichter könnte Marie ermordet haben. Vielleicht sogar jemand, der sie gut kannte.

Nicht drüber nachdenken. Kommt sie jetzt, die nächste Panikattacke?

Nicht denken, atmen, ganz tief, süßer Kaffeeduft in meinen Nasenflügeln, und Jan schaut gerade von seinem Handy auf und lächelt mir zu.

Mein Puls beruhigt sich wieder.

»Na, du?«, ruft Jan, während ich mit meinem Tablett auf ihn zukomme, und er streckt die Arme über den Kopf, wie um sich zu dehnen. Er hat den linken Ärmel seines T-Shirts hochgerollt, wie die rebellischen Jungs aus den Fünfzigern, die nicht Haus-Auto-Kind leben wollten und ihre Zigarettenschachteln so verstauten.

»Na, selber?«

Bizeps und Trizeps spannen sich straff über Jans dunkelbraunem Achselhaar. Wenn seine schmale Nase und die geschwungenen Lippen nicht wären, sähe er mit seinem Militärhaarschnitt aus wie einer dieser Assis, die dir im Sommer eklige Sachen hinterherrufen. Aber irgendwie trägt er seinen Style mit einem Schulterzucken. Als wäre ihm klar, dass er sich gerade verkleidet, als würde er es nicht ernst meinen.

Ja, ja, ich geb's zu, ich steh leider wirklich auf Hipster. Zumindest auf die Mode. Ich kleide mich ja selber so.

»Das Gewitter gestern …«, fange ich an und weiß nicht so ganz, was ich sagen will. »… war schon nice.«

»Nice?« Ungläubig schüttelt Jan den Kopf. »Auf einer Skala von eins bis zu ›krassester Shit, den ich je gesehen habe‹ verdient dieses Gewitter mindestens ein ›richtig geil‹.«

Ich grinse bloß, nehme Flasche und Glas von meinem Tablett und stelle sie ihm auf zwei Pappuntersetzer auf den Tisch. »Das geht aufs Haus.«

»Hey«, beschwert sich Jan und kreuzt die Arme vor der Brust, »normalerweise macht das der Mann.«

»Hä, was?«

»Na, bezahlen.« Mit einem verschlagenen Grinsen kippelt er mit seinem Stuhl so weit nach hinten, dass seine Lehne gegen die eines leeren Stuhls am Nachbartisch knallt. Und wieder bin ich mir sicher, dass er mit dieser Rolle spielt.

Trotzdem kann ich das nicht auf mir sitzen lassen.

»Keine Sorge«, sage ich und schenke ihm schwungvoll ein, »dein eisernes Gesetz haben wir nicht gebrochen. Es ist eigentlich Andi, der dich einlädt. Der ist ein Mann.«

Jan lässt die vorderen Stuhlbeine zurück auf den Boden knallen und schnappt sich das Glas. »Dann kann ich dieses Getränk annehmen. Prost! Aber ich fürchte, du musst Andi beibringen, dass ich ein bisschen zu jung für ihn bin.«

Ich schlage ihm mit dem Tablett gegen die Schulter, aber nicht mit Kraft, spüre das dümmliche Grinsen schon auf meinem Gesicht.

Jan strahlt mich an, dann schaut er kurz in seine Cola und holt dann tief Luft, wahrscheinlich lauter als beabsichtigt.

»Aber im Ernst jetzt«, sagt er, und am Tonfall weiß ich schon, was jetzt kommt, »meinst du … ich könnte dich auf ein Eis einladen? Oder, am Wochenende ist Open-Air-Kino. Du kannst auch gerne für dich selber bezahlen«, fügt er hastig hinzu und fährt sich mit der linken Hand über die Haarlinie am Nacken, während sein rechter Daumen einen Kreis auf dem beschlagenen Colaglas zeichnet. »Oder wenn du mich einlädst, sag ich auch nicht Nein, ich meine … also, wie du willst.«

Es ist nicht so, als hätte ich noch nie ein Date gehabt. Jungs fragen mich hin und wieder, ob ich mit ihnen ausgehen will, aber es ist echt eine Weile her, dass ich Ja gesagt habe. Die meisten sind Idioten, und ich gehe sowieso lieber tanzen als Kaffee trinken. Dann ist es auch nicht schlimm, wenn du einen Idioten küsst, du musst den ja nie wiedersehen. Aber Jan ist kein Idiot, also ein bisschen schon, aber auf eine süße Art. Scheiße, was sage ich jetzt?

»Ich …« Jan friemelt den Rand des Fritz-kola-Etiketts ab, er spürt sofort, dass ich Nein sagen werde, ich sehe es an seinen sinkenden Schultern. »Du bist ein toller Typ. Nett und cool und alles.« Eigentlich ist es wurscht, was ich jetzt sage, er wird so oder so enttäuscht sein. Warum sage ich es dann, ich will doch eigentlich mit ihm ausgehen? Ich kann nicht, aber ich will. »Aber dieses ganze Dating, das ist einfach nicht so meins«, sage ich, und damit ist die Sache gegessen.

»Okay«, sagt er, und er hat genau die Falte zwischen den Augenbrauen, die ich vor einer Sekunde vorausgeahnt habe. Mein Déjà-vu-Gefühl ist so stark, als würde mir der Magen durchs Zwerchfell fallen. Die Situation kommt mir so bekannt vor, dass ich das Gefühl habe, sie zu träumen. Als könnte ich zurückspulen und eine andere Antwort geben.

Doch Jan sagt: »Ich versteh schon«, und der Moment ist nicht mehr rückgängig zu machen.

Warum zur Hölle, warum habe ich abgelehnt?

»Also …«, sage ich, ohne zu wissen, wie der Satz zu Ende gehen soll.

Doch Jan schaut an mir vorbei und hebt die Brauen.

»Kassy«, sagt jemand hinter mir.

Ich zucke zusammen, als hätte man mir ins Ohr geschrien.

Sofort spüre ich die Uhr in meiner Brust wieder ticken. Ich drehe mich um, und Emma steht vor mir. Sie hasst mich. Gleich wird sie in die Luft gehen. Wie soll ich das hier ohne Panikattacke hinter mich bringen?

Seit vorgestern habe ich sie nicht gesehen, und sie sieht echt krass aus. Die Haare zurückgebunden in einen unordentlichen Knoten, als könnte das die fettigen Strähnen am Ansatz verbergen, ein labbriges T-Shirt mit hochgeschlossenem Rundkragen und eine Jogginghose – Emma hat noch nie das Haus in einer verlassen – mit feuchten Flecken an den Kniekehlen. Sie sieht blass aus, zerbrechlich, wie die Haut unter müden Augen.

»Ich muss mit dir reden«, sagt sie. Meine innere Uhr pocht mir in den Ohren.

»Hallo, Em.« Ich klinge wie ein schlecht programmierter Roboter. »Wie geht es dir?«

Emma richtet sich auf, ihr blutunterlaufener Blick rutscht an mir hoch, und einen Moment lang sieht sie aus, als würde sie mich gleich an Ort und Stelle erwürgen.

Doch als sie den Mund aufmacht, ist ihre Stimme glatt und leise. »Kann ich kurz dein Handy haben? Hab meines vergessen. Ich muss meiner Mutter schreiben.«

»Klar.« Ich gebe ihr mein Handy, vorsichtig, als würde ich einem wilden Tier etwas zu fressen geben.

»Warum hast du überall rumerzählt, Marie hätte sich umgebracht?«, sagt sie, den Blick immer noch aufs Handy gerichtet.

Ich starre sie an, als hätte sie Chinesisch gesprochen. Im Augenwinkel sehe ich Jan auf seinem Stuhl die Arme verschränken. »Ich dachte …«, sage ich atemlos, dann beim zweiten Anlauf, bleibt mir die trockene Luft im Hals stecken, »… sie könnte vielleicht …« Ich atme gegen die Last auf meinen Rippen an. »… ich wusste ja nicht …«

»Alle haben gedacht, ich sei eine schlechte Freundin, weil ich nicht gemerkt habe, dass es ihr schlecht ging«, sagt Emma und klatscht mir mein Handy gegen die Brust. »Aber ich lag richtig. Marie hat sich nicht umgebracht. Sie wurde ermordet.«

Es könnte ein Unfall gewesen sein, will ich sagen, vielleicht wollte sie runter auf den Vorsprung hüpfen wie ich, vielleicht ist sie wirklich abgerutscht. All die Überlegungen, die ich in den wachen Nächten geschmiedet habe, liegen mir auf der Zunge, doch die steckt wie ein Fremdkörper in meiner Mundhöhle.

In der Brust zittert es.

Emma tritt noch einen Schritt näher, und ich muss durch den Mund atmen; sie stinkt nach altem Schweiß und klammer Wäsche. Noch nie hat sie mir derart Angst eingejagt. »Du gibst dich die ganze Zeit mit Daniel ab«, sagt sie. »Wann wolltest du mir eigentlich sagen, dass ihr was miteinander habt?«

»Was ist falsch mit dir?«, rufe ich, und es ist mir scheißegal, dass die Tusse von Tisch 11 missbilligend mit dem Kopf schüttelt. »Ich hatte nie was mit Daniel!« Aber was Jan von dieser Geschichte hält, ist mir alles andere als scheißegal.

Er sitzt mit gekreuzten Beinen an Tisch 14 und lehnt sich zurück, um Emma besser im Blick zu haben. Meine Finger umklammern das Tablett so fest, dass es wehtut.

»Warum bist du dann mit ihm früher von der Party abgehauen?«, fragt Emma tonlos. Ihr kalter Blick frisst mir ein Loch ins Gesicht, ich spüre das Blut in meine Wangen schießen. Meine Haut brennt, ich spüre, wie es anfängt, mich zu schütteln, und ich drücke das Tablett an mich, als könnte ich so den Ausbruch verhindern.

»Ich kann mich nicht mehr genau erinnern, ich … war betrunken.« Mein Atem geht flach. Mit jedem Wort wird mir schwindeliger.

Ich war so neben der Spur nach dem Flaschendrehen. Sogar tanzen hat mir nicht mehr wirklich Spaß gemacht. Und die Bullen sind anmarschiert, deshalb bin ich weg. Das will ich Emma sagen, doch ich habe Angst, den Mund aufzumachen. Als würde die Panikattacke bloß darauf lauern und sofort an meinen Zähnen vorbeischlüpfen und meinen ganzen Körper anfallen.

Wenn ich nur lange genug die Lippen aufeinanderpresse, wird sie weggehen.

»Sie wurde ermordet«, zischt Emma. »Aber wie alles ist dir auch das wohl scheißegal. Du wirst deine beste Freundin einfach durch irgendeine andere ersetzen, nicht wahr?«

Ich brauche meine ganze Kraft dafür, mich auf den Beinen zu halten. Plötzlich spüre ich Jans Arm um meine Schultern. Emma wirft ihm einen abfälligen Blick zu.

»Und kaum ist sie zwei Tage unter der Erde«, und jetzt ist Emmas Stimme noch leiser, »lachst du dir irgendeinen Prollo an, als wär überhaupt nichts passiert.«

Ich schnappe nach Luft, und sie strömt mir durch den Mund in die Lungen, spült hinein in meine Panik, Emmas Gesicht wird vor meinen Augen körnig. Mein Puls rast, die Bombe geht los in zehn, neun, acht –

»Hey!«, sagt Jan und drückt mich nun mit dem Gesicht voran so fest gegen seine Brust, dass es sich anfühlt, als würde er mir die Tränen aus dem Gesicht quetschen. »Du hast nicht das Patent aufs Trauern. Wenn du nicht siehst, wie fertig Kassy wegen Maries Tod ist, dann bist du selbst keine gute Freundin.«

Ich spüre Emmas wütenden Blick sich in meinen Hinterkopf bohren, während ich wahrscheinlich einen Tränenabdruck auf Jans T-Shirt male. Dankbar, dass er das Sprechen für mich übernommen hat, ziehe ich ihn näher an mich. Die Panikattacke erlischt wie eine glühende Zündschnur an einer Bombe. Kurz vor knapp. Ohne Jan wäre sie mitten im Café explodiert.

Und nachdem er zu Emma sagt, sie solle sich woanders abreagieren und mich in Ruhe lassen, beruhigt sich mein Herzschlag langsam. Ich atme tief Jans Geruch nach Duschgel, Schweiß und Deo ein. Fühlt sich an, wie aus einem Abgrund gezogen zu werden, in den man eigentlich schon gefallen ist. Ich atme und zittere an seiner Brust, bis Emma weg ist, und selbst dann bleibe ich noch so. Mit geschlossenen Augen lehne ich meine Stirn an den tränennassen Stoff in der Kuhle zwischen seinen kleinen Brustmuskeln. Es dauert fast fünf Minuten, bis mein Körper nicht mehr zittert.

Sie hasst mich. Sie hasst mich wirklich, warum würde sie auch ohne Marie jemals mit mir befreundet sein wollen?

Ich ziehe die Schultern an, wie eine Katze, die nicht gestreichelt werden will, und Jan lässt mich sofort los. Er greift nach der Cola und rammt sie mir entschieden vor die Brust.

»Trink!«, sagt er nur und zieht einen Stuhl an seinem Tisch vor. Ich sinke darauf zusammen, als hätte ich die ganze letzte Woche im Stehen verbracht.

Die Cola klebt am Gaumen, aber sie ist süß und kühlt mein Gesicht.

Jan lässt sich neben mir nieder, und es ist, als läge Maries toter Körper direkt vor uns auf dem Tisch. Ich spüre, dass er gerade nachdenkt. Vermutlich fragt er sich etwas in dieser Richtung: Sind alle Mädels aus Altona so durchgedreht?

Aber ich bin ja nicht wirklich aus Altona.

Kein Ticken mehr. Jan hat meinen Countdown zum Stillstand gebracht.

»Hey«, sage ich und schlinge die Hände enger um meine Oberarme. »Aber ich darf aussuchen, wo wir hingehen.«

Verwirrt hebt Jan den Kopf.

»Morgen Abend.« Ich kann grad echt nichts erklären, geschweige denn, charmant sein. »Ich geh mit dir aus, wenn ich bestimmen darf, was wir machen.«

Jan lehnt sich zurück, genau in den Streifen Schatten, den das schmale Stück Wand zwischen den Fenstern wirft.

Ein dunkles, schönes Lächeln öffnet sein Gesicht. Nicht zu breit und ein bisschen melancholisch. »Deal«, sagt er.

Kapitel 6

Der schönste Ort in Hamburg, den ich kenne, ist das IKEA-Dach. Es ist zwar bloß ein Parkhaus, aber die Aussicht ist einfach perfekt. Ich sitze oft hier oben und lasse die Füße in den Abgrund runterbaumeln. Runterfallen kann ich nicht, weil ein Geländepfeiler zwischen meinen Beinen klemmt, an dem ich mich festhalte. Ich will nicht sechs Parkdecks tief auf Asphalt fallen.

Wie Marie an den Klippen.

Nein, nicht wie Marie. Marie hat mit dem hier überhaupt nichts zu tun. Reiß dich zusammen, Kassy.

Scheiße, warum musste ich auch runtergucken. Hoffentlich kommt Jan pünktlich, sonst verpassen wir den Sonnenuntergang. Vielleicht hat er sich verirrt. Oder er findet es creepy, nach Ladenschluss bei IKEA einzusteigen.

Vor mir erstreckt sich die Skyline Hamburgs. Sie ist nicht schön im klassischen Sinne, also nicht so viel Natur mit Bäumen oder Seen oder Bergen, aber wer erwartet so was schon in einer Großstadt. So was findet man nur auf dem Land und in Kleinstädten, und ich weiß, wovon ich rede, ich habe schon so ziemlich überall in Deutschland gewohnt und einmal sogar in Belgien. Aber da war ich noch ganz klein.

Hamburg ist anders. Ich mag die Kanäle, die grünen Flecken im Beton, den Meergeruch, der bei jedem Wetter über der Stadt hängt, man bemerkt ihn gar nicht, aber wenn man Hamburg verlässt, merkt man, dass er fehlt. Aber am allerliebsten mag ich die Hafenkräne, die aus dem Rest der Stadt ragen wie Storche.

Einmal, im Frühling, war ich hier mit Marie. Irgendein Samstag- oder Sonntagmorgen. Sie hatte behauptet, bei Emma zu pennen, und wir haben die ganze Nacht durchgetanzt.

Ich glaube, es war dieses Mal, wo wir eine Studi-Truppe kennengelernt haben, die mit der abgefahrenen Erasmus-Lady. Jedenfalls saßen wir danach hier oben, nur wir zwei, und plötzlich war die Sonne am Horizont, als hätte sie jemand dort fallen gelassen. Marie schloss die Augen und hielt ihr Gesicht in die flachen Strahlen.

Ich zog den Reißverschluss meiner Bomberjacke ganz nach oben, weil ich mir den Arsch abfror, und später wurde ich auch krank. Doch Marie ließ sich einfach von einer kalten Brise das Platinhaar ins Gesicht wirbeln und lächelte, als würde sie sich an etwas erinnern.

»Ist dir nicht kalt?«, fragte ich, und sie schüttelte den Kopf und sah dabei aus, als würde sie selbst Hitze ausstrahlen.

Ich legte meinen Kopf auf ihre Schulter und starrte mit ihr in die Ferne.

Wie lange wir so rumsaßen, weiß ich nicht mehr.

Einen halben Meter rechts von mir ragt der Pfeiler aus dem Beton, um den Marie sich geschlungen hatte. Ich strecke die Hand aus und streiche die sich abschälende Farbe glatt. Ein paar unregelmäßig geformte rote Blättchen rieseln hinab.

»Eines Tages wird das alles dir gehören, Simba«, ertönt eine Stimme.

Hinter mir steht Jan, komplett schwarz angezogen. Jeans, Tanktop, Rucksack und Kappe und sogar ein Hoodie, den er sich voll retro um die Hüften gebunden hat – alles schwarz. Er weist mit seiner rechten Hand majestätisch auf die Dächer Hamburgs und grinst. Und an seinem Ellenbogen baumelt, was zur – ist das ein Picknickkorb?

»Aus ›König der Löwen‹, kennst du den nicht?«

Ich glaube, mein Gestarre hat ihn ein bisschen verunsichert. Er zieht sich am Schild rechts von mir hoch. Meine Hand verkrampft sich um das Metall.

»Setz dich lieber links von mir«, sage ich, ohne die Stange loszulassen. »Da ist die Sicht besser.«

Er nickt und schaut mir dabei in die Augen, als könnte er meine Gedanken lesen. Mit einem hastigen Seitenblick schwingt er sich rüber auf meine andere Seite und lässt die Beine von der Kante baumeln.

Und jetzt? Verdammt, ich weiß doch eigentlich, wie Unterhaltungen gehen. Ich öffne den Mund, doch es ist, als hätte ich vergessen, wie man redet.

»Wie … ähm, geht's den Kids im Behindertenheim?«, sage ich mit trockenem Mund.

Ernsthaft? Warum nicht gleich: »Wie war dein Tag, Schatz?« Wie bekloppt kann man sich nur anstellen.

Doch Jan richtet sich auf und wirkt auf einmal viel belebter. »Gut geht's ihnen. Heute waren wir in der Disco.«

»Was?«

»Na ja«, sagt Jan und lässt seine Beine hin- und herschaukeln. »Die Betreuerinnen und ich veranstalten zweimal im Monat so eine Art Nachmittagsparty im Jugendhaus. Legen Musik auf, mixen ein paar Cocktails. Also, ohne Alkohol.«

Und Gott sei Dank, meine Maulsperre ist wieder weg. »Das klingt richtig gut. Gechillt.«

Jan lacht auf. »Nicht so ganz. Sie sind manchmal echt anstrengend. Claudio hat mal wieder seine Hose ausgezogen.«

»Dann müsst ihr das nächste Mal eben eine Ohne-Hosen-Party veranstalten«, sage ich und schnipse ihm ein abgeblättertes Stück Farbe auf den Schoß.

»Da wär Claudio bestimmt begeistert.« Jan wirft mir einen raschen Blick zu. »Und wie geht's dir? Hat sich Emma wieder eingekriegt?«

Ich klammere mich enger an meine Querstrebe und schüttle den Kopf. »Es ist schon echt bescheuert, das Ganze. Ich war immer neidisch auf das, was Emma und Marie hatten, diese jahrelange Freundschaft. Ich weiß nicht, wie es ist, jemanden so durch und durch zu kennen. Dafür habe ich nie lang genug am gleichen Ort gewohnt. Die zwei haben sich immer alles erzählt. Das hat Marie bei mir nie gemacht. Aber ich glaube, Emma war umgekehrt eifersüchtig auf mich. Darauf, dass Marie die cooleren Sachen immer nur mit mir machen wollte.«

Seit gestern hat mir Emma keine einzige Nachricht mehr geschrieben.

Nicht einmal eine mit Vorwürfen.

Ich versuche angestrengt, nicht in Jans Richtung zu schauen.

»Kann ich aber schon verstehen«, sagt er dann, und das Herz zieht sich in meiner Brust schmerzhaft zusammen. »Ich meine, du bist schon ziemlich cool.«

Ich schaue hoch und sehe einen zärtlichen Ausdruck in Jans Gesicht, wie ich ihn noch nie bei einem Jungen gesehen habe.

»Also eigentlich sogar verdammt cool.«

Während ich eben nichts sehnlicher wollte, als mich mit

Emma zu versöhnen, ist jeder Gedanke an sie plötzlich wie ausgelöscht. Mein Puls beschleunigt wie in letzter Zeit sonst nur bei Panikattacken, nur dass ich jetzt nicht das Gefühl habe, mich in einer Ecke zusammenkauern zu wollen, sondern dass ich gleich abheben und entschweben werde. Und wieder weiß ich nicht, was ich erwidern soll.

»Oh«, sagt er, und seine Lippen sind so weit weg, zu weit, »ich hab dir was mitgebracht.«

Mit einer geschmeidigen Bewegung dreht er sich den Rucksack auf den Bauch und zieht den Reißverschluss auf. »Hab ich meinem Mitbewohner gemopst.«

Erst jetzt sehe ich den Hals einer Ukulele herausgucken.

»Ich dachte, du kannst mir vielleicht was beibringen?«

Oh, nein. Anstelle von Schmetterlingen im Bauch, fühle ich eine Tonne schwerer Steine.

»Jan, ich bin wirklich nicht gut.« Eine Brise zieht auf und wirft mir meine blaue Spitzen ins Gesicht.

Jan streckt seine Hand aus, seine Fingerkuppen streichen mir kurz über die Wange, als er mir die Haare hinters Ohr streicht.

»Du musst nicht, wenn du nicht willst«, sagt er, und seine Stimme ist so sanft wie seine Geste, fast lehne ich mich in die Berührung.

Doch da ist seine Hand schon weg, und seine Augen blitzen auf. »Dann probier ich's einfach alleine. Sind ja nur vier Saiten, wie schwer kann das schon sein?«

Er nimmt den Ukulelenhals in die linke Hand, räuspert sich übertrieben und schlägt die Saiten leer an.

»Sonne über Hamburg«, singt er zu seinem scheußlichen Gedudel. »Oh, du bist so wunderschön! So heiß und rund und so weit weg …«

Ich lache auf. »Okay, okay, um Himmels willen, gib her das Ding!«

Mit einem Zwinkern reicht er mir das Instrument, streift dabei die G-Saite, der Ton hallt durch die warme Luft an der Hochhausfassade hinunter. Das Holz ist dunkel und rau, es fühlt sich besser an als das billige Teil, das ich zu Hause habe. Ich fahre einmal mit dem Zeigefinger am Rand des Schalllochs in der Mitte entlang. Das mache ich immer, bevor ich anfange zu spielen. Eigentlich müsste ich die Ukulele stimmen, aber ich hab kein Stimmgerät, und nach Gehör kann ich es nicht. Hoffentlich klingt sie nicht total schräg. Dann schlage ich den ersten Akkord an, halte ihn zwei Takte und fange an zu singen. Leise, damit meine Stimme in den Höhen nicht bricht.

»Wise men say, only fools rush in –«

Meine Stimme ist zittrig, und erst jetzt wird mir klar, worauf ich mich eingelassen habe.

»But I can't help falling in love with you.«

Shit, shit, shit, warum habe ich ausgerechnet dieses Lied angefangen? Ich laufe rot an, aber jetzt ist es zu spät. Deshalb halte ich den Blick auf den Ukulelenhals geheftet und bete, dass Jan nicht wirklich glaubt, ich könnte es nicht verhindern, mich zu verlieben, wie der Song behauptet.

»Like a river flows –«

Gott, jetzt wird es auch noch superhoch.

»Surely to the sea –«

Hoffentlich klinge ich nicht wie ein Schlumpf.

»Darling, so it goes. Some things were meant to be.«

Aber es ist nur ein Lied, nur ein blödes Lied mit blumigen Metaphern über Liebe und Schicksal, und, nope, ich kann Jan immer noch nicht in die Augen sehen. Shit.

»Take my hand, take my whole life, too –«

Wow, ist das kitschig, warum ist mir noch nie aufgefallen, dass diese Lyrics so furchtbar schnulzig sind? Ich versuche zu verdrängen, dass ich gerade »Nimm meine Hand, nimm mein ganzes Leben« singe.

Aber es ist fast zu Ende, fast da. Ich werde ein bisschen langsamer und leiser.

»Cause I can't help falling in love with you.«

Ich lasse den letzten Akkord ausklingen und höre plötzlich mein Herz rasen, höre, wie es dröhnt und von innen gegen mein Brustbein hämmert.

Vorsichtig richte ich meinen Blick auf und schaue Jan ins Gesicht.

Ein roter Schimmer überzieht sein kurzes Haar. Sein Mund steht leicht offen.

»Also, das ist ein Cover, das ich im Internet gefunden hab«, fange ich an zu faseln, ein bisschen zu laut, um meinen Herzschlag zu übertönen. »Ich kann dir den Link zu dem Video schicken, der Typ spielt das viel …«

Im nächsten Moment küssen wir uns. Ich schlinge meine Arme um Jans Körper und die Stange, die ihn auf dem Dach hält, die Ukulele schlackert leicht gegen seinen Rücken, wenn wir uns bewegen.

Und ich fühle mich so leicht und schwer.

Das Rot am Horizont strahlt, brennt in meinen Augen.

Mein Blick verschwimmt.

Als wir uns voneinander lösen, ist die Sonne abgetaucht, nur der Himmel leuchtet weiter.

Jan schaut mich an und lächelt. Und ich lächle gegen meine Tränen an. Dann nimmt er meine Hand, küsst sie kurz auf die

Knöchel, und ich lasse meine Wange gegen seine nackte Schulter fallen. Wir schauen auf den letzten Strich Sonne am Himmel.

Was würde Marie dazu sagen, dass ich mich verliebe? Denn das ist es doch, was hier gerade passiert, oder? Ich hab schon oft mit Typen geknutscht, aber nichts davon war auch nur vergleichbar mit dem hier gerade. Andererseits kenne ich ihn gar nicht. Kann ich denn jemanden lieben, ohne ihn zu kennen? Scheiße, ich wünschte, ich könnte mit Marie reden. Die kennt sich aus mit so 'nem Kram.

Ich atme tief ein und atme Jan ein.

Kann nicht mehr sagen, was genau seinen Geruch ausmacht, ich weiß nur, dass er mir später fehlen wird. Aber nicht, wie Marie mir fehlt.

Ich bin am Leben.

»Sag mal«, sage ich, um unser harmonisches Schweigen zu durchbrechen, das mir langsam auf die Brust drückt, »warum bist du eigentlich ganz schwarz angezogen? Ich meine, es steht dir, aber es ist sonst jetzt nicht so dein Style, oder?«

Ich höre das Grinsen in seiner Stimme mitschwingen. »Na ja, du hast geschrieben, wir wollen undercover sein.«

Bei Jan bin ich mir manchmal echt nicht sicher, ob er unglaublich cool und selbstironisch oder unglaublich nerdig und bekloppt ist. Wahrscheinlich beides gleichzeitig.

»Und was ist mit dem Korb?« Ich pikse ihn in die Seite.

»Der ist für die Sachen, die vielleicht ein bisschen dreckig sind. Hab ich im Internet gelesen, das soll fürs Containern praktisch sein. Und Handschuhe hab ich auch eingepackt. Zwei Paar sogar.«

Im Internet. Drollig.

Aber eigentlich echt nicht so blöd. Da lerne ich ja auch 95 % meiner Lifeskills. Und dass er sich nach meinem Vorschlag, containern zu gehen, schlau gemacht hat, ist echt cool.

»Na gut, Picknick-Ninja, dann lass uns mal aufbrechen.« Vorsichtig lege ich Jans Arm zurück an seine Seite und stehe auf. »Bis wir zum ersten Supermarkt gefahren sind, wird es bestimmt dunkel genug sein.« Ich nehme Jans Hand, und wir rennen die Autorampen runter, bis uns schwindelig wird.

Der erste Supermarkt, dessen Container wir plündern wollen, liegt in St. Pauli. Die Metallbehälter stehen weitab der Straße, und man kann sie nur von einem schmalen Streifen des Parkplatzes aus einsehen.

Ich schnalle mir meine Minitaschenlampe auf den Kopf – eine dieser bekloppten, aber nützlichen Dinger, die Jogger sich an die Stirn binden, um nachts zu sehen, wo sie hintreten.

Erstmal bitte ich Jan nur, Schmiere zu stehen. Trotzdem schnellt sein Kopf bei jedem vorbeirauschenden Auto herum, bei jedem Passantenschritt vom fernen Bürgersteig. Einmal zuckt er sogar so heftig zusammen, dass er gegen den Container stößt.

»Entspann dich!«, flüstere ich aus dem Innern des Kastens, während ich das Ablaufdatum einer Toastpackung ins Licht meiner Lampe halte.

Auf dem Weg zum zweiten Supermarkt erkläre ich ihm, dass Containern strafrechtlich so gut wie nie verfolgt wird, und wenn doch, dann wird die Klage eigentlich immer fallen gelassen, denn was man da klaut, ist von *geringem bis nicht vorhandenem Warenwert*.

»Deshalb kriegt man nur Ärger, wenn man Schlösser knackt, weil man da tatsächlich Schaden anrichtet. Aber das haben wir nicht vor. Zumindest heute nicht«, schiebe ich hinterher und sehe aus den Augenwinkeln, wie Jan sich beunruhigt am Nacken kratzt.

Beim nächsten Container löst er mich im Mülltauchen ab. Er hat ein gutes Händchen für Obst und reicht mir zwei ziemlich passable Bananenbündel und ein paar Tafeln Schokolade. Sein Hintern ragt aus der Containeröffnung, und ich unterdrücke den Impuls, ihm einen Klaps zu geben.

Nach dem dritten Supermarkt ist er schon voll drin.

»Diesmal hab ich sogar 'ne Ananas abgestaubt«, plappert Jan und hält sie mir unter die Nase wie eine Trophäe. »Die ist noch super, der fehlen nur ein paar Blätter. Verrückt, dass sie die einfach so wegtun!«

Unsere Rucksäcke sind inzwischen proppenvoll. Ich schlage vor, mit unserer Beute nach Hause zu gehen, doch Jan wedelt mit seinem Korb herum.

»Der ist noch halb leer«, sagt er aufgedreht. »Komm schon, nur noch den einen!«

Und natürlich kann ich ihm den Wunsch nicht abschlagen, nicht bei diesem glühenden Blick und erst recht nicht bei dem Kuss, der darauf folgt. Er greift mir um die Taille, und ich stecke meine Hand in seine Hintertasche.

Wir fahren zu einem Rewe in Harburg, wo die Container dicht an der Hauswand des Supermarktes stehen, vom Gehweg nur durch ein paar eingetrocknete Sträucher abgetrennt.

Schwungvoll reißt Jan den Deckel auf und lässt ihn gegen die Hauswand krachen.

»Psssschhhh«, sage ich, aber es wird sofort zu einem Kichern, weil Jan bei dem Lärm, den er verursacht hat, so heftig zusammengezuckt ist, dass ihm der Korb aus den Fingerspitzen geglitten und auf den Boden geplumpst ist.

Verlegen hebt er ihn auf und steckt den Kopf in die Tonne. Ich öffne die Klappe neben ihm, die meisten Container haben nämlich zwei, und hänge meinen Oberkörper rein. Ich strecke mich und küsse ihn auf die Wange.

Er grinst nur und drückt mir einen kleinen Stapel Konservendosen in die Hand. Es müffelt, und auf meiner Seite ist der Boden des Containers kaum mit Ware bedeckt.

»Schade«, sage ich, und meine Stimme hallt in der Tonne wider. »Hier ist fast nichts mehr drin.«

»Oh, aber guck mal, da sind Avocados! Ich liebe Avocados. Vielleicht sind ein paar von denen noch gut.«

Da Jan gerade die Taschenlampe auf dem Kopf trägt, kann ich die Früchte nicht gut sehen. Plötzlich höre ich Schritte hinter mir. Näher als die meisten Passanten. Und dann bleiben sie stehen. Sofort ziehe ich meine Beine durch die Öffnung nach und lasse mich leise zwischen das Essen fallen.

»Spring rein! Da ist jemand«, zische ich Jan zu und nehme ihm den Korb aus der Hand. Er reißt die Augen auf und zappelt ein bisschen herum, aber dann kauert er neben mir und hält so still, als wäre er versteinert.

Draußen setzen die Schritte wieder an und kommen näher. Ich lege die Hand über die Lampe an Jans Kopf, und der Lichtkegel, den sie wirft, erlischt. Stattdessen glüht meine Hand gelb und rot auf Jans Stirn.

Das zweite Mal an diesem Abend wummert mir das Herz so laut in der Brust, dass ich mir sicher bin, dass andere es hören können. Neben mir hält Jan den Atem an. Ich zähle die Sekunden.

Und dann entfernen sich die Schritte wieder, in einem Rhythmus, der mir irgendwie bekannt vorkommt. Eine Minute lang verharren wir, dann flüstert Jan: »Glaubst du, er ist weg?«

Wir lauschen kurz. In der Ferne rauscht ein Auto vorbei. »Denke schon.« Ich nehme die Hand von Jans Stirn, und der Container wird hell.

Wie durch ein Wunder hat Jan es geschafft, sich nicht in irgendein Gemüse oder in einen Joghurt reinzusetzen.

»Ich glaube, ich hab deine Avocados zermatscht«, sage ich und ziehe den Ellenbogen aus einer grünen Pampe. Dass wir gerade fast von einer Polizeistreife erwischt worden wären, ist noch nicht ganz zu mir durchgedrungen.

Jan hingegen atmet heftig, als wäre er gerade von einem Hochhausdach aufs andere gesprungen. Die Lampe an seiner Stirn wirft ihm einen hungrigen Glanz in die Augen.

Dann reißt er mich an sich und küsst mich so heftig, dass ich fast in die Salatköpfe falle. Ich halte sofort dagegen, sodass unsere Zähne aneinanderklacken, und kralle mich hinten in sein Tanktop.

Wir lösen uns erst voneinander, als Jan mit dem Kopf gegen die Containerwand knallt und ein tiefer Gong ertönt. Schwer atmend schauen wir uns an, und eine Sekunde lang wünsche ich mir, Jans Haare wären ein bisschen länger, dann sähen sie jetzt angemessen zerzaust aus, wie meine wahrscheinlich.

Ich grinse und lasse den Containerdeckel aufklappen. Der Junge hat Feuer im Kessel, auch gut zu wissen. Der Kuss auf dem Hochhaus war ja schön und gut, aber das hier war noch mal in eine ganz andere Liga.

Mit einem Satz springe ich aus dem Container raus und nehme Jans Korb entgegen. Erst in der U-Bahn haben sich unsere Adrenalinspiegel anscheinend wieder so weit eingekriegt, dass wir nicht mehr schweigend wie Gangster aus New York durch die Straßen stolzieren.

»Das war der Hammer«, sagt Jan auf einmal und strahlt.

Ich denke an den letzten Kuss und daran, wie es mich heiß überlaufen hat. »Jepp.«

»Und deine Ma gibt dir Geld für die Einkäufe …?«

»… und was ich durchs Containern einspare, kann ich ausgeben, wie ich will.«

»Deine Ma klingt ziemlich cool.«

»Shit, das ist meine Haltestelle«, sage ich und springe auf, Jan folgt mir aus dem Wagen.

»Sie findet es auch schade, das ganze Essen verderben zu lassen«, erkläre ich ihm, während wir die Stufen zur Straße hochgehen. »Und wenn bei uns was übrig bleibt, gebe ich das bei der Tafel ab.«

Eine Abendbrise begrüßt uns auf dem Bürgersteig und bläst mir die Haare ins Gesicht.

»Du bist quasi eine Superheldin.« Jan schlingt den Arm um meine Schultern und pikst mich in die Seite. »Aber dir ist schon klar, dass ich dir zuliebe für unser erstes Date in stinkige Mülltonnen gestiegen bin.«

»Ich dachte, so ist es wenigstens ein denkwürdiges Date«, gebe ich zurück und weiche einem Kussversuch aus. »Gib zu, es hat dir Spaß gemacht!«

Aber Jan zieht bloß die Augenbrauen hoch. »Und ins Café oder ins Kino gehen ist ja auch viel zu mainstreamig«, stichelt er, doch die Fältchen an seinen Augen verraten, dass er es nicht ernst meint.

»Hey, ich *arbeite* in einem Café, da muss ich nicht auch noch nach Feierabend rumhängen. Und ins Kino geht man, wenn einem langweilig ist! Also halt die Klappe, oder ich küss dich«, sage ich und drücke meine Lippen gegen Jans lachenden Mund.

Und plötzlich stehen wir schon vor meinem Hochhaus.

Einen Moment lang bin ich versucht, ihn auf einen »Kaffee« ins Haus einzuladen, doch da beugt er sich runter, küsst mich auf die Nase und wünscht mir eine gute Nacht. Verdutzt schaue ich ihn an, normalerweise drucksen die Jungs an dieser Stelle immer herum, in der Hoffnung, mit zu mir zu kommen. Aber Jan ist anscheinend vernünftiger. Immerhin arbeiten wir ja beide morgen früh.

»Ich schreib dir«, rufe ich ihm hinterher, und er dreht sich noch einmal um und zeigt mir einen erhobenen Daumen.

Ich atme einmal tief aus. Mann, dieser Rucksack ist ganz schön schwer. Wie bin ich die ganze Zeit damit rumgerannt, ohne den Schmerz in den Schultern zu spüren?

Als ich die Sachen aus Jans Korb und meinem Rucksack auf der Küchenzeile ausgebreitet habe, ist es sogar noch mehr, als ich dachte. Bananen, Zucchini, Auberginen, Tomaten, Konservendosen, zwei Marmeladengläser, eine Packung Toast, eine angedetschte Mango, Joghurt, ein Sack Kartoffeln, bei dem eine Knolle gesprossen hat.

Alles, was schnell verdirbt, stopfe ich in unsere Tiefkühltruhe, alles andere in den Vorratsschrank und in den Kühlschrank. Meine Muskeln sind verspannt und schwach vom Rumturnen, und mein Körper zieht mich aufs Sofa in meinem Zimmer hinab, wie eine Metallkugel in einem Trichter. Ich bin so erschöpft, dass ich sofort einschlafen könnte. Nur fühle ich mich gleichzeitig so hellwach, als könnte ich allein durch Willenskraft meine Fensterscheiben zerspringen lassen.

Als könnte ich einen Roman schreiben.

Als könnte ich eine Sinfonie komponieren.

Als könnte ich ein neues Element entdecken.

Ich ziehe meinen Laptop an mich ran und öffne ein Fenster für einen neuen Blogeintrag.

today i had the perfect

Nein, nicht auf Englisch, das ist zu unpersönlich. Ich halte die Löschtaste gedrückt, bis der Curser wieder ganz links blinkt.

ich habe ihn gefunden, meinen unproblematic fave.
er ist

Wie ist Jan eigentlich?

Witzig, auf jeden Fall, aber manchmal auch unfreiwillig komisch. Heiß auch. Sinn für Mode hat er eher nicht so, aber das lass ich ihm mal durchgehen.

Was noch?

Einfühlsam, leidenschaftlich, süß, nachdenklich.

Aber selbst wenn er diese bekloppte Checkliste nicht erfüllen würde, selbst wenn er schlecht riechen würde oder eine blöde Lache hätte, bliebe immer noch dieses eine unumstößliche riesige Argument für ihn: dass ich mich verliebt habe. Und zwar richtig. Ich habe schon mal für den einen Jungen geschwärmt, aber das war bei mir mit vierzehn irgendwann vorbei.

Ich starre auf den blinkenden Curser. Ich könnte das alles aufschreiben über Jan. Aber würde mich irgendjemand wirklich verstehen? Die Menschen, die das auf ihrem Laptop lesen, wissen vielleicht, wie es ist, verliebt zu sein, vielleicht auch nicht, aber was bringt es, ihnen Jan zu beschreiben?

Marie würde mich verstehen. Ihr könnte ich es erzählen. Ich sehe sie neben mir auf der Couch sitzen. Sie würde ihr langes blondes Haar zu einem hohen Pferdeschwanz zusammenbinden und auf ihrem Block irgendetwas zeichnen, während ich ihr und Emma jedes einzelne Detail des Dates beschreiben würde. Und Emma würde sich in der Hängematte zwischen all meinen Klamottenhäufchen einmummeln und ganz überrascht gucken, weil sie gar nicht damit gerechnet hätte, dass ich mich je verlieben würde. Sie würde eine Packung saure Würmer aufreißen und mir die mit dem blauen Ende in den Mund werfen und lachen, wenn ich sie nicht auffangen würde. Wahrscheinlich würden wir auch nicht hier sitzen, sondern in Emmas Zimmer und zwischen ihren hunderttausend Kissen. Am letzten Valentinstag war Marie mit ihrer Mutter und ihrem Stiefvater irgendwo auf einem Skiwochenende, und Emma stand plötzlich vor meiner Tür mit einer Riesentüte Chips und massig Süßigkeiten und drei DVDs.

»*Königreich für ein Lama*, *Der Weg nach El Dorado* oder *Monster AG*?«, fragte sie und schmiss sich in die Hängematte. Wir hingen nie oft in meinem Zimmer ab, aber wenn, dann lag sie immer in der Hängematte.

»Keine Rom-Coms mit Ryan Gosling?«, fragte ich mit gespieltem Entsetzen.

»Nee, die guck ich eher, weil Marie die mag. Ich mag eigentlich Animationsfilme am liebsten.« Sie hält mir die Tüte Barbecue-Chips hin.

»Meine Lieblingschips!«

Emma lächelt. »Nur für dich.«

Ein Stechen in meinen Augen schwillt an, großartig, jetzt geht die Heulerei wieder los. Wie eine bipolare Wodka-Tante, erst super aufgedreht und gut drauf und in der nächsten Minute total am Arsch.

Ich wische mir mit dem Handrücken über die Lider.

Ich habe mein Geheule so satt.

Wem soll ich von Jan erzählen? Ich habe niemanden mehr. Marie ist weg und mit ihr auch Emma.

Ich schließe meinen Laptop. Die einzige Lichtquelle, die übrig bleibt, ist der Mond, der durchs Fenster scheint und mein Chaoszimmer in fahles Blaugrau taucht.

Ich atme tief und zitternd ein, schlucke und blinzle ein paarmal, bevor ich wieder richtig klar sehe.

Und da ist sie wieder. Die Gestalt in den Büschen. Zusammengekauert. Lauernd.

Meine Hände zittern, als ich zum Handy greife.

Scheiße, scheiße, scheiße, bitte nicht schon wieder! Ich hab mir doch erfolgreich eingeredet, dass ich sie mir eingebildet habe, aber wenn ich sie mir einbilde, heißt das doch, dass ich langsam durchdrehe, und wenn nicht, heißt es, da ist wirklich jemand draußen und starrt mich an.

Fuck, jemand hat es auf mich abgesehen. Warum ich, warum passiert dieser ganze Scheiß immer mir?

Immer mir, immer –

Okay, Kassy, reiß dich zusammen. Du musst rausfinden, wer das ist, ob da wirklich jemand ist.

Meine Hand schließt sich fest um mein Handy.

Wenn da draußen jemand hockt und mich beobachtet, darf ich nicht plötzlich schreiend losrennen. Mein Zimmer ist komplett dunkel. Mein Gesicht ist so oder so nicht sichtbar.

Mit wackeligen Knien stehe ich auf und strecke mich. Dann, langsam, als wäre ich schon ein bisschen verpennt, als wäre mein Herzschlag auf Ruhepulslevel und nicht auf Psychokiller-ist-hinter-mir-her-Level, stehe ich auf.

Ich schlurfe in die Küche und versuche zu unterdrücken, dass mein ganzer Körper schlottert, ich muss einfach darauf hoffen, dass die Gestalt draußen nichts bemerkt. Ich mache das Licht an, ziehe das scharfe Messer aus dem improvisierten Spaghettiblock neben der Spüle. Der Wasserhahn tropft laut und beständig in die Metallwanne.

Ich hätte mir Pfefferspray zulegen sollen. Der Griff des Messers liegt kühl und hart in meiner engen Faust, ich halte es mit der Spitze nach unten. Dann schnell zurück in den Flur und von da aus ins Bad. Das Licht in der Küche bleibt an, die Gestalt draußen soll denken, dass ich noch da bin. In der linken halte ich mein Handy, meinen Daumen über dem Notruf-Button.

Bis die Bullen hier sind, ist Weihnachten. Und vielleicht dreh ich auch nur durch, wahrscheinlich sogar, Panikattacken habe ich ja schon, und bei so wenig Schlaf kann es gut sein, dass ich zu halluzinieren anfange. Oder ist das Bullshit?

Mein Herz rast, rast, als würde ich ewig lang in die Tiefe fallen und fallen und fallen, und ich muss da raus.

Ich atme ein, tief, und schlottere nun so heftig, dass ich mich fast mit dem Küchenmesser in den Oberschenkel ritze. Mit einem Ruck öffne ich das schmale Milchglasfenster über der Badewanne und steige hinaus auf den schmalen Streifen Grün, der nach hinten in den Garten führt. Setze einen Fuß vor den anderen, das Gras knirscht unter meinen Sohlen wie Kies. Mein Atem rauscht durch die Luft, mein Herz schlägt einen Trommelwirbel. Warum ist alles so laut?

Dann bin ich an der Hausecke, dahinter ist der Garten, sind die Büsche, und vielleicht ist da die Gestalt, vielleicht auch nicht. Mir wird schlecht vor Angst.

Gleich tu ich's. Jetzt.

Jetzt.

Jetzt.

Ich atme tief in den Bauch und springe dann mit einem Schrei, tief aus dem Zwerchfell, um die Ecke. Und da steht tatsächlich jemand und zuckt zusammen und kreischt, als ich mit dem Messer auf ihn losrenne.

Moment mal. Ich kenne dieses Kreischen. Kurz und schrill wie das Jaulen einer Sirene.

Ich lasse das Messer sinken, hebe die Hand mit dem Handy über meinen Kopf, sodass das Licht auf das Gesicht der Gestalt fällt.

Was zur Hölle?

»Emma?«

Kapitel 7

Ihr Haar hängt ihr fettig und zerzaust vom Kopf. Langsam lässt sie die Hände sinken, hinter denen sie ihr Gesicht verborgen hat, und entblößt ein schreckliches Augenpaar, das Weiß so blutunterlaufen, als würde sie gleich zum Zombie mutieren.

Ich weiche einen Schritt zurück. Atme tief ein und tief aus. Versuche, mir einzureden, dass keine Gefahr besteht. Es ist nur Emma.

Emma, meine Freundin, die an mindestens zwei Nächten in meinem Garten stand und mich halb zu Tode erschreckt hat. Möchte man gar nicht meinen, so vollkommen, wie ihr der Schrecken im Gesicht abzulesen ist. Ich kann ihren pfeifenden Atem hören, der in kleinen panischen Schüben geht, als ob ich das Messer in meiner Hand nicht lose mit der Spitze nach unten halten, sondern ihr gegen die Kehle pressen würde.

»Was machst du hier?«, frage ich, klinge dabei nur ein bisschen schwächer, als ich mich fühle. Eine Brise fährt mir in den Kragen über die Nackenhaare, und Emma starrt mich mit ihrem abgestumpften Blick an. In der Auffahrt brummt ein Automotor. Emma steht da, als wäre sie nicht aus Fleisch und Blut, sondern Teil des Gartens, ein Baumstumpf, den man zu weit oben abgeschlagen hat. Dann fallen ihre Schultern herab, und ihr Blick gleitet zu Boden.

Ein Wimmern, ihre Schultern fangen an zu zittern, und sie heult auf. Sie umschlingt ihre Oberarme und krümmt sich, als würde sie sich übergeben.

Ach, Scheiße. Ich schaue mich um, überlege, wohin ich das Messer tun kann, lege es auf meine Fensterbank und gehe dann auf Emma zu, um sie zu umarmen.

Natürlich ist mir klar, dass wahrscheinlich sie die letzten Tage vor meinem Fenster herumgelungert hat, dass sie mir Vorwürfe ohne Ende macht, dass sie mich inzwischen wohl hassen muss, aber ich kann nicht anders. Ich nehme sie in den Arm, obwohl ich am liebsten auf dem Absatz umdrehen und so weit weglaufen würde, bis ich kein menschliches Gesicht mehr sehen muss.

Ich drücke sie ganz fest an mich, so wie Andi mich gedrückt hat, als Kommissar Brandtner angerufen hat. Ihr Gesicht lehnt gegen meine Schulter. Ich lege ihr eine Hand auf den Kopf, ihr Haar riecht muffig, die Haut an ihren Armen ist klebrig von Schweiß. Ihr weicher Körper zuckt und spannt sich an, während ich versuche, sie zu trösten. »Schhhhh«, mache ich und sage, dass alles gut wird, auch wenn das natürlich glatt gelogen ist.

Marie ist tot, gar nichts wird wieder gut. Niemand kann sie zurückbringen, nichts kann wettmachen, dass wir nie mehr mit ihr reden und lachen und schreien können. Sie ist in einem Kasten unter der Erde und verrottet in der gleichen Hitze, die uns bloß zum Schwitzen bringt. Und Emma muss atmen, und ich muss atmen. Ich drücke Emma so fest an mich, dass ich um jeden Luftzug kämpfen muss.

Ich bin am Leben. Meine Lider werden heiß.

Am Leben.

Als ich mich von Emma löse, tun mir die Arme und die Augen weh. »Hey«, sage ich, die Stimme so rau, dass ich mich zweimal räuspern muss, bevor ich normal reden kann. »Komm rein, ich mach dir 'nen Tee.«

Emma schnieft und zittert, mein Arm um ihre Schulter zittert mit. Ich lasse erst los, als wir an der Küchentheke stehen und ich den Wasserkocher unter den Hahn halte.

Dann verschlinge ich meine Arme vor der Brust und schaue Emma offen an.

»Emma, was ist los?«

Ihr Blick huscht vom tropfenden Wasserhahn zum Küchenfenster hinter mir, zurück zur Anrichte und schließlich auf ihre Hände. »Ich hab dir etwas Schreckliches angetan, Kassy«, sagt sie, und wie zur Hölle schafft sie es, wie die alte Emma zu klingen, wenn sie etwas ausgefressen hat, während ich immer wie ein Alien klinge, sobald ich den Mund öffne.

»Du hast mich beobachtet?«

Sie nickt, und sofort flattert ihr Kinn wieder, und ihre Augen schwimmen in Tränen. »Seit ein paar Tagen. Ich hab dich gestalkt. Heute bin ich dir und deinem neuen Freund gefolgt, als ihr dieses ganze Essen geklaut habt.«

Natürlich! Emma war die vermeintliche Polizeistreife, vor der Jan und ich uns in dem letzten Container versteckt haben. Einen Moment lang spüre ich ein bizarres Lachen in meiner Kehle, doch als Emma vor Schluchzen kaum noch Luft kriegt, vergeht es mir sofort.

»Aber warum?«, frage ich und angesichts von Emmas Zustand kann ich einfach nicht vorwurfsvoll klingen.

Emma knetet ihre Hände vor dem Bauch. »Ich weiß nicht, Kassy, ich bin nicht mehr ich! Ich halte es nicht aus. Jede Sekunde ohne Marie ist wie …« Sie schüttelt den Kopf, presst die Lippen so fest zusammen, dass sie weiß werden. »Ich muss einfach … ich muss wissen, was ihr zugestoßen ist. Und ich war so sauer auf dich, weil du rumerzählt hast, sie hätte sich umgebracht. Da ist es mit mir durchgegangen.« Flehentlich hebt Emma den Blick, und ich muss schwer schlucken. »Ich – ich dachte, du und Daniel wärt irgendwie in Maries Tod verwickelt. Deshalb bin ich dir gefolgt.«

Mein Magen fühlt sich an, als hätte Emma eine Pirouette gedreht und mir mit Schwung in den Bauch getreten. Alle Luft wird aus mir herausgepresst.

Dampf strömt aus der Spitze des Wasserkochers hoch zur Decke. Meine Hände tasten nach einer Tasse vom Abtropfgitter neben der Spüle, hängen einen »Guten-Morgen«-Tee meiner Mutter hinein. Ich kann Emma gerade nicht in die Augen sehen. Ich weiß nicht, was ich erwartet hatte, aber dass sie mich verdächtigt, ist so viel schlimmer als ein Tritt in den Magen. Doch ich kann es ihr nicht verübeln, allen, die gefragt haben, habe ich erzählt, Marie hätte sich umgebracht. Wie sonst hätte ich mir ihren Tod erklären können?

»Aber das ist nicht alles«, sagt Emma und nimmt die heiße Tasse zwischen ihre fahrigen Hände.

Bitte nicht, Emma, ich kann nicht mehr. Ich bin so müde.

»Das …« Ihre Stimme versagt, und ihr Blick wird wieder wässrig. Sie strafft ihre Schultern. »Das Profil … ich …«

Weiter kommt sie nicht. Ihre Lippen beben nur noch, wie eine halb tote Qualle im Schlick.

Aber das muss sie nicht. Ich begreife sofort, was sie getan hat. Sie war es also. Emma hat diese Fotos von mir geschossen, Emma hat das Facebook-Profil angelegt. kASSy – See the ass inside. Was für ein Scheißname.

Mein Atem wird flach. Das Tropfen des Hahns dröhnt in meinem Schädel.

Mir wird schlecht. Meine Hände greifen um die Kante der Küchenzeile, sie kühlt meine Handinnenflächen, und ich stütze mich ab.

Aus den Augenwinkeln kann ich Emma sehen, die mit verquollenem Gesicht näher rückt und die dampfende Tasse beiseitestellt. »Es tut mir leid«, sagt sie, und ich will nur noch, dass sie verschwindet.

Sie hebt den rechten Arm, als wollte sie mir an die Schulter fassen, doch ich weiche ihrer Hand aus. Sie greift ins Leere. Ihr Arm sinkt herab, und sie schluchzt wieder auf. Es klingt hoch und quietschend.

Ja. Heul nur.

Ich höre jedes einzelne Geräusch. Ihr Luftholen, zitternd und tief, als ob ihre Lunge sich erst auseinanderfalten müsste, ihr Schniefen wie eine Ertrinkende, unbestimmtes Summen, wahrscheinlich ein Fernseher über uns oder nebenan, der Besitzer ist vielleicht schon weggepennt. Um halb zwei Uhr morgens klingt alles aufdringlich.

»Ich habe sie geliebt, Kassy.« Emma spricht leise und ohne zu weinen.

Und ich nicht? Glaubt Emma wirklich, dass Marie mir nichts bedeutet hat? Dass Marie mir egal ist, bloß austauschbar, wie sie neulich im Café gesagt hat?

Ich atme ein, ich kann es nicht ertragen, ich atme aus, ich halte es nicht mehr aus.

Ich renne aus der Küche, in mein Zimmer, weg von Emma. Kenne den Flur im Dunkeln auswendig, während Emma hinter mir gegen Kommoden und Bücherstapel stößt. Warum kann sie mich nicht einfach in Ruhe lassen, ich will nur schlafen, einfach schlafen. Ich erreiche mein Zimmer, packe die Klinke, doch bevor ich die Tür ganz zukriege, hat Emma aufgeholt und ihren Körper zwischen Türrahmen und Tür manövriert. Da ist nichts mehr zum Verstecken. Ich kauere mich unter der Hängematte zusammen.

»Kassy, bitte!«

»Ich habe sie auch geliebt!«, schreie ich. »Marie war meine beste Freundin. Und du warst auch meine beste Freundin. Was hat das mit diesem widerlichen Profil zu tun?«

Obwohl ihre ausgeweinten Augen wieder wässrig werden, hält Emma den Blickkontakt. Sie steht an der Türschwelle und schüttelt bloß heftig den Kopf, als wollte sie so ihre Tränen wegschleudern.

»Nein, ich habe sie *wirklich* geliebt.« Sie schiebt sich eine Strähne hinters Ohr. Wie normal und alltäglich diese Geste aussieht. Als wären wir in der Schule. »Ich … ich hab mich in Marie verliebt.«

Oh. Okay. Damit hatte ich absolut nicht gerechnet. Scheiße, jetzt muss ich gut reagieren. »Wie lange …«, setze ich an, wieder mit einer Stimme wie eine Fremde.

»Keine Ahnung«, sagt Emma matt. »Ich hab es erst richtig verstanden, als ich vor ihrem Sarg stand.«

Hinter meiner Stirn pocht es schmerzhaft. Eindeutig zu viele neue Informationen für mein schlafbedürftiges Gehirn.

Emma war in Marie verliebt.

Emma hat ein Hassprofil über mich erstellt.

Emma hat mich verdächtigt.

Plötzlich verbinden sich diese Sätze und ergeben Sinn. Weil sich Emma, die in Marie verliebt war, von mir bedroht gefühlt hat, hat sie eine Abneigung auf mich entwickelt. In die hat sie sich hineingesteigert bis hin zum Hassprofil, bis hin zum Stalken.

Ich hätte irgendwer sein können. Es reichte, dass ich augenscheinlich zwischen sie und Marie gekommen bin. Sie war eifersüchtig auf mich. Und das liegt überhaupt nicht an mir. Als hätte sich ein Schalter in mir umgelegt, kann ich nicht mehr wütend auf Emma sein. Im Gegenteil. Zaghaft nehme ich ihre Hand in meine, doch sie entzieht sich.

»Dieses Facebook-Profil war so schrecklich«, sagt Emma jetzt und stolpert über die Worte, als wären sie zu groß für ihre Zunge. »Keine Ahnung, was mich geritten hat. Du bist so viel cooler und schöner und interessanter als ich, und Marie …«, ihr Oberkörper schwankt vor und zurück. »Und jetzt hab ich's total verkackt, auch das mir dir. Jetzt hab ich niemanden mehr, ich bin ganz allein und werde nie wieder …«

Ich starre ihr vor die Füße. »Vergiss das Profil.«

»Nein, das kann ich nicht.«

»Emma.«

»Es war schrecklich von mir, und nichts kann entschuldigen, was ich getan habe.«

»Emma.«

»Ich bin so gestört«, schluchzt sie. »Ich glaube, ich muss irgendwo in Behandlung gehen.«

»Emma!«, schreie ich fast, um zu ihr durchzudringen, um ihren Blick aufzufangen. »Du bist nicht gestört.«

Ich stehe auf und krame im Chaos auf dem Sofa nach einer Tempopackung. Es knistert, als ich ein Taschentuch rausziehe und es Emma entgegenhalte.

»Bitte denk niemals, dass du gestört bist. Du bist scharfsinnig und schön und stark.«

»Aber ich … das Profil …«, flüstert sie stimmlos. Mit schwachen Fingern nimmt sie mir das Papiertuch aus der Hand.

»Marie wurde dir weggenommen, bevor dir überhaupt richtig klar wurde, was du für sie empfindest.« In meinem Magen zieht sich alles zusammen. »So was hätte jeden paranoid gemacht. Komm her!«

Kurz schaut mich Emma an, als ob sie eine Falle befürchtet. Dann bläst sie einmal kräftig ins Taschentuch und lässt sich aufs Sofa lotsen.

»Du findest es nicht schlimm, dass ich …«, sagt sie und starrt auf das Papier in ihren Händen.

»Dass du auf Mädchen stehst?«

Sie nickt und zieht die Nase hoch.

Sie hasst mich nicht.

»Überhaupt nicht.«

»Du bist die Erste, der ich das gesagt habe«, flüstert sie.

Meine Augen jucken, und ich kann nicht mehr. Mein Zimmer verschwimmt. Die Klamotten, die Postkarten und die Poster an den Wänden, der ganze Kleinscheiß. Alles ist plötzlich unwichtig. Es bricht aus mir heraus, ohne Vorwarnung, ohne Zittern weine ich so heftig, dass es mich erschreckt.

Und jetzt zieht Emma mich in ihre Umarmung, groß und warm.

Sie hat Marie geliebt. Und Marie wird es niemals wissen.

Am liebsten würde ich mich unter all meinen Sachen vergraben und schlafen, bis alles wieder gut ist. Emmas Hand liegt auf meinem Kopf.

Sie tröstet mich. Sie mich. Wie beschissen ist das denn von mir, es müsste doch ganz klar umgekehrt sein.

Ich richte mich auf und fahre mir mit dem Unterarm übers

Gesicht, sodass ich meine Armhärchen auf der Wange spüre. Dann lege ich meinen Kopf auf Emmas Schulter ab und schließe meine brennenden Augen.

»Meinst du, Marie hätte es schlimm gefunden?«, wispert sie.

Ich schüttle den Kopf. »Ganz bestimmt nicht.«

Ich weiß nicht, ob es stimmt, was ich gerade gesagt habe. Aber ehrlich gesagt, kann ich mir jetzt, da ihr Kopf gegen meinen kippt, nicht vorstellen, wie ihr irgendjemand etwas Böses wünschen könnte.

Wir sitzen nebeneinander da, bis unsere Atemzüge sich verlangsamen und meine Lider schwer werden.

Ich atme tief ein und ziehe vorsichtig meinen Kopf aus unserer Verschränkung. »Emerald?« Ihre Mundwinkel zucken schwach an meiner Schulter. »Soll ich dir ein Bad einlassen?«

Sie hebt den Kopf und schaut mich aus ganz kleinen Augen an. »Oh shit. Miefe ich?«

»Ein ganz kleines bisschen«, sage ich und kichere. »Aber nicht schlimm. Ich glaube nur, ein Bad könnte dich entspannen.«

Emma nickt und kuschelt sich in meinen Klamottenberg.

Ich stehe auf und gehe ins Bad. In meinem rechten Fuß prickelt es, wahrscheinlich ist er eingeschlafen. Ich stecke den schwarzen Gummipfropfen in den Abfluss und drehe den Hahn voll auf. Halte die Hand in den Strahl, bis er warm genug ist. Dann kippe ich den türkisfarbenen Badezusatz rein, den ich Emma im Winter zum Geburtstag schenken wollte.

Als Emma in der Wanne liegt und ich wieder auf meinem Sofa, sackt mein Körper in sich zusammen, als hätte jemand meine Fäden gekappt. Draußen pfeift eine Windböe schwächlich auf, und dann ist es wieder totenstill.

Emma hat ihre erste große Liebe verloren, bevor ihr überhaupt klar war, was sie fühlte. Ihre Liebe ist echt, natürlich liebt sie Marie, natürlich ist Emma am Boden zerstört. Und was mache ich? Ich gehe und verknalle mich in den erstbesten dahergelaufenen Typen, der mich nett anlächelt und einen guten Hintern durch die Landschaft trägt.

»Kassy?« Emma steht in ein rotes Handtuch gewickelt vor mir und tropft auf den Boden. »Alles in Ordnung?«

»Bin nur kurz weggenickt«, murmele ich und stehe hastig auf, um Emma ein zweites, kleineres Handtuch für die Haare rauszusuchen. Sie trocknet sich kurz ab, dann gebe ich ihr eine Unterhose und mein Ramones-Shirt, das ich manchmal nur mit Leggins trage.

Als wir beide die Leiter hoch zu meiner Matratze geklettert sind, biete ich ihr den Platz mit der Wand im Rücken an, weil ich weiß, dass sie Angst hätte, sonst runterzurollen. Doch Emma bleibt unschlüssig auf der vorletzten Sprosse stehen.

»Findest du es nicht komisch, mit mir in einem Bett zu pennen?«, fragt sie und meidet meinen Blick.

Ich gebe Emma meine Hand und ziehe sie auf die Matratze. »Sei nicht albern, Pumpkin.«

Sichtlich erleichtert legt sie sich hinter mich, und ich kuschele mich an sie ran, bis mir ihre nassen Haare die Stirn kühlen.

Dicht aneinandergedrängt schlafen wir ein. Zum ersten Mal seit Tagen träume ich nicht von der Klippe. Ich träume von Emma, die Händchen haltend mit Marie auf dem Hochhaus sitzt und den Sonnenuntergang anschaut. Sie tragen Schleier, wie die Braut bei einer altmodischen Hochzeit, nur in Schwarz. Emma dreht sich um und sagt, ich hätte ihr Glück zerstört. Ich will zu ihr gehen und sie um Vergebung bitten. Doch als ich Marie an der Schulter fasse und umdrehe, merke ich, dass unter dem Schleier nicht ihr Gesicht ist. Nur ein gesichtsloser, flacher Puppenkopf.

Ich schlage die Augen auf. Neben mir liegt eine zerkrumpelte dünne Decke. Keine Spur von Emma.

Mit trockenem Mund drehe ich mich auf den Rücken und starre an die Decke nicht mal einen Meter über mir. Die Postkarten, die wir zusammen in Cafés und Kneipen gesammelt hatten, die Zeichnungen von Marie, die Fotos von uns dreien, die dort bis kurz nach Maries Tod geklebt haben, musste ich abhängen, um überhaupt eine Chance zu haben, einschlafen zu können. Nicht, dass es viel gebracht hätte.

Mit klebrigen Augenwinkeln taste ich die zugemüllte Fläche zwischen Leiter und Matratze ab, bis die Fingerspitzen aufs Handydisplay treffen.

7:23 Uhr zeigt der Bildschirm an.

Ich gebe mir einen Ruck und steige die Leiter hinab. In der Küche sitzt Emma an unserem Tisch und schneidet gerade einen Apfel in viele Schnitze. Vor ihr ist der Tisch mit Frühstückstellern, Aufstrich und Toast gedeckt.

»Guten Morgen, Honey«, sage ich, und sie schaut auf. Sie wirkt viel frischer als gestern, obwohl wir kaum mehr als vier, fünf Stunden geschlafen haben. »Geht's dir gut?«

Emma hat noch das Oversize-T-Shirt mit dem Ramones-Bandlogo an. Auch ihr ist es zu groß, aber es steht ihr gut. »Ich hab auf jeden Fall gut geschlafen.«

Ich setze mich an den Platz ihr gegenüber und nehme mir einen Toast. »Wow, du warst ja schon echt fleißig.« Ich deute auf die Pfanne mit Rührei.

»Ich dachte, ich tu dir was Gutes, nachdem du gestern so cool zu mir warst«, sagt sie und schaufelt mir Ei auf den Teller.

Begeistert beiße ich in meinen Rühreitoast. »Oh, geiler Scheiß«, stöhne ich und schlinge ihn in ein paar Bissen runter, bevor ich mir einen neuen mache. Der Pfeffer steigt mir in die Nase. Es schmeckt phantastisch.

Eine Weile sind nur mein Schmatzen und gelegentliches Fußgetrappel aus der Wohnung über uns zu hören.

»Hey, sag mal …«, fange ich schließlich an und lege meinen Erdnussbuttertoast ab. »Also, wir müssen nicht darüber reden, wenn du nicht willst, aber …« Ich schlucke einen großen Bissen Apfel hinunter. Ein bisschen schneller geht mein Puls schon, ich will nichts Falsches sagen. »Glaubst du, du bist vielleicht bi?«

Emma holt die Teekanne von der Anrichte und schenkt mir ein. »Keine Ahnung. Ich kenn mich echt nicht aus.«

»Also, ich weiß halt nur, was mir Leute erzählt haben, die selber nicht hetero sind. Verlass dich ja nicht auf meine Infos.« Ich setze meine randvolle Tasse an die Lippen und dann ganz schnell wieder ab.

Shit. Viel zu heiß.

»Ja, okay. Sag mir einfach, was du weißt.«

Ich puste vorsichtig auf den Tee. Die Oberfläche kräuselt sich. »Also bisexuell bedeutet im Grunde, dass du sowohl auf Mädchen als auch auf Jungs stehst. Du könntest dir vorstellen, mit 'nem Mädchen zusammenzukommen. Oder halt mit 'nem Typen.«

Gespannt hebe ich den Blick zu Emma. Sie wirft mir einen unsicheren Blick zu und fährt mit dem Daumen am Henkel ihrer Teetasse entlang. »Ich denke nicht, dass ich auf Jungs stehe. Ich habe nie wirklich einen küssen wollen.«

Wow. Ich nicke beeindruckt. So selbstsicher habe ich Emma lange nicht gesehen. Es steht ihr. »Dann bist du wahrscheinlich lesbisch.«

Mir entgeht nicht, wie der Muskel an Emmas Kiefer zuckt, als ich das Wort »lesbisch« ausspreche.

»Hey«, sage ich sanft und strecke meine Hand über den Tisch, streiche ihr über den Handrücken. »Ich weiß, es gibt noch einige Arschlöcher auf der Welt, die Lesben und Schwule scheiße finden. Aber für jeden von denen gibt es einen Haufen, die dich akzeptieren und gernhaben.«

Sie zieht die Hand unter meiner weg.

»Ich kann gerade nicht so gut damit umgehen. Ich denk auch nicht, dass ich mich jemals wieder verlieben werde.« Ihr Blick gleitet weg, und ich bin mir sicher, dass sie gerade Marie vor sich sieht. Marie mit ihrem strahlenden Haar, den verträumten Zeichnungen, dem wissenden Blick.

Ich drücke ihre Hand, wie um sie zurück in die Gegenwart zu ziehen. »Hey, wie wär's: Jan und ich wollen uns heute *Mad Max* im Kino angucken. Ich schreib ihm, dass du mitkommst, okay?«

Emmas Blick schnappt zurück. »Bloß nicht! Er hält mich doch sicher für'n Vollpsycho, so wie ich neulich zu dir ins Café gekommen bin.«

»Blödsinn«, sage ich und ziehe mein Handy aus der Hosentasche. »Der wird schon verstehen, was du durchgemacht hast. Ich erklär's ihm.«

Nervös kratzt Emma an ihrem Daumennagel. »Ich … will auch nicht das dritte Rad am Wagen sein.«

`bringe emma mit. sie hat sich beruhigt, braucht aber trost, also sei cool!`, tippe ich. »Wenn, dann ist er das dritte Rad! Du bist schon länger da als er.«

Emma schaut mich dankbar an. Ein bisschen hirnlose Ablenkung wird ihr bestimmt guttun.

`roger,` kommt es von Jan zurück. `dann bring ich zwei tüten chips statt einer :)`

Verrückt, dass er schon so früh zurückschreibt. Ich habe ihn bestimmt geweckt.

»*Mad Max …*«, sagt Emma und sieht aus, als würde sie sich an etwas erinnern. »Ich dachte, der läuft längst nicht mehr.«

Ich summe zustimmend in meinen Tee. Wenig begeistert kaut Emma auf ihrem Nutellabrötchen herum.

»Das ist so eine Aktion von dem Kino, in das ich mich immer reinschnorre«, erkläre ich. »Die zeigen die coolsten Filme vom letzten Jahr in einer Matinee, also vormittags, und dann kommst du für den halben Preis rein.« Ich stopfe mir das letzte Stück Rühreitoast in den Mund und lecke mir die Finger ab. »Aber mal sehen, vielleicht schaffe ich es, uns ganz für umme reinzukriegen.«

Emma nickt abwesend. Ihr angebissenes Brötchen bleibt auf dem Teller liegen.

Kapitel 8

Wir treffen uns mit Jan an einer Straßenecke in St. Pauli. Er küsst mich und umarmt Emma zur Begrüßung. Sie trägt mein Batman-T-Shirt, das ich ihr an der Taille in einen gepunkteten Maxirock von mir gesteckt habe. Ihre Haare sind aus dem Gesicht geflochten, und meine runde Sonnenbrille steht ihr ausgezeichnet. Jan lächelt ihr schüchtern zu und zeigt uns seinen Rucksack voll mit Cola und Chips.

»Salt and Vinegar und Paprikachips«, sagt er und kratzt sich am Nacken. Sein Blick huscht immer wieder zu Emma, als befürchte er, sie könnte sich jeden Moment in die Emma aus dem Café zurückverwandeln, mit wildem Blick und zerzaustem Haar. Ich nehme seine Hand und drücke sie sanft.

Emmas Gesicht erhellt sich. »Ich liebe Essigchips!«

»Ja, das sind die besten, oder?«

»Ich mag die von Chio am liebsten.«

»Echt? Ich find die zu dünn«, fachsimpelt Jan, und seine Hand gleitet aus meiner, als er nach den Chipstüten greift, um die eine so weit aus dem Rucksack zu ziehen, dass er Emma die Verpackung zeigen kann. »Diese hier hab ich von Edeka, Kesselchips. *Das* sind die besten.«

»Das werden wir ja sehen!«, sagt Emma mit hochgezogenen Augenbrauen. »Sag mal, kenne ich dich irgendwoher? Irgendwie kommst du mir bekannt vor.«

Jans Finger drücken in die Chipstüte, sodass die Oberfläche sie wie ein Luftballon spannt. »Also, wir haben uns schon mal im Café gesehen …«, meint er und schaut zu Boden.

»Oh, ja«, murmelt Emma kleinlaut. »Sorry, das hab ich total vergessen.«

Stumm danke ich Jan, dass er nicht weiter darauf eingeht. Er packt die Chips weg und schultert seinen Rucksack. »Wo genau ist denn jetzt dein gratis Mysterykino?«

Ich greife Jans Hand mit meiner linken und Emmas mit der rechten und ziehe die beiden hinter mir her. »Mir nach!«

Es ist zwanzig vor elf, und langsam kriecht uns die Mittagshitze unter die Haut. Jan erzählt von seinem Mitbewohner, den er heute Morgen mit Streichhölzern beworfen hat, bis er aufgewacht ist, als Rache dafür, dass er seine Socken im Gefrierfach versteckt hatte.

»Warum seid ihr denn so gemein zueinander?«, fragt Emma erschrocken.

»Ach, das sind bloß harmlose Streiche! Wir haben eine Wette abgeschlossen. Wer als Erster aufgibt, spendiert 'nen Kasten Astra.« Dann beginnt Jan aufzuzählen, welche Streiche er seinem Mitbewohner schon gespielt hat, und Emma fängt an zu kichern. »Als Nächstes wollte ich sein Zimmer komplett mit Fäden vollspannen, sodass er sich total verbiegen muss, um durchzukommen.«

Emma beugt sich vor, um einen Blick auf Jan zu erhaschen. »Dann musst du aber auch alle Scheren in der Wohnung an dich nehmen, sonst kann er sie ja einfach durchschneiden!«

»Stimmt.« Er wirft ihr einen anerkennenden Blick zu.

»Mein Bruder und ich haben uns früher auch immer Streiche gespielt«, sagt Emma und tippt im Vorbeigehen gegen einen Straßenpfosten, der über und über mit Stickern beklebt ist. »Einmal hab ich all seine Spielzeuge in einen riesigen Ball aus Frischhaltefolie gepackt. Er hat ewig gebraucht, die da alle wieder rauszukriegen.«

»Hey, das könnte ich mit Hendriks Actionfiguren machen!« Jan klingt begeistert. »Der sammelt die Dinger wie blöd.«

»Oder du könntest all seine Unterhosen im Haus verstecken«, schlägt Emma vor. »Das wollte ich eigentlich mal machen, aber dann hat Daniel mir grüne Haarfarbe ins Shampoo gemischt und hat so viel Ärger gekriegt, dass wir aufhören mussten.«

Jan lacht auf und drängt Emma, noch mehr von ihren Streichen zu erzählen, zu »Recherchezwecken«. Zufrieden lasse ich meine Arme schlenkern und halte mich aus der Unterhaltung raus.

Als wir am Kino angekommen sind, hat sich Emma von meiner Hand gelöst und läuft neben Jan her, tief in eine Diskussion über Videospiele versunken.

»Wartet hier!«, sage ich und gehe zum Schalter, hinter dem ein junger Mann mit rotem Haar und Milchgesicht steht.

»Kassy, hi«, begrüßt er mich, und seine Augen leuchten auf.

»Hey, Nils-Boy! Was geht so bei dir?«

Er fährt sich möchtegernlässig durch die dünnen Haare und zuckt mit den Schultern. »Das Übliche. Bei dir so?«

»Ich hab zwei Freunde zu Besuch aus Augsburg«, schwindle ich und beuge mich verschwörerisch über die Theke. »Das Pärchen dahinten.« Und zeige mit dem Daumen über die Schulter zu Emma und Jan, die sich gerade über irgendwas kaputtlachen.

»Hab ihnen von deinem Kino erzählt, und ich wollte mit ihnen in *Mad Max: Fury Road*, aber die meinten, dafür wär ihnen das Geld zu schade!«

Nils stellt sich gerader hin und beäugt vor allem Jan misstrauisch. »Die haben den nicht gesehen, als er noch regelmäßig lief?«

»Sie meinten, das wär doch eh nur ein hirnloser Actionfilm.«

Schnaubend reißt Nils drei Karten von seinem Abreißstreifen und klatscht sie mir auf die Theke. »Geht auf mich. Bei dem Film kippen die aus den Latschen!«

»Mein Mann!«, sage ich und halte die Hand hoch, damit er einschlägt, während ich mit der anderen die Karten einstecke. Dann gehe ich zurück zu Jan und Emma.

Er zieht schon seinen Geldbeutel aus der Hosentasche. »Wie viel schulde ich dir?«

»Hey, hast du etwa kein Vertrauen in mich?« So ganz kann ich den prahlenden Unterton nicht aus meiner Stimme verbannen. »Ich hab gesagt, ich krieg uns umsonst rein, und das habe ich auch.« Ich wedle mit den Karten vor seiner Nase herum.

»Das ist Kassys geheime Superkraft«, meint Emma mit gesenkter Stimme und zeigt ihr Ticket bei der Einlassfrau vor. »Sie schafft es, Sachen für gar kein oder wenig Geld abzustauben.« Jan wirft mir einen wissenden Blick zu und grinst. Er denkt bestimmt gerade an unseren Kuss im Container. Zumindest denke ich da gerade dran.

Wir quetschen uns an ein paar Jungs vorbei und schnappen uns die besten Sitze im Kinosaal. Drittletzte Reihe von hinten. Rechts von mir sitzt Emma und links von mir Jan. Und natürlich kommt die Tüte mit den Essigchips auf meinen Schoß, damit beide davon essen können. Wenigstens kriege ich als Aufwandsentschädigung zu beiden Seiten je eine Cola in den Getränkehalter.

Wir machen uns über die Werbung lustig, dann über die meisten Trailer zu fürchterlichen Superheldenfilmen, die demnächst rauskommen sollen. Ich lehne mich in meinem Sitz zurück und bin zum ersten Mal seit gestern Abend wirklich entspannt. Endlich habe ich mal eine gute Entscheidung getroffen. Jan und Emma mögen sich. Gleich werden wir uns mit einem coolen Actionstreifen ablenken und alles vergessen.

Etwa drei Minuten nach Filmbeginn streifen Jans Finger zaghaft und fragend über meinen Handrücken. Ich drehe meine Hand um und verschränke sie in seiner. Aus den Augenwinkeln kann ich sein kleines Lächeln sehen.

Es ist kühl im dunklen, klimatisierten Kinosaal, doch von seiner Berührung strahlt Wärme meinen Arm entlang und von dort aus bis in meine Zehenspitzen.

Ich schaue Tom Hardy dabei zu, wie er versucht, einem abgedrehten postapokalyptischen Stamm von Kriegern zu entkommen, und lehne mich zurück. Warum habe ich diesen Film eigentlich nicht mit Marie und Emma geguckt, direkt, als er rauskam? Ich glaube, ich hab sie sogar gefragt, aber Marie schien nicht so begeistert. Stattdessen hab ich ihn mit ein paar Freunden aus der Antifa geguckt. Mit Jessy, Amir, … Svenja? Wie hieß der vierte noch mal? Na ja, eher Bekannte. Ich werfe Emma einen Blick zu.

Der Chip in ihrer Hand ist auf halber Strecke stehen geblieben, ihr Mund steht offen, und sie atmet scharf ein, als Mad Max an einem Kran über einem tiefen Abgrund vor und zurück baumelt. Kurz danach erscheint der Titel des Filmes in großen Blockbuchstaben, und sie grinst mich mit hochgerecktem Daumen an. Ihren Namen werde ich in einem Jahr ganz bestimmt nicht vergessen haben.

»Guck mal, das bist du«, flüstert Jan plötzlich in mein Ohr, sodass ich leicht zusammenzucke, und ruckt mit unserem Handknäuel in Richtung Leinwand.

Dort ist gerade ein hässlicher glatzköpfiger Mann mit zu vielen Piercings zu sehen, der mit Gebrüll sein riesiges Auto in einen Sandsturm fährt.

Ich unterdrücke ein Kichern und zeige wenige Sekunden später auf Immortal Joe, den weißhaarigen ekligen Bösewicht mit Atemmaske. »Dann bist du der da«, flüstere ich zurück.

»Das perfekte Paar.«

Ich drücke seine Hand. Wenn Emma nicht dabei wäre, würde ich vielleicht meinen Kopf gegen seine Schulter fallen lassen. Aber vielleicht auch nicht. Ist ja schon ein bisschen kitschig. Wobei, ist eigentlich nichts dabei. Hat Marie bei mir manchmal auch gemacht. Ich bin dann immer ganz starr geworden, wenn sie sich an mich schmiegte. Ein bisschen so, wie wenn eine Katze sich in deine Nähe legt und du kaum zu atmen wagst, aus Angst, sie mit der kleinsten Bewegung gleich zu verscheuchen.

Im Film hat sich der Sandsturm inzwischen gelegt. Jetzt kommt meine Lieblingsszene. Der Dreikampf zwischen Max, Furiosa und dem Warboy, dessen Namen ich immer vergesse. Irgendwas wie Hux? Auch egal, Furiosa ist die Beste. Anstelle eines Unterarms hat sie eine selbst gebaute Prothese, und am Anfang des Films hat sie die Ehefrauen des Bösewichts in ihrem Truck versteckt, um sie durch die Wüste in die Freiheit zu fahren. Die sehen natürlich alle fünf aus wie Models und helfen ihr gerade beim Kampf gegen Max.

Gespannt schiebe ich mir eine Handvoll Chips in den Mund und erschaudere. Igitt, wie können Emma und Jan auf dieses saure Zeug stehen? Ich drehe mich zu Emma, um ihr genau das mitzuteilen, und fahre zusammen. Ihr Gesicht ist nass und ihre

Schultern zittern. Sie hält beide Hände fest auf ihren Mund gepresst und erstickt ein Wimmern.

Sofort löse ich meine Finger aus der Verschränkung mit Jan und streiche ihr hilflos über die Schultern.

»Em, was ist denn los?«, flüstere ich, und auch Jan beugt sich besorgt vor.

Aber Emma starrt nur zitternd auf die Leinwand, auf der gerade eines der Mädchen etwas am Horizont mit ihren Fingern umrandet. Sie ist gertenschlank und groß, trägt Docs und hat platinblondes Haar. Genau wie Marie.

Scheiße. Sofort verschwindet das warme Gefühl von vorhin.

»Alles wird gut.« Die Worte fühlen sich an wie Asche in meinem Mund, aber ich habe sie so oft gehört, dass ich sie ausspreche, bevor ich nachgedacht habe. Ich halte Emma weiter an den Schultern und lotse sie aus der Reihe und ins Kinofoyer hinaus.

Jan kommt hinterher, dem Knistern im Rucksack nach zu urteilen, hat er noch schnell die Verpflegung eingepackt. Er greift in seine ausgeleierte Cargoshorts und reicht ihr ein Taschentuch. Emma nimmt es entgegen und schnäuzt sich. Matt starrt sie auf den PVC-Boden, und auf einmal fühle ich mich hundeelend.

Wie konnte ich auch nur für eine Sekunde denken, dass ein oller Film Emma aufmuntern würde? Sie war in Marie verliebt, da werden sie ein paar Chips und Cola auch nicht drüber hinwegtrösten. Obwohl ich mir am liebsten selbst in den Arsch treten würde, nehme ich Emma in den Arm und drücke sie fest, als ob ich sie nie mehr loslassen würde. Prompt fängt sie wieder an zu weinen, und auch mein Blick verschwimmt vor meinen Augen. Doch ich reiße mich zusammen. Ich muss jetzt stark sein.

»Komm, lass uns hier rausgehen, Emma«, sagt Jan und legt ihr die Hand auf die Schulter, sein Tonfall ist verlegen, als würde er am Krankenbett eines entfernten Verwandten stehen, den er eigentlich nur zu Weihnachten sieht. Ich lasse Emma los, und er führt sie behutsam raus auf den Bürgersteig.

Ich werfe einen Blick über die Schulter an den Kartenschalter, doch Nils ist nirgends zu sehen. Als Jan Emma in das vordere Drehtürabteil schiebt, dreht er sich schnell zu mir um.

»Was ist denn passiert?«, murmelt er leise, als könnte sie uns durch das Glas hören.

»Die eine Figur hat Emma an Marie erinnert.«

Sein Adamsapfel zuckt kurz nach oben. »Oh. Okay.«

Draußen stehen wir im mittagskurzen Schatten des Vordachs. Die warme Luft macht mich sofort schläfrig.

»Sollen wir dich nach Hause bringen?«, bietet Jan an.

Emma kramt in ihrer Tasche und setzt sich meine Sonnenbrille auf. Sie fängt einfach an loszulaufen. Ich werfe Jan einen besorgten Blick zu, dann gehen wir ihr hinterher.

»Em, die S-Bahn-Haltestelle ist in die andere Richtung«, sage ich.

»Ich weiß.« Die Sohlen ihrer Sandalen klackern laut auf den Backsteinen.

»Was hast du vor?«

»Allein sein.«

»Emma, wo willst du hin?«

»Zu Marie.«

Eine Sekunde sehe ich Emma von der Klippe hinterm Ferienhaus springen. »Was?!« Ich packe sie am Arm und ziehe sie von der Straße zurück auf den Bürgersteig.

Sie reißt sich los und funkelt mich durch ihre getönten Gläser hindurch an. »Ich will zu ihrem Grab, okay?«, sagt sie und klingt dabei eher verzweifelt als wütend.

Eine Straße weiter hupt ein Auto. Es dröhnt in meinen Ohren. Neben mir starrt Jan Emma versteinert an, als hätte sie vorgeschlagen, Marie auszugraben. Genauso fühlt es sich an. Ich will nicht mal in die Nähe dieses Steins. Marie ist kein Stein. Marie ist ein Lebewesen, und ihren Namen in einen schönen Stein zu ritzen ist keine Art, sich an sie zu erinnern.

»Ich denke nicht, dass das eine gute Idee ist. Im Moment zumindest«, sagt Jan und legt ihr tröstlich die Hand auf den Arm.

»Wer hat dich gefragt?«, faucht Emma. »Du weißt doch überhaupt nicht, wie sich das anfühlt.«

Jans Hand fällt schlaff zur Seite. »Das stimmt natürlich.«

Doch das hört Emma schon nicht mehr. Im Schnellschritt geht sie weiter in Richtung U-Bahn-Station. Ich löse mich aus meiner Starre und renne ihr nach. »Wir sollten da echt nicht hin. Ich weiß nicht, ob ich das verkrafte.«

»Niemand zwingt dich, mitzukommen.«

Wie kann man nur so stur sein! »Bitte, warte doch mal!«

Obwohl die Ampel Rot zeigt, rennt sie über die Straße, nur knapp vorbei an einem Lastwagen. Und weil ich eine Sekunde gezögert habe, muss ich stehen bleiben, um nicht überfahren zu werden und auch weil Jan mich zurückhält.

»Emma!«, rufe ich durch die vorbeirauschenden Autos, doch sie ist schon die Treppenstufen zur Bahn hinuntergetrabt. Als der Verkehrsstrom endlich versiegt, rennen wir hinterher. Auf der ersten Stufe höre ich eine Bahn einfahren, bitte lass es die Gegenrichtung sein, ich stolpere fast die Treppe runter, Jan schnauft neben mir mit seinem Rucksack. Bevor wir unten angekommen sind, piept es, und ich weiß, dass wir sie verpasst haben. Ich hämmere gegen den Sensor außen an der Wagentür, doch da setzt die Bahn sich schon in Bewegung. Für den Bruchteil einer Sekunde sehe ich Emma. Sie sitzt auf einer seitlichen Bankreihe, unsere Blicke treffen sich kurz, doch ich kann ihren Ausdruck unter der Sonnenbrille nicht deuten.

»Verdammte Scheiße«, schreie ich und trete frustriert gegen die weggleitende Bahn. Ein älteres Paar wirft mir empörte Blicke zu, was mich nur noch wütender macht. »Fuck!«

»Kassy, beruhige dich.« Jan legt seine Hände an meine Oberarme und sucht meinen Blick. Erst jetzt merke ich, dass ich zittere. »Lass uns zusammen atmen, komm!«

Er zählt runter, sein Blick gleitet immer wieder nervös weg, aber es hilft. Ich merke, wie sich mein Puls verlangsamt. Aus der Gegenrichtung fährt quietschend eine Bahn ein und schiebt einen Wirbel Luft übers Gleis, der mir das Gesicht kühlt.

»Besser?«, fragt Jan und streicht mir ein paar Haare aus dem Gesicht.

Ich nicke erschöpft. »Woher wusstest du das mit dem Atemzügezählen?«

Jan gräbt seine Hände in die Taschen seiner Shorts, als wüsste er nicht, wohin damit. »Ich hab Panikattacken gegoogelt und gelesen, dass das bei manchen hilft.«

Es ist unglaublich, wie umsichtig dieser Junge ist. Von außen wirkt er wie ein süßer Typ, klar, aber dass er sich die Mühe macht, zu recherchieren, wie er mit meinen Ausrastern umgeht, das ist noch mal ein ganz anderes Level. So sensibel war noch nie jemand zu mir, abgesehen von meiner Ma oder Marie. Aber ein Junge noch nie. Ich schaue hoch in seine Augen, sie sind weit und hell. Ich öffne den Mund, aber ich weiß nicht, wie ich das alles sagen soll. Dann, bevor ich länger nachdenken kann, umarme ich ihn. Seine kurzen, weichen Haare kitzeln an meiner Wange, und es ist mir egal, dass sein T-Shirt am Rücken klebt, ich quetsche meine Hände unter dem Rucksack durch und drücke ihn, so fest ich kann. Und er drückt zurück.

Nach einer gefühlten Ewigkeit lösen wir uns voneinander, bleiben aber an den Händen aneinander hängen.

»Ich muss ihr hinterher«, sage ich und versuche, mich wortlos dafür zu entschuldigen, dass er nicht mitdarf, und dafür, wie deprimierend dieses Date enden musste.

Er drückt mir die Hände. »Aber ruf mich sofort an, falls was ist, okay?«

Ich nicke. Wir küssen uns zum Abschied. In der U-Bahn google ich, wie ich ein Grab auf dem Ohlsdorfer Friedhof überhaupt finde.

Eine Viertelstunde später stehe ich vor einem riesigen Haus, das aussieht, als wäre es vor dem Ersten Weltkrieg gebaut worden, mit erhaben geschwungenen Linien, aber traurig und einsam in dem ganzen Grün. Drinnen gehe ich direkt zur Auskunft.

»Gerade eben war schon eine junge Dame da, die sich danach erkundigt hat«, sagt die Frau hinter dem Schalter und nickt vor sich hin.

»Ja, das ist eine Freundin von mir. Wir waren verabredet, aber haben uns verpasst«, höre ich mich sagen. Warum erzähle ich ihr diesen Schwachsinn?

In der Viertelstunde danach bin ich so damit beschäftigt, Maries Grab zu finden, dass ich gar nicht wirklich darüber nachdenken kann, was ich zu Emma sagen soll. Mein Kopf pocht in der Mittagssonne, und ich wünschte, ich hätte auch eine Sonnenbrille für mich mitgenommen. Oder wenigstens einen Hut.

Ich höre Emma, bevor ich sie sehe, und das Erste, was ich von ihr sehe, sind die zuckenden Schultern. Der Grabstein aus Granit verdeckt den Rest. Emma kniet auf dem dunklen Flecken Erde vor dem Stein. Das Herz sinkt mir in die Hose, sobald sie in mein Sichtfeld kommt.

»Em«, sage ich mit trockenem Mund.

Sie hebt den Kopf. Unter ihren dunklen Gläsern laufen Tränen über ihr Gesicht. Ich halte den Blick fest auf sie gerichtet, ich will nicht zu diesem Stein gucken, zu Maries Namen, 2000–2016, ich kann das nicht.

»Es war meine Schuld«, krächzt sie.

»Nein, war es nicht.« Ich setze mich zwischen sie und den Grabstein.

»Ich habe nichts gesagt, als er gespannt hat.« Ihre Sonnenbrille rutscht auf die tränennasse Nasenspitze herunter. Sie vergräbt ihr Gesicht in den Händen und spricht weiter, aber ich verstehe nichts mehr von dem, was sie sagt.

Behutsam streiche ich ihr die zerzausten Haare zurück.

»Honey, schau mich an«, sage ich so sanft, wie ich kann. Sanft ist nicht meine Stärke. Trotzdem hebt Emma den Kopf. Ihr Kinn zittert, aber es kommen zumindest keine neuen Tränen nach.

Ich wische ihr über die Wangen. Es ist so still, dass ich fast erwarte, Grillen zirpen zu hören. »Du hast an überhaupt nichts Schuld, okay? Was auch immer Marie zugestoßen ist, du hast sie nicht die Klippe runtergestoßen und sie nicht betrunken gemacht und keine verrückten Leute zur Party eingeladen. Natürlich tut es weh, dass sie weg ist, aber du – du hast sie geliebt, und das kann dir niemand wegnehmen. Bestraf dich nicht dafür.«

Emma nickt schwach. Dann plötzlich wirft sie sich mir um den Hals. Ich schließe sie fest in die Arme. Ein paar Minuten bleiben wir so. Erst als ich vor Durst anfange, Punkte zu sehen, löse ich mich von ihr und schlage vor zu verschwinden. Emma steht auf und geht ein paar Schritte weiter zwischen die Grabsteine.

Mit einem Löwenzahn zwischen den Fingern kommt sie zurück.

»Ich weiß, es ist keine Sonnenblume, aber du hast immer gesagt, die Geste zählt, nicht das Geschenk«, flüstert sie, führt die gelbe Blüte an ihren Mund und legt sie dann auf die Erde vor Maries Namenszug. Ich beiße mir auf die Lippe, um meine Tränen zu unterdrücken.

Der Weg zurück zur Station kommt mir vor wie eine Wüstendurchquerung. Emma erzählt davon, wie sie von Udo Fotos gemacht hat, als er vom Garten der Zanders aus Marie beim Baden beobachtet hat. Mir wird schlecht. Wir halten an einem Kiosk, um eine überteuerte Halbliterflasche Wasser zu kaufen, die ich in einem Zug fast leer trinke. Danach geht es mir besser.

In der U-Bahn knetet Emma ihre Hände und gesteht, wie sie Maries Tagebuch geholt hat. »Ich wollte nicht darin lesen, sondern es nur in Sicherheit bringen«, sagt sie mit brechender Stimme. »Darin hat Marie geschrieben, dass sie sich verliebt hat. Und dann hat Daniel es gestohlen.« Daniel, natürlich, das Arschloch.

Mein Magen zieht sich zusammen. Marie war verliebt. Warum hat sie mir nie was davon erzählt? Oder Emma? Hätte ich es ahnen können? Alles geht an mir vorbei. Ich schaue zu Emma rüber und sehe sie Tränen wegblinzeln. Für sie muss es noch beschissener gewesen sein, das rauszufinden.

»Sie hat mir nicht genug vertraut, um es mir zu erzählen«, sagt sie schließlich und putzt sich die Nase mit einem von Jans Taschentüchern, das ich ihr gegeben habe. Sie sieht verzweifelt aus. »Glaubst du, sie hat geahnt, dass ich in sie verliebt war? Glaubst du, sie hat es mir deswegen verschwiegen?«

»Steht so was in der Richtung in ihrem Tagebuch?«

Emma schnieft und schüttelt den Kopf.

Ich lege meine Hand auf ihre. »Dann wahrscheinlich nicht. Und außerdem hat sie mir auch nichts gesagt. Da muss irgendwas anderes los gewesen sein. Vielleicht war er älter als sie oder so.«

»Das wäre doch nicht schlimm, oder?«, fragt Emma.

Ich zucke mit den Schultern. »Also, rein gesetzlich gesehen, kannst du ab sechzehn auch mit Menschen zusammen sein, die älter sind als einundzwanzig, ohne dass sie in Schwierigkeiten geraten. Es sei denn, sie sind deine Lehrer oder so was.«

»Vielleicht hatte sie Angst, dass ihre Mutter was dagegen hat? Und dass sie dann nicht nach Australien kann?«

Ich denke an Ilsas prüfenden Blick, mit dem sie mich immer am Hauseingang scannte, bevor sie mich reinließ. Die Frau fand ich schon immer Respekt einflößend, und ich war froh, als ich den Weg über die Dachgarage in Maries Zimmer gefunden hatte und ihr nicht mehr so oft über den Weg laufen musste.

Emma streicht ihr Haar zurück und macht einen losen Knoten, der ihr im Nacken liegt. »Marie war auch ein bisschen neben der Spur auf der Party, oder?«, sagt sie und starrt dabei aus dem Fenster auf die vorbeirasenden Tunnelwände. »Ich meine, sie war abwechselnd wütend und überdreht. Meinst du, das war die Droge im Wodka?«

Hilflos hebe ich die Schultern. »Ich hab echt keine Ahnung, Em. Mit so was kenn ich mich leider nicht aus.«

Sie nickt und legt erschöpft die Stirn gegen das Glas. Den Rest der Fahrt verbringen wir schweigend, meine Hand auf ihrer.

Eine Straßenecke vor ihrem Zuhause bleibt sie stehen und schaut mich gequält an. »Kassy, erst dachten alle, sie hätte sich umgebracht, und jetzt …« Emma seufzt.

Mein Kopf dröhnt lauter als der Rasenmäher im gegenüberliegenden Vorgarten. Es macht mich wirklich richtig fertig, sie so leiden zu sehen. Und gleichzeitig weiß ich nicht, wie ich sie trösten soll. Kino hat anscheinend nichts gebracht.

Auf einmal ist Emmas Blick wieder scharf und ihr Kiefer hart. »Ich muss wissen, was mit ihr passiert ist«, sagt sie und schaut mich durchdringend an. »Was sagst du? Zwei Detektivinnen sind besser als eine.«

Der Gedanke ist mir nicht neu. Mit Emma zusammen nach der Wahrheit zu suchen hat seinen Reiz.

Aber ich bin so müde, die ganze Zeit habe ich Albträume und Panikattacken und Flashbacks. Wie soll ich Emma irgendwie helfen können?

Trotzdem. Ich muss es tun. Für Marie. Für Emma.

»Klar helfe ich dir«, verspreche ich.

Kapitel 9

Heute bin ich im Café nicht ganz bei der Sache. Und weil heute nur Paul da ist, macht es auch weniger Spaß. Ich muss die ganze Zeit an gestern denken. Zweimal rutscht mir eine Tasse aus der Hand, einmal verschütte ich dabei einen Chai Latte, und das Ding bleibt heil, und einmal zersplittert die leere Tasse direkt auf dem Tisch.

Immer wieder sehe ich Emmas rastlosen Blick in den Gesichtern der Cafégäste. Wir haben uns für halb sechs bei ihr verabredet, um unsere Ermittlung zu planen.

Ich bin gespannt, was wir heute Nachmittag herausfinden werden.

Zu gespannt.

Wenn ich gerade keine Tassen fallen lasse oder mieses Trinkgeld kassiere, bläht sich dieses Panikgefühl langsam, aber stetig auf.

Einatmen, Kassy, einatmen.

Tief und in den Bauch.

Jetzt wünschte ich doch, ich hätte gestern eine Mütze mehr Schlaf erwischt.

Ich wünschte, ich wäre nicht permanent müde und permanent

kurz vor dem Zusammenbruch. Und es hilft nicht unbedingt, dass ich von einer Krise in die nächste schlittere. Jeden Tag wird es schwieriger, zu atmen, mit jedem Tag nimmt die Häufigkeit von abgefucktem Scheiß, der abgeht, zu. Erst Daniel, dann Maries Beerdigung, der Anruf von Kommissar Brandtner, dieses schreckliche Verhör und als i-Tüpfelchen jetzt noch Emmas Stalkerei.

Der einzige Lichtblick ist Jan. Doch unser drittes Date hab ich auf morgen verschoben, um mit Emma Detektiv spielen zu können. Andererseits ist es wahrscheinlich gar keine so dumme Idee, ein bisschen Zeit zwischen den Dates vergehen zu lassen. Wer weiß, ob ich ihm so kurz hintereinander nicht auf die Nerven falle.

Ich werfe einen Blick auf mein Handy. Zwei neue Nachrichten von Jan, eine davon ist ein Spiegel-Selfie, auf dem er mit nacktem Oberkörper seine Armmuskeln anspannt und dabei eine übertriebene Schnute zieht. Auf seinem linken Bizeps sitzt ein halb aufgeblasener Schwimmflügel. Darunter steht: `bereit für morgen!`

`du profi`, schreibe ich zurück und schicke einen hochgereckten Daumen hinterher.

Und dann irgendwann ist meine Schicht in der Ponybar endlich zu Ende.

Als ich bei Emma ankomme, hat sie ihr Bett in eine Streberburg verwandelt. Überall liegen Karteikarten in allen möglichen Farben und Filzstifte und Post-its.

»Oh, ja, hallo, komm rein«, sagt Emma, unter ihrem Hintern ragt eine verknickte Karteikarte hervor. Sie schaut nur kurz auf, als hätte sie total vergessen, dass ich vorbeikommen wollte.

»Du hast also schon angefangen?«

Emma nickt abwesend. Aber das bin ich gewöhnt. Ist ja nicht das erste Mal, dass sie in ihrer eigenen Welt rumschwebt. Manchmal denke ich, sie braucht uns gerade deswegen. Um sie auf den Boden der Tatsachen zurückzubringen. Und mit uns meine ich eigentlich Marie.

Scheiße, ich weiß echt nicht, wie ich jemals Maries Rolle in unserer Freundschaft ausfüllen soll, sie wusste immer ganz genau, wie man zu Emma durchdringt. Aber dass ich ihr jetzt helfen muss, steht außer Frage.

Ich hebe eine Karte auf und lese sie. In Emmas verschnörkelter schöner Schrift steht dort:

Motiv: Geldgier
→ Erbschaft? Überfall?

»Emma?«, frage ich zaghaft und setze mich auf einen Flecken im Bett, der noch kartenlos ist. »Was genau ist das alles?«

»Ich hab Motive gesammelt. Ich hab so getan, als wäre Marie einfach ein x-beliebiger Mordfall, und mir dann überlegt«, erklärt Emma sachlich, »was normalerweise infrage kommen würde.« Mit einem lauten Ratschen zerreißt sie eine weiße Karte und schreibt sie neu.

Mord.

Emma kommt das Wort so beiläufig über die Lippen, dass mir ein bisschen schlecht wird. Nicht, dass ich sie verurteile – wenn sie besser zurechtkommt, wenn sie so tut, als wäre sie in einem Tatort, soll sie das tun –, aber ich muss durchatmen.

Tief und fest ins Zwerchfell.

Ich hebe noch eine Karte auf.

Motiv: Rache
→ Wen hat M verärgert?
Schule? Modelagentur?

Meine Brust fühlt sich an, als würde dort ein Vakuum entstehen, der Unterdruck zieht von innen an meinen Rippen.

»So können wir die Verdächtigen neben die Motive legen, und vielleicht gibt uns der visuelle Impuls eine Idee. So brainstormingmäßig.«

Okay. Kassy, okay. Bleib ruhig. Wenn das hier Emma hilft, dann wirst du es tun. Scheiße, ich hab rumerzählt, sie hätte nicht verstanden, wie schlecht es Marie ging, ich schulde ihr das hier. Mindestens.

Ich durchsuche die herumliegenden Karten, doch nirgendwo steht »Verdächtige« oder »Verdächtiger«.

»Die müssen wir noch anfertigen.«

Anfertigen. Dieses Mädel spricht manchmal echt wie ein Anrufbeantworter.

»Und wie macht man so was?«, frage ich. Zwischen meinen Fingern biegt sich eine Karteikarte zu einem U und schnappt zurück, sobald ich sie loslasse.

»Was?«

»Na ja, eine Verdächtigenliste anlegen.«

Emma runzelt die Stirn. »Na, wie schon? Du sagst einen Verdächtigen, und ich schreibe ihn auf?«

»Ach so. Ich dachte, du hättest da so eine verrückte Fahndungsmethode recherchiert und dir das System angeguckt und das irgendwie … auf diese besonderen Karten angewendet.«

»Das sind meine Lernkarten.«

»Oh. Okay. Dann … schreiben wir mal Verdächtige auf.«

»Gib mir die blauen Karten dafür.«

Sie deutet auf einen Packen aus hellblauem Karton. Eines muss man Emma lassen, sie macht alles mit System und supergründlich.

Schreibt sogar den Tod der eigenen Freundin auf Karteikarten. Als hätte jemand einen Nerv an meinem Nacken gedrückt, zuckt es meine Wirbelsäule runter.

Es ist so ein absurder Gedanke, dass Maries Tod ein Rätsel ist, das wir lösen sollen.

»Wen würdest du als Erstes verdächtigen?«, frage ich und versuche zu ignorieren, wie falsch sich dieser Satz auf meiner Zunge anfühlt. Als müsste ich ihn rauswürgen.

»Keine Ahnung. Jemanden aus ihrer Familie? Passieren da nicht die meisten Morde?« Emma kratzt sich fahrig mit einem Stift hinterm Ohr. »Was ist mit Ilsa?«

»Ilsa war auf irgend so einer Gala.« Zumindest hat meine Mutter das am Morgen nach Maries … am Morgen danach gesagt. Sie hat mich stundenlang im Arm gehalten und meine immer wiederkehrenden Panikattacken besänftigt. Ich glaube, sie hatte selbst fast einen Zusammenbruch. Sie hat Marie so gemocht und sich so gefreut, dass ich in Hamburg mal eine echte Freundin gefunden hatte. Ihr tränenüberströmtes Gesicht. Ich schlucke die Erinnerung hinunter.

»Ich denke nicht, dass eine Mutter ihre eigenes Kind töten könnte«, sage ich schließlich.

Emmas Augenbrauen wandern kaum merklich nach oben. »Sag das mal Medea.«

»Wem?«

»Medea? Der Mutter, die aus Rache an ihrem Mann Jason ihre gemeinsamen Kinder umgebracht hat.«

Stimmt! Irgendein Vollpfosten hat vor Jahresende ein halbherziges Referat in Deutsch über irgendein Stück gehalten, wo Medea wichtig war. Und natürlich passt Emma trotzdem bei so was auf.

»Ach, du Nerd«, sage ich leise. Ich hab sie schon echt gern.

»Udo«, übergeht mich Emma knallhart.

Ihre Bettdecke raschelt, als sie die Hand nach einem Edding ausstreckt, um damit Udos Namen auf die blaue Karte zu schreiben.

»Schon wahrscheinlicher.« Ich konnte den Mann nie wirklich ausstehen. Vielleicht tue ich ihm Unrecht, aber immer, wenn er einen Raum betritt, will ich einfach nur noch weg.

Emma knetet ihre Karteikarte. »Ich bin mir nicht hundertpro sicher«, mit Daumen und Ringfinger rollt sie ein Eselsohr in die blaue Pappkarte, »aber ich glaube, Udo hat ihr mehr als einmal nachgestellt. Ich hab auch noch die Fotos davon, wie er sie bespannt hat.«

»Ernsthaft?«

Emma nickt grimmig. Sie kramt ihr Handy hervor und zeigt mir ein paar Fotos. Sie zeigen einen Mann mit dem Rücken zur Kamera in Maries Garten, der rauchend hoch ins Badezimmer schaut.

Dieser miese Wichser! Ich balle meine Fäuste und zerreiße dabei fast Emmas Bettlaken. »Wie …« Scheiße, warum hab ich das nicht früher gesehen? Mit meinem ganzen Anti-Arschloch-Training. »Wie lange hast du das schon vermutet?«

Emma zuckt mit den Schultern. »Sie nannte ihn immer SZ. Für Sexualzombie.«

Unwillkürlich muss ich schmunzeln. Das sieht Marie ähnlich, einem so widerlichen Menschen einen witzigen Spitznamen zu geben. Immer ein Lächeln auf den Lippen. Aber warum hat sie nie was gesagt?

Neben mir klafft eine Kuhle, wo Emmas dünne Sommerdecke gegen die Wand gekrumpelt ist. Der Spalt ist bis zum Kopfende mit ihren Kissen verdeckt, nur hier ist noch Platz. Wenn Marie noch am Leben wäre, würde sie ihre Zehen in die Kuhle graben, vielleicht mit frisch gebleichtem Haaransatz, und der beißende Friseurduft würde das Zimmer ausfüllen. Ihre Beine untergeschlagen, sitzt und sitzt sie ewig auf ihren Fersen, während mir schon längst die Füße einschlafen.

»Udo und Ilsa haben ein Alibi«, sage ich dumpf. »Sie waren in der Oper oder so was.«

»Er hat Marie vielleicht nicht gestoßen«, Emma hebt ihren hilfesuchenden Blick, »aber er war saueklig zu ihr. Wir müssen etwas tun!«

Ich nicke. Vor meinen Augen verliert das Zimmer an Schärfe, und die Farben sind plötzlich dumpf und kalt. »Wir sollten das Foto Ilsa schicken. Anonym, sonst kriegen wir nur Ärger. Aber sie sollte wissen, dass er ihrer Tochter nachgestellt hat.«

»Ich kümmere mich drum«, sagt Emma bestimmt und schreibt etwas auf die Udo-Karte. Ich kann mir nicht erklären, warum, aber beim Anblick ihrer Entschlossenheit steigen mir Tränen in die Augen.

Reiß dich zusammen, Kassy. Ich räuspere mich und atme ein. »Wie hieß eigentlich Maries richtiger Vater noch mal?«

Emma hebt den Kopf. »Meinst du Ralf?« Ein dicker Eddingstrich an ihrer Wange bewegt sich beim Sprechen. »Also, ich kenne ihn nicht. Aber du meintest von wegen Familienmitglieder? Die Polizei hat mir ein Bild von ihm gezeigt und gefragt, ob ich ihn auf der Party gesehen habe.«

Dann haben sie das auch mit Emma gemacht. Auch wenn das scheiße für sie gewesen sein muss, bin ich irgendwie erleichtert, dass ich nicht die Einzige bin, die das durchgemacht hat.

Nachdenklich wirbelt Emma den Edding zwischen ihren Fingern. »Aber jetzt, wo du's sagst … Marie hat an dem Abend so was gesagt. Dass sie glaubt, Ralf gesehen zu haben.« Sie rupft den Deckel vom Stift und schreibt krakelig auf die Karte. »Das müssen wir rausfinden.« Mit einem lauten Klick drückt sie den Eddingdeckel wieder zu. Emma kaut auf ihrer Lippe. »Oder es war doch jemand auf der Party.«

»Wen meinst du?«, frage ich tonlos.

Sie schaut mit glasigem Blick durch mich hindurch. »Du kennst Daniels Kumpels besser. Meinst du, einer von denen war es?«

»Ach, das sind bloß harmlose Vollidioten. Die hätten nicht die Eier, irgendwen irgendwo runterzuschmeißen. Außerdem … warum sollten sie? Keiner von denen war mit Marie wirklich befreundet.«

Ihr Blick schnappt zurück wie ein Klappmesser und fixiert mich. »Aber wir können es nicht ausschließen!«

»Emma«, sage ich vorsichtig, und es fühlt sich an, als würde ich ein stumpfes Messer aus meiner Brust ziehen und es ihr zwischen die Rippen drücken. »Auf dieser Party waren fast hundert Leute.«

»Ja, deshalb müssen wir doch ermitteln! Es kann jeder gewesen sein.«

»Nichts von dem, was wir hier tun, hat nur annähernd was mit Polizeiarbeit zu tun. Wir raten doch einfach nur rum.« Frustriert packe ich die Bettdecke und bausche sie mit einem heftigen Ruck auf. Die Karteikarten fliegen durch die Luft. Ein paar landen auf der beiseitegerutschten Kuscheldecke, die in der Ritze zwischen Wand und Matratze liegt. Die meisten landen auf dem Boden.

Ihre grünen Augen brennen wie eine Lupe, die Sonnenlicht bündelt. Mein Gesicht wird heiß vor Scham.

Dann, als hätte jemand die Scheinwerfer ausgeschaltet, wird ihr Blick matt. Sie steht vom Bett auf und kniet sich auf den Teppich, um die Karten aufzuheben.

»Es tut mir leid, ich …«

»Natürlich!«, schreit Emma so plötzlich, dass ich mir bei meiner Entschuldigung fast auf die Zunge beiße. »Tobi.« Sie lässt den Stapel Karten fallen. »Wie konnte ich nur so dumm sein?«

Wer zur Hölle ist denn jetzt Tobi?

Emma schmeißt sich über einen Haufen Kärtchen und zieht ihren Laptop vom Nachttisch. Eine Sekunde später sitzt sie damit fast auf meinem Schoß. Sie öffnet ihren steinalten Computer, dessen Lüftung wie ein Flugzeug im Landeanflug klingt.

»Vor ein paar Wochen hab ich einen Typ auf Facebook geadded, den ich nicht kannte.«

»Oh, Honey, das solltest du echt nicht machen.«

»Ja-ha. Aber er hat geschrieben, dass er Marie kannte. Und ich wollte wissen, woher. Jedenfalls hab ich mit ihm eine Weile geschrieben. Mit wem auch immer Marie in Nienbrook ausging …« Sie schluckt, und plötzlich erinnere ich mich wieder daran, dass Emma mir vor zwei Tagen erst ihre Liebe zu Marie gestanden hat. Wie kann man so was verdrängen? »Jedenfalls denke ich, dass Tobi und ihr Freund dieselbe Person sind.«

»Und er hat seinen Account gelöscht? Das ist wirklich seltsam …«

»Nee«, sagt Emma und beißt kurz die Zähne zusammen, bevor sie weiterspricht. »Einfach nicht geantwortet, die feige Sau.«

»Und du denkst also, dieser Tobi ist Maries Mystery-Freund, und er hat sie umgebracht«, fasse ich zusammen.

So völlig aus der Luft gegriffen ist diese Theorie jetzt nicht. Immerhin hat der Typ Wert darauf gelegt, seine Identität geheim zu halten. Wow, jetzt denke ich schon wie ein Sherlock-Holmes-Wannabe. Wie Emma.

»Du weißt doch, wie es heißt«, sagt sie gerade, und ihre Augen weiten sich. »Man tut denen weh, die man am meisten liebt.«

Und es ist ein bisschen, als würde ich den Sekundenzeiger einer Uhr betrachten. Wie er sich der Zwölf immer mehr nähert. Emmas Heureka-Moment. So schön wie schrecklich.

»Und natürlich gilt das Gleiche auch für Daniel.«

Okay. Das hatte ich nicht erwartet. »Was? Wie kommst du denn auf Daniel?«

Emma wirft mir einen ihrer ätzenden Benutz-doch-mal-dein-Hirn-Blicke zu. »Es ist doch glasklar«, sagt sie und betont die zwei letzten Silben mit einem nachdrücklichen Piksen ihres Eddings in die Matratze, »dass er was verbirgt. Du meinst, ihr hattet nie was miteinander – und ich glaube dir! Aber was ist, wenn er gar nicht in dich verliebt war, sondern in Marie?«

Dann hätten die Zwillinge doch noch was gemeinsam.

»Was ist, wenn er sie bedrängt hat?«

»Denkst du wirklich, er wäre in der La–?«

»Jetzt sag bloß, dass du ihm das nicht zutraust, Kassy! Du hängst doch immer wieder mit ihm rum. Deswegen dachte ich ja erst, dass er auf dich stünde … Aber warum sollte er sonst so fertig gewesen sein? Ich glaube auch immer noch, dass er Maries Tagebuch von mir gestohlen hat. Und an seinen Klamotten von der Party war richtig viel Erde von der Klippe …« Emmas Pferdeschwanz löst sich in Strähnen um ihr Gesicht herum auf. Scheiße, und sie hat keine Ahnung, dass Daniel Drogen vertickt. Dass er mich angeheuert hat, seinen Kram weiterzuverkaufen. Wenn ich ihr das sage, rastet sie vollends aus.

»Wusstest du, dass er die letzten Wochen damit verbracht hat, mich zu bedrohen? Du hättest ihn sehen sollen, er hat mir richtig wehgetan.«

Sofort muss ich an den Abend vor Maries Beerdigung denken, wie Daniel mir wegen seinem Scheißgras auf die Pelle gerückt ist. Das tanzende Schwimmbadlicht auf seinem Gesicht. Mein Puls rast, als wäre ich noch dort.

»Aber er ist dein Bruder«, sage ich schwach.

»Irgendjemand muss es getan haben.«

Halb liegt mir schon die Erwiderung auf der Zunge, Marie hätte auch abgerutscht sein können, aber meine Lippen schaffen es einfach nicht, Worte zu formen. Ich nicke einfach und vergrabe die Hände unter meinen Schenkeln.

»Gut«, sagt Emma mit einem beängstigenden Glimmen in den Augen. »Dann, finde ich, sollten wir überprüfen, ob Daniel das Tagebuch wirklich gestohlen hat.«

»Hat nicht die Polizei ihr Tagebuch?«

Emmas Blick sinkt, und ihre Wangen laufen rot an. »Nein, ich hab ihnen nicht erzählt, dass ich es gestohlen habe«, gesteht sie. »Nur, dass sie vielleicht eines geführt hat.«

Sie hatte Angst, dass sie Ärger kriegt. Kann ich ihr nicht verübeln.

»Hast du noch eine Idee?«

Ich schüttle den Kopf.

»Gut«, sagt Emma und breitet ihre Karteikarten wieder sorgfältig auf der Bettdecke aus. »Dann teilen wir jetzt auf, wer was übernimmt.«

»Em? Was machen wir, wenn wir wirklich etwas herausfinden?«

»Dann gehen wir dem Verdacht so lange nach, bis wir es sicher wissen. Wir brauchen Beweise.« Ohne aufzusehen, reicht sie mir einen kleinen Packen Karten. »Und damit gehen wir zur Polizei.«

Als ich Emmas Zimmer verlasse, fühle ich mich zwanzig Jahre älter als beim Reinkommen. Ich bin fast ein bisschen erleichtert, dass Emma mich nicht runter zur Tür begleitet. Trotzdem. Ich muss ihr helfen. Und wenn das ihr Weg ist, mit dieser Scheißsituation umzugehen, dann werde ich ihn mit ihr gehen. Auch wenn mir das einen Dreck hilft. Egal, wem ich nachspioniere, egal, wie sehr ich mich ablenke, am Ende des Tages werde ich in meinem Bett liegen und die Decke anstarren. Ich bin fast neidisch auf Emmas Verbissenheit.

Emmas Vater prostet mir kurz mit seiner Teetasse zu, als ich durchs Wohnzimmer gehe. Ich winke zurück, dann drücke ich die Haustür zu, und es ist, als würde ich einen Ofen betreten.

»Was machst du hier«, zischt es vom Grundstückszaun her, und einen Moment lang glaube ich, es mir eingebildet zu haben. Dann erst sehe ich Daniel aus seiner Kapuze starren – wie zur Hölle kann er in dieser Affenhitze einen Pulli tragen? Er stößt sich von der Mauer ab, an die er sich angelehnt hat, und schmeißt seine Zigarette auf den Gehweg.

»Ich war Emma besuchen«, sage ich und ziehe das Gartentor hinter mir zu.

Die Ringe unter Daniels Augen sind inzwischen so tief, sein Kiefer ist so kantig, dass er einem Totenschädel ähnlicher sieht als Emma.

Der Auspuff eines Nachbarsautos knallt. Es dröhnt in meinen Ohren nach.

»Was hast du ihr gesagt?« Sein Atem stinkt nach Tabak und Galle. Ich stoße ihn zurück.

»Nichts hab ich ihr gesagt, Richter«, sage ich und spucke den Nachnamen fast aus. Seinen Vornamen kann und will ich gerade nicht aussprechen.

Ohne noch einmal zurückzuschauen, stapfe ich vorwärts, die Faust um das Pfefferspray in der Hosentasche meiner Shorts gepresst.

Kapitel 10

Auch heute ist es wieder so arschwarm, dass mir die Oberschenkel unter dem Kleid aneinanderkleben. Vom Becken weht ein schwacher Chlorgeruch rüber. Jans Hand ist feucht und warm und zieht mich über die Wiese zu einem Flecken Gras, der noch nicht mit Handtüchern zugepflastert wurde. Er schmeißt seines hin, als hätte er einen Touchdown gelandet, und reißt die Arme hoch. Ich schnappe mir seinen Hosenbund und nutze seinen unsicheren Stand aus, um ihn zu mir zu ziehen und ihn zu küssen.

Eines der Kinder, die auf einem Nachbarhandtuch hocken, kreischt auf. »Ihhhhh!«

Jan lächelt an meinem Mund.

Wir schmeißen unsere Rucksäcke an den Rand des Handtuchs, dann ziehen wir uns aus und legen uns zwischen unsere Klamotten. Jan trägt keine von diesen beknackten Labbershorts, die bis zum Knie runterreichen, wie die meisten Jungs, sondern eine schwarze Speedo, die eng an seinem Hintern sitzt. Er bemerkt meinen Blick und zieht verlegen die Knie an.

»Ich war früher Schwimmer«, erklärt er. »Dafür sind die Dinger hier einfach viel praktischer.«

»Du siehst super aus«, sage ich und kneife ihm sanft in die

Arschbacke. Wollte ich schon seit dem Moment machen, als ich Jan das erste Mal im Café habe aufstehen sehen.

Er grinst. »Also, sollen wir ins Wasser gehen?«

Ich bin noch müde vom Rieseneis, das wir vorhin gegessen haben, und will eigentlich erst einmal ein bisschen chillen. »Ich glaube, du vergisst da was.« Ich greife in meinen Jutebeutel und ziehe eine Sprühflasche Sonnencreme raus. »Du Bleichhaut verbrennst mir sonst noch.«

»Entschuldigung? Das ist rassistisch!«, mokiert sich Jan, doch ich schubse ihn einfach auf den Handtuchbatman und sprühe so lange auf seine Brust, bis er aufhört zu lachen und stillhält.

Seine Bauchdecke wölbt sich ein bisschen unter meinen Fingern, gleichzeitig hart und weich. Dann dreht er sich auf den Bauch und macht dabei den ganzen Batman cremig. Ich setze mich auf seinen Rücken und verteile den Rest der Sonnenmilch überall auf seiner Haut, die nur wenig dunkler ist als die Creme selbst. Ich schmiere sie über jedes einzelne Muttermal. Dann tauschen wir, und ich liege mit dem Bauch auf der Decke, die Nase fast im trockenen Gras. Und natürlich massiert er mich auch noch.

Ich schließe die Augen. Durch meine Lider leuchtet es rot und warm und dunkel. Die Sonnencreme ist inzwischen warm von der Reibung, und ich muss mir auf die Lippe beißen, um einen peinlichen Seufzer zu unterdrücken. Von weit her höre ich ein lautes Platschen, als hätte sich jemand vom Dreimeterturm geworfen und einen fetten Bauchklatscher hingelegt. An meinem rechten Ohr summt es, doch ich bin zu träge, irgendein Vieh wegzuscheuchen. Jans Hände fühlen sich besser an, als ich es mir eingestehen will. Mein Rücken prickelt angenehm. Seine Finger kneten meine Schultern, meinen Nacken. Genau fest genug, dass meine verkrampften Muskeln sich lösen. Ich atme aus, bis keine Luft mehr in meinem Körper ist und ich so glatt auf der Decke liege, dass ich mit der Erde zusammenwachse. Überall reden und rennen Menschen.

Ich könnte schwören, dass ich für eine Sekunde weggedöst bin, denn als ich die Augen aufschlage, ist das eingetrocknete Gras bläulich und der Schatten meines Beutels ist dunkler als zuvor.

Plötzlich wirkt alles wie gestellt. Die Handtücher sind zu regelmäßig verteilt, die Körper sind so gleich, dass ich mir vorkomme, als würde ich in einem Videospiel feststecken. Sogar Jans Haut wirkt im fahlen Sonnenlicht kränklich und untersättigt.

Ein Ball knallt mir gegen den Kopf. Es ist bloß ein aufblasbares Strandteil, doch der Junge, der ihn einsammeln kommt, ist so aufgelöst, dass ich ihm fünfmal versichern muss, dass ich okay bin.

Und ich bin okay.

Ich bin am Leben.

Mein Handy vibriert.

`war bei der Modelagentur und fehlanzeige, die haben marie schon ewig nicht mehr gebucht und hatten an dem Abend irgendeine Mercedes-Fashionshow? wussten auch nichts über nen freund`

Schweiß rinnt mir zwischen die Brüste, und die Haut an meinen Schultern prickelt von Jans Massage. Emma werde ich später zurückschreiben, jetzt brauche ich einfach eine Pause von alldem.

»Erinnere mich, Honey, warum konnten wir nicht ans Meer fahren?«, frage ich und wälze mich auf den Rücken, doch weil auf dem Handtuch nicht genug Platz ist, liegt mein Po halb auf Jan drauf. »Ich meine, wenn man schon in Hamburg wohnt …«

»Alle sind am Meer. Ich dachte, die Schwimmbäder wären leer.«

Rechts oben an seinem Haaransatz schimmert es weiß. Ich strecke meine Finger aus und verreibe den Rest Sonnencreme.

Jan dreht den Kopf weg, sodass ich nicht mehr an den letzten Klecks heranreiche. »Ich mag es nicht besonders, im Meer schwimmen zu gehen.«

»Aber was ist mit der Story mit der Riesenqualle, die du und dein Kumpel mal gefunden habt. War das etwa geschwindelt?«

Seine Mundwinkel sacken kurz herab.

Okay, ein Problemthema. Da bohr ich mal nicht rum.

»Sollen wir eine Runde schwimmen gehen?«, frage ich und pike ihm sanft auf die Nasenspitze.

Und schon sind die Mundwinkel wieder oben. Langsam, fast schüchtern beugt sich Jan nach vorne, bis sich unsere Lippen berühren.

Wann habe ich das letzte Mal jemanden bei Tageslicht geküsst?

Er nimmt mich an der Hand, und wir laufen zwischen den Handtüchern Slalom, dann rennen wir durch das flache Abduschwasser, dass es spritzt. Am Freischwimmerbecken halte ich kurz inne. Halte nach dem Bademeister Ausschau – anscheinend ist er gerade damit beschäftigt, ein paar duschflüchtige Zwölfjährige zur Sau zu machen –, ziehe Jans Hand mit, und dann springen wir kreischend hinein.

Als wir erschöpft zurück zum Handtuch trotten, ist die Sonne schon flach und mild, und meine Gliedmaßen sind schwer. Ich sacke auf Jans Handtuch zusammen, bereue es ein bisschen, kein eigenes mitgebracht zu haben.

»Ist dir kalt?«, fragt Jan, der dicht neben mir liegt und so wenigstens meine Seite wärmt.

»Ein bisschen.« Ich schmiege mich an ihn.

Doch anstatt sich zufriedenzugeben, brummt Jan: »Das haben wir doch gleich«, und dreht mich beherzt auf die Seite, sodass ich ihm direkt in die Augen gucke. Er greift einmal nach hinten und packt die Handtuchenden, die links und rechts abstehen, und schlägt sie über unseren Körpern zusammen, als wären wir die Füllung eines Riesenburritos.

»Besser?«, gluckst er, und ich lache an seinem Hals.

Ich starre auf das maskierte Augenpaar, das zwischen meinem und Jans Gesicht hervorlugt. »Ich glaube, dein Handtuch-Batman umarmt uns gerade.«

»Uh là là! Meinst du, er will einen Dreier mit uns schieben?«

»Das traue ich ihm auf jeden Fall zu. Aber ich fürchte«, flüstere ich in Jans Ohr, als ob Batman uns sonst hören könnte, »er muss sich erst mal gedulden.«

In der Handtuchdunkelheit muss ich Jans Lippen erst suchen. Aber nicht lange.

Das Handtuch dämpft die Geräusche von außen. Die Kinderschreie sind nicht mehr so schrill, die schnellen Schritte nicht mehr so fest.

Jans Körper wird auf einmal heiß, als hätte er Stunden in der Sonne gelegen. Er atmet scharf ein. »Ähm, Kassy«, sagt er zittrig. »Sorry, aber … Ich glaub, ich brauch 'ne Pause.« Irgendwo auf Hüfthöhe spüre ich einen neuen Knochen an Jans Körper, der gar kein Knochen ist.

Oh, shit. Er hat einen Ständer gekriegt. Ich bin heilfroh, dass er unter dem Handtuch nicht gut sehen kann, sonst würde er bemerken, dass ich tomatenrot angelaufen bin. Ehrlich gesagt, kann ich's ihm nicht verübeln, an mir ist das halbnackte Rummachen auch nicht einfach vorbeigegangen, aber Menschen ohne Penis sieht man das nicht so schnell an.

»Ähm …«, fange ich an und versuche, so weit es geht, Abstand zu halten, ohne dass das Handtuch über uns aufgeht. Scheiße, was soll ich jetzt machen?

»Sorry.« Auch Jan klingt extrem verlegen, als würde er am liebsten im Boden versinken, und da ist er nicht allein.

»Macht nichts«, stottere ich. Dann fällt mir etwas ein und ich schiebe hinterher:. »Was hast du heute Morgen gefrühstückt?«

»Hm?«

»Frühstück. Tell me.«

»Im Ernst jetzt?«

»Vertrau mir!«

»Ähm, Toast.«

»Womit?«

»Butter und Marmelade.«

»Und was zu trinken?«

»Einen Kaffee.«

»Und was hast du gestern zu Abend gegessen?«

»Ich hab nicht wirklich zu Abend gegessen. Ich hab mit meinem Mitbewohner eine Tüte Chips und eine Schoki verdrückt, zählt das?«

Ich frage Jan so lange, was er an diversen Tagen gegessen hat, bis er sich nicht mehr erinnert und anfängt, irgendwelche Festmahle zu erfinden. Ich lache, und irgendwann ist der zusätzliche Knochen verschwunden.

»Du Schlaufuchs!«, sagt er dankbar und drückt mir einen Kuss auf die Stirn, dann rollen wir auseinander.

Ich werde ihm ganz bestimmt nicht erzählen, dass meine Ma

diesen Trick früher immer bei mir angewendet hat, um mich von Bauchmerzen oder aufgeschürften Knien abzulenken.

Die Rufe der Kinder klingen in etwa so laut wie noch vor zwei Sekunden im Handtuch. Vielleicht habe ich mir unsere kleine Blase nur eingebildet. Irgendetwas drückt mir in den Rücken. Ich wälze mich beiseite und fische mein Handy unter dem Handtuch hervor. Es ist schon 19:14 Uhr. Und gleich vier Whatsapps von Emma.

```
beschatte gerade daniel
er ist grad bei nem kumpel
ich glaub, die kiffen sich ganz schön zu
jedenfalls riecht es unter seinem fenster
echt krass
wie läuft dein date?
```

Jan legt seine Schläfe auf meine Schulter. Seine kurzen Haare sind schon fast trocken und kitzeln auf der Haut.

»Emma?«, fragt er und kneift die Augen gegen die Sonne zusammen.

»Jupp.« Ich lasse mir das Handy auf den Bauch fallen. »Wir wollen auf eigene Faust herausfinden, wer Marie umgebracht hat.«

Ein Muskel zuckt an meinem Schlüsselbein, war das Jan oder ich?

»Und wen habt ihr da in Verdacht?«

Ich seufze. »Komm, lass uns lieber über was anderes reden.«

»Aber …«, setzt er an.

»Oder vielleicht noch 'ne letzte Runde schwimmen gehen. Um sieben machen die hier zu, und jetzt ist es bestimmt superleer.« Falten bilden sich auf Jans Stirn. »Wir können vom Fünfer springen«, locke ich, aber noch während ich übertrieben mit den Wimpern klimpere, merke ich, dass etwas nicht stimmt.

Jan stemmt sich auf und schaut mich an, klar und scharf. Als hätten die restlichen Schwimmbadgäste seinen Launenumschwung mitbekommen, ist es auf einmal sehr viel leiser. Die Frisbeekinder spielen am anderen Ende der Wiese, die Frauen am Baum, die sich vorhin über Stephen Kings neuesten Thriller ausgelassen haben, packen wortlos ihre Sachen zusammen.

»Bin ich nur eine Ablenkung für dich?«, fragt Jan.

Wie kommt er denn jetzt darauf? Ich stelle die Ellenbogen auf und verkürze unsere Blicklänge, bewege mich ihm entgegen. »Natürlich nicht!«

»Warum vertraust du mir dann nicht?«

»Was …? Wovon redest du?«

Er rupft ein Grasbüschel aus und wirft es weg, sodass die Halme auseinanderfliegen. »Ich bin gut zum Containern, ich bin gut zum Schwimmengehen und Rumspinnen, aber wenn ich wissen will, wie's dir wirklich geht, machst du zu!«

»Du hast gestern Emma mit mir getröstet!«

»Ja, Emma! Aber das war nur, weil es nicht anders ging. Und sobald es ernst wurde, hast du mich abgeschoben.«

»Mann, ich hab grad einfach keinen Bock, über Marie zu reden. Was hat das mit Vertrauen zu tun?«

Wieder ratscht es, als er eine Faust Gras hinter sich wirft. »Ich glaube, ich sollte mich langsam auf den Weg machen«, sagt Jan und zupft sich die Halme von der Handinnenfläche. »Ich werde heute Abend früh pennen gehen.«

Ohne mich anzusehen, greift er zu seinen Shorts und zieht sie sich über. Seine Knie graben kleine Krater in das Handtuch.

»Jan, komm schon!«

Ich lege meine Hand auf seinen Arm, doch sie gleitet ab.

»Ich bin müde.« Mit Schwung setzt er sich seinen Rucksack auf und legt sich sein T-Shirt hintendrauf, als müsste es trocknen. Ich wette, er macht das bloß, damit ich ihm weiter auf die Brust starre, während er sich davonmacht.

»Na, schön.« Ich sacke aufs Handtuch zurück. Wenn er gehen will, dann muss er Batman opfern. »Dann bis morgen oder so.«

In mir zieht es sich zusammen. Ich schließe die Augen gegen die Restsonne, und als ich sie wieder aufmache, ist Jan weg.

Plötzlich wird es heiß in meinem Magen. Was zur Hölle ist eigentlich Jans Problem? Das ist unser drittes Date, verdammt! Warum glaubt er, er hätte einen Anspruch darauf, jedes winzige Gefühl in mir zu kennen? Ist ja nicht so, als wären wir verheiratet! Und er selbst hat ja auch noch gar nichts von seinem ach so kostbaren Gefühlsleben preisgegeben. Also, warum muss ich ihm dann unbedingt alles erzählen? Was für ein Arsch!

Sein Problem, wenn er beleidigte Leberwurst spielen und nach Hause gehen will.

Wütend springe ich auf, meine Fußballen graben sich in die Erde, und ziehe mir mein Kleid über. Und weil das Handtuch nicht mehr in meinen Jutebeutel passt, knote ich es mir um den Hals und trage es wie ein Cape. Wie Batman. Nur dass wahrscheinlich nicht mal Batman so eitel wäre, ein Cape mit einem Bild von sich selbst zu tragen. Flipflops an und los.

Ich schiebe meine Kopfhörer über die Ohren und drehe die Musik auf. Mach sie lauter, bis meine Haut zittert und sich die U-Bahn-Gaffer nach mir umdrehen.

In meinem Kopf bin ich in einem dunklen Raum voller Menschen, und ich bewege mich fast von selbst. Im Grunde ist das gar kein Tanzen mehr. Es gibt mich, meinen Herzschlag, schnell und kräftig, meinen Atem, tief. In meinem Kopf bin ich am Leben, und Marie ist am Leben. Und ansonsten: Stille.

Ich schlage meine Augen auf und schließe die Tür zu unserer Wohnung auf. Der Fahrradschlüssel schlägt klirrend gegen die für Haus und Briefkasten.

Wieder alleine. Yay.

Ich stehe im Flur und atme schattenkühle Luft.

Marie ist tot.

Ich stehe in der Küche, und der Kühlschrank surrt.

Marie ist tot, und ich bin am Leben.

Ich stehe im Bad, und es klickt laut, als ich das Licht am Spiegel ausmache, das meine Mutter angelassen hat.

Ich nehme Dinge wahr, und Marie nimmt nichts wahr, nur Schwärze und Stille.

Ich stehe in meinem Zimmer und suche nach einem freien Fleck zum Hinsetzen. Das Handtuchcape drückt mir gegen den Hals, ich ziehe es über den Kopf und schleudere es von mir weg, als wäre es eine Granate. Doch meine Kehle fühlt sich an, als hätte ich es noch an. Mir wird schwindelig.

Mein Handy vibriert.

`hab gerade daniels Zimmer auf den kopf gestellt. keine spur vom tagebuch`, schreibt Emma.

Und natürlich hat er es nicht. Ich stecke meine Hand in die Ritze hinter meinen Schrank und ziehe das Notizbuch mit Maries Handschrift hervor. Seit ich es aus Emmas Zimmer gestohlen habe, liegt es dort, ich hab nicht einmal reingeguckt. Ich weiß nicht wirklich, warum ich es genommen habe. Aber seit rausgekommen ist, dass Marie Tagebuch geführt hat, wusste ich, dass ich es an mich nehmen muss. Als ob meine Schuld dort hineingraviert wäre. Als hätte Marie mit prophetischer Genauigkeit vorhergesagt, was ich an dem Abend tun werde. Marie war sauer auf mich, mal wieder, weil ich ihre Adresse öffentlich gepostet hatte. Und sie wollte mir eins auswischen.

Der Wind spielt mit dem Saum ihres Kleides und bläst ihre Engelshaare ins schöne, wutverzerrte Gesicht. Es riecht nach Gischt, und das Salz in der Luft sticht mir in die Augen. Marie verschwimmt. Wenn die Zeit jetzt stehen bliebe und wie im Computerspiel Dialogfelder mit unterschiedlichen Optionen erscheinen würden, würde ich speichern und das Spiel verlassen. Die giftige Stimmung passt nicht zur sommernächtlichen Ostseekulisse. Aber das geht nicht, und es gibt auch keine Pause-Option.

»Wenn hier jemand selbstbesessen ist«, sagt Marie, und ihre Stimme klingt fremd und scharf, »kannst du dir so was von an die eigene Nase fassen. Du teilst immer nur aus und kannst nichts einstecken.« Ihre Miene wird hart, ihre Kiefermuskeln treten hervor, bevor sie hinzufügt: »Wie beim Facebook-Profil.«

»Pfff«, höre ich mich sagen. Mein automatischer Verteidigungsmechanismus. »Dieses Profil ist mir total am Arsch vorbeigegangen.«

»Ich war's. Ich hab es erstellt.«

Es ist, als hätte sie mir ins Ohr geschrien. Plötzlich höre ich ein schrilles Piepen, wie wenn man nach der Disco nach Hause geht, nur lauter und durchdringender. Ich wanke.

Warum? Warum hat sie das gemacht?

Zum ersten Mal hatte ich das Gefühl, dass ich eine echte Freundin gefunden habe. Eine, die mich mag, weil ich bin, wie ich bin.

Warum? War das alles eine Lüge? Passe ich nicht mehr in ihre heile Welt?

Ich brauche Luft! Ich stoße sie von mir. Sie stolpert einen Schritt zurück. Weg von mir. Ich zittere am ganzen Körper. Doch anstatt sich zu fangen, strauchelt sie weiter zurück, fuck, sie fällt über die Kante.

Die Dunkelheit verschlingt ihren Körper sofort. Ein Platschen. Vor meinen Augen tanzen Punkte.

Ich habe sie gestoßen. Ich habe Marie umgebracht.

Wenn dieses beschissene Facebook-Profil nicht gewesen wäre! Warum hat sie gelogen? Warum hat sie behauptet, sie hätte es selbst geschrieben? Vielleicht wollte sie mir einfach wehtun.

Mit einem Ruck zerreiße ich das Tagebuch in zwei Hälften und gehe raus, um es in die Mülltonne des Nachbargebäudes zu werfen.

Kapitel 11

»Ich glaube, es hat keinen Sinn, Daniel zu beschatten«, flüstert Emma, und ein flacher Strahl Abendsonne wirft einen rötlichen Schein um ihre Haare und Schatten in ihr Gesicht. Sie klingt müde. »Was auch immer er getan hat oder nicht, er wird sich nicht verraten, dafür ist er zu clever. Sieht man ihm nicht an, aber er ist echt nicht so blöd, wie er immer tut.«

Ich liege auf Emmas Bett und unterdrücke den Impuls, aus ihrem Zimmer zu rennen. Den Impuls, ihr entgegenzuschreien, dass ich es war, ich habe Marie umgebracht. Mein Handy vibriert, und es ist Jan, der mir sagt, dass er mir nur noch zu 45 % vertraut und dass ich mindestens zwei Dates brauchen werde, um die verlorenen 20 % wieder reinzuholen. Klingt irgendwie machbar.

Als ich wieder hochschaue, hat Emma mir den Rücken zugedreht, und das Licht hat sich geändert, es wirkt künstlich und matt.

»Remmie-demmie, was ist los?«

Sie reagiert nicht.

Es klopft an der Tür. Udo steht dort und hält ein Tablett, herrlich duftende Schokoladenmuffins.

»Einen Snack für euch Süßen?«, sagt er und lächelt mit viel zu vielen Zähnen.

Ich zucke zusammen und weiche zurück zu Emma.

»Nein, danke!«, schreie ich, doch er rückt näher.

»Es ist unhöflich von euch, meine Muffins abzulehnen, immerhin seid ihr Gäste in meinem Haus.«

Ich schaue mich um. Tatsächlich. Wir sind gar nicht in Emmas Zimmer, sondern in Maries. Ihre Zeichnungen wurden überstrichen. Ich springe auf die Fensterbank und versuche, Emma an der Hand mitzuziehen, aber sie entgleitet meinem Griff. Ich sehe noch, wie sie zu Udo geht, um sich einen Muffin zu nehmen.

»Emma, nein!« Dann falle ich rückwärts.

Komme auf allen vieren auf. Kühles Gras unter meinen Fingern.

Ich schaue hoch und sehe einen klaren, dunklen Himmel, sehe einen Hang, an dem eine Gestalt mit platinblondem Haar und weißem Kleid hochrennt.

»Marie!«, schreie ich und fühle mich so erleichtert, dass es mir in der Brust wehtut.

Ich fange an zu rennen, höre Schritte hinter mir und weiß, es sind Ilsa und Conny und Udo und ein gesichtsloser Mann namens Ralf, und ich renne noch schneller.

Wenn ich Marie erwische, wenn ich ihnen zeigen kann, dass sie in Ordnung ist, gesund, am Leben, dann verzeihen sie mir. Ich bin fast oben angekommen, noch ein paar Schritte. Ich spüre den Stoff ihres Kleides durch meine Finger gleiten.

Und sie fällt.

Komm zurück.

Doch sie hört mich nicht, die Schwerkraft zieht ihren Körper ins schwarze Wasser, verschluckt ihn. Und zurück an die Oberfläche kommt etwas Schreckliches.

Jemand packt mich an den Schultern.

»Kassy, mein Schatz, wach auf«, höre ich, doch es sind nur Worte, und ich versuche, mich loszureißen, sehe noch Marie vor mir, ich muss mich nur ein bisschen früher nach ihrer Hand strecken.

»Kassandra!«

Ich atme schwer, mein Herz rast, doch Stück für Stück kommen meine Sinne zurück. Eine Hand auf meiner klebrigen Wange, eine zerkrumpelter Deckenzipfel vor meinem Gesicht. Es riecht nach dem Sanddorn-Duschgel meiner Mutter.

»Ma«, wimmere ich.

»Mäuschen, ich bin hier«, sagt sie und drückt mich an sich.

Ich weiß nicht, wie es allen anderen geht, aber wenn es mir scheiße geht – und zwar mehr oder weniger gleich scheiße über einen längeren Zeitraum –, dann höre ich auf zu heulen. Niemand kann so lange rumheulen, wie's einem scheiße geht, also finde ich es nur logisch, dass es irgendwann stoppt.

Solange man mich in Ruhe lässt, geht es einigermaßen. Doch sobald mich jemand in den Arm nimmt oder mir auch nur einen Krümel Zuneigung zeigt, bricht es aus mir heraus. Nicht dieses Hollywoodweinen, wo der stumm leidenden Heldin eine einzelne Träne über die Wange rollt, während sie schön traurig in die Ferne guckt.

Nein, ich weine wie ein Kind, dass sich beide Knie aufgeschürft hat, mit zitterndem Kinn, dann die Grimasse, die Mundwinkel runtergezogen, die Lippen fest zusammengepresst und die Augen zwei enge Schlitze, aus denen sofort Tränen quellen, und zwischen den Schluchzern und dem Aufheulen abgehacktes Luftschnappen.

Ich klinge erbärmlich.

Gerade wenn ich denke, dass es jetzt aufhört, kommt eine neue Welle. Meine Ma hält mich und wiegt mich ein bisschen hin und her, streicht mir über den Kopf. Sie gibt mir Taschentücher, wo sie herkommen, weiß ich nicht.

Nach einer gefühlten halben Stunde liege ich schlaff in Mas Schoß und atme ruhig ein und aus. Meine Gedanken sind träge und faul. Erst jetzt sickert es zu mir durch, dass ich im Bett meiner Mutter liege. Ich kann mich vage daran erinnern, hier eingeschlafen zu sein. Draußen ist es jetzt schon fast dunkel. Wahrscheinlich so zehn, elf Uhr.

»Du hattest wieder einen Albtraum?«, fragt sie schließlich.

Ich nicke an ihrem Oberschenkel.

»Willst du drüber reden?«

Mein Kopf sinkt schwer auf ihre Beine.

Klar, Ma, ich bin traurig, weil ich meine beste Freundin umgebracht habe, weißt du. Aber sag's nicht weiter!

»Ich habe von Emma geträumt.«

»Wie geht's ihr?«, fragt Ma und fängt an, mir den Nacken zu kraulen. Sofort spüre ich, wie meine Muskeln sich entspannen.

»Nicht gut. Sie hat mir neulich erzählt, dass sie in Marie verliebt war.«

»Und dann bist du mit ihr und Jan ins Kino, um sie aufzumuntern …« Sie klingt nicht vorwurfsvoll, aber so, wie sie es formuliert, wird mir klar, was für eine blöde Idee das war.

»Nicht der beste Plan.«

Meine Ma brummt mitfühlend.

Wie würde sie reagieren, wenn sie wüsste, was ich getan habe? In den Arm würde sie mich bestimmt nicht nehmen, so viel steht fest. Wahrscheinlich würde sie mir nicht einmal in die Augen sehen wollen.

»Und ich schätze mal, du bist auch nicht superhappy darüber, zu dieser Vorladung auf die Wache zu gehen.«

Ich fahre hoch. »Was? Wann ist die?«

»Schhh, beruhig dich, Schatz, erst nächste Woche!«, sagt Ma und küsst mich auf die Schläfe. »Und ich habe Frau Berber, eine alte Patientin von mir, gefragt, ob sie uns aushelfen kann. Du weißt noch, die Anwältin mit der Hormontherapie? Sie wird mit dir dort sein.«

Der Knoten in meiner Brust löst sich ein bisschen, aber so entspannt wie vor einer Minute bin ich lange nicht mehr.

Was ist, wenn diese Anwältin ahnt, dass ich schuldig bin? Was ist, wenn das die Ermittler nur noch misstrauischer macht? Wer nimmt sich schon einen Anwalt, wenn er nichts zu verbergen hat?

»Kassy.« Das Zaghafte in Mas Stimme schiebt meine Sorgen in den Hintergrund. Eine tiefe Sorgenfalte zieht sich quer über ihre Stirn. »Versteh das jetzt bitte nicht falsch …« Sie fährt sich einmal mit der Hand durch die Haare und atmet durch die Nase aus. »Ich merke, dass du viel feiern gehst, und ich vertraue auch darauf, dass du nichts tust, was dich gefährdet. Aber im Moment geht's dir schlechter als sonst – und das ist dein gutes Recht, du trauerst.« Sie schaut mir in die Augen, und dort ist wieder der alte Schmerz, gegen den sie manchmal anlächelt. »Dein Vater …« Sie schluckt. »Bitte pass mit dem Alkohol auf, okay?«

Natürlich, sie hat Angst, dass ich in seine Fußstapfen trete.

Ich drücke ihre Hand. »Ich verspreche es.«

»Danke«, sagt sie und umarmt mich.

»Du weißt, dass ich dich unendlich lieb habe, oder?«, flüstere ich und laufe rot an.

»Ich weiß, mein Schatz.«

Ich löse mich von Ma, und sie räuspert sich. Vielleicht ist es nur der Winkel, in dem das Licht der Nachttischlampe in ihr Gesicht fällt, aber für einen Moment sieht es so aus, als würden ihre Augen glänzen.

»Also«, sagt sie und boxt mir in die Seite. »Was hältst du von einem Pizza-im-Bett-Abend mit deiner peinlichen Ma? Wir können sogar eine von deinen komischen Serien gucken.«

Ich lache auf. Das haben wir schon ewig nicht mehr gemacht. »Klingt perfekt.«

Eine Dreiviertelstunde später sitzen wir mit zwei Pizzakartons in Mas Bett und gucken *Pushing Daisies* auf meinem Laptop. Während meine Mutter etwas fragt, das sich in zehn Minuten erst auflösen wird, beiße ich schon in mein zweites Stück Salamipizza. Das macht sie immer!

»Schau einfach zu, Ma«, sage ich und klaue mir eine Cherrytomate von ihrer Rucolapizza.

Und als Ned, der Kuchenbäcker mit der geheimen Fähigkeit, die Toten für eine Minute wieder zum Leben zu erwecken, am Ende herausfindet, dass es die Schwester war, die den Süßigkeitenverkäufer umgebracht hat, schreit sie triumphierend auf. »Ich *wusste* es!«

Normalerweise würde ich jetzt die Augen verdrehen, aber ich bin so satt und warm von der Pizza, dass mein Kopf gegen Mas Schulter fällt. Die nächste Folge geht automatisch an, und ich bin schon ganz schläfrig. Doch das Handy in meiner Hintertasche vibriert, und natürlich kann ich nie die Finger von dem Teil lassen, egal wie spät es ist.

`kann ralf nicht auftreiben`, schreibt Emma, `das hab ich mir echt anders vorgestellt, ist kompliziert, was rauszufinden`

Die neuste Nachricht stammt aber von einer anderen Nummer: `hab mich echt scheiße verhalten heute. tut mir sehr leid, kassy, ich weiß nicht, was in mich gefahren ist!`

Ach, Jan. Wenn du wüsstest, mit wem du dich eingelassen hast, würdest du dich nicht entschuldigen. Ich werfe das Handy vor mich auf die Decke. Meiner Ma entgeht das nicht, trotzdem hält sie sich mit einem Kommentar zurück. Manchmal wünschte ich, sie würde weniger auf meine Privatsphäre achten und sich mehr einmischen.

»Ma?«, sage ich und schaue auf die grellen Farben auf dem Laptopbildschirm, um ihr nicht in die Augen schauen zu müssen.

»Was ist los, mein Schatz?«

»Ich …« Shit, wie soll ich ihr das erklären?

Doch da hat sie schon ihren Arm um mich gelegt und mich auf die Stirn geküsst. »Ist es dieser Junge, mit dem du ausgehst?«

Ich nicke. »Jan. Er hat es gerade mal drei Dates mit mir ausgehalten, bevor ich ihn vergrault habe.«

»Ich bin mir sicher, dass du ihn nicht vergrault hast, Schatz. Und selbst wenn du was falsch gemacht hast, ist es immer einen Versuch wert, dich zu entschuldigen, meinst du nicht?«

»Eigentlich hat er sich gerade bei mir entschuldigt«, sage ich kleinlaut und linse zu Ma hoch. »Aber ich weiß gar nicht, warum er überhaupt sauer war.«

»Hast du ihn gefragt?«

»Ähm, nein.«

»Dann tu das doch zuerst.« Sie lacht auf, sodass die Augen kurz zufallen, als würde sie sich an etwas erinnern. »Und wenn die Antwort nicht total blöd ist, kannst du versuchen, ihn besser kennenzulernen, zu verstehen, wie er tickt.«

»Okay«, murmle ich und fühle meine Augen zufallen.

»Na! Wenn du hier schlafen willst, dann musst du dir die Zähne putzen, junge Dame!« Unwirsch murre ich an ihrer Schulter.

»Auf geht's, Murmelchen. Ab ins Bad!« Ich spüre ihre Füße sanft gegen meinen Rücken drücken. »Zwing mich nicht dazu, dich zu kitzeln …« Sie streckt ihre Finger in die Höhe und lässt sie wackeln.

Sofort kapituliere ich und rolle mich stöhnend vom Bett. Diese Frau kennt meine Schwächen zu gut.

»Und zieh dir Schlafsachen an!«, ruft Ma hinterher.

Zum Zähneputzen setze ich mich auf den runtergeklappten Klodeckel und schau noch mal auf mein Handy. Jan hat nichts hinterhergeschrieben. Ich gebe mir einen Ruck.

`entschuldigung angenommen`, schreibe ich. Das hat mir Ma beigebracht.

»Wenn jemand dir unrecht tut und sich entschuldigt«, sagt sie immer, »dann sag nicht, dass es schon in Ordnung ist. Sonst denkt dieser Jemand, es ist in Ordnung, das noch mal zu machen. Sag stattdessen, dass du die Entschuldigung annimmst. Das zeigt zwar, dass du gnädig bist, aber auch, dass es keine Lappalie war.«

Sofort kommt ein erleichterter Smiley zurück.

```
lass es mich wiedergutmachen! ich koch für
dich, drei-gänge-menü
```

Ich lasse die Zahnbürste sinken und grinse meinem Spiegelbild mit schaumigem Mund zu.

Zwei Tage später holt mich Jan mit einer Rose im Knopfloch am S-Bahnhof ab.

»Was für ein Gentleman«, ziehe ich ihn auf, aber die Rose rücke ich trotzdem nicht wieder raus.

»Madame«, sagt er nur und grinst ein bisschen verlegen.

Ich nehme Jans Hand, er trägt ein loses T-Shirt mit weitem Kragen zu einer gut sitzenden grauen Hose, und folge ihm. Nachdem es gestern den ganzen Tag über in Kübeln gegossen hat, ist die Luft endlich wieder leicht und kühl. Ich habe ausnahmsweise ein Kleid an, das mache ich sonst nur, wenn ich muss, es ist aus blauem Jeansstoff und oben geschnitten wie eine Hemdbluse, nur mit Taille und knielang.

In einem Schaufenster starre ich unsere Spiegelung an. Wenn ich allein unterwegs bin, schaue ich hin und wieder, um zu gucken, ob ich okay aussehe, und manchmal schaue ich schnell wieder weg. Doch mit Jan im Bild, direkt an meiner Seite, ist es anders. Ich kann kaum die Augen von uns lassen, wir sind so schön zusammen, und ich fühle mich schöner, als ich mich je gefühlt habe.

Emma schreibt mir. Wahrscheinlich wegen ihrer Ermittlungen. Ich habe ein schlechtes Gewissen, sie damit alleinzulassen, aber was soll ich sonst tun? Ich habe nicht die Kraft, sie von meiner Spur abzulenken. Das schafft sie jedoch anscheinend ganz von allein.

ralf wollte nicht mit mir reden :/ was soll ich machen??

Ratlos schicke ich ihr einen hilflos schauenden Smiley zurück. Große Hilfe, ich weiß.

Eine Brise fährt mir in die Ärmel, und ich schaudere.

»Fast da«, sagt Jan und drückt kurz meine Hand.

Wir biegen in eine etwas schäbige Straße mit schlichten Siebziger-Jahre-Wohnblöcken. Jan schließt die Milchglastür von Nummer 34 auf und hält sie mir auf. Wir schleppen uns vier Stockwerke hoch – keine Ahnung, wieso, aber Studentenwohnungen sind immer so weit oben! – bis zu einer Tür, die über und über mit Postkarten und Stickern beklebt ist. Nice.

Anstatt aufzuschließen, wackelt er bescheuert mit den Augenbrauen und klopft dann gegen die Tür.

»Was, ist eure Klingel kaputt?«

»Nee, eigentlich …« Er flucht leise und hämmert dann noch mal gegen die Tür. »Hendrik, du Sack! Du hattest *einen* Job …!«

Obwohl ich keine Ahnung habe, was vor sich geht, grinse ich in meine Faust. Trampelnde Schritte, und plötzlich wird die Wohnungstür nach innen aufgerissen. Auf der Schwelle steht Hendrik, der Philosophie studierende Mitbewohner, von dem Jan mir schon ein paarmal was geschrieben hat. Er trägt eine merkwürdige Klamottenkombi: eine orangefarbene Pluderhose, wie ich sie Männer normalerweise nur auf Reggae-Festivals tragen sehe, und dazu ein T-Shirt mit einem Bügelaufdruck, der Hemd und Jacke eines Smokings imitiert.

»Hi!«, begrüßt er mich, und ein strahlendes Lächeln öffnet sich in seinem dichten, schwarzen Bart, doch mit einem Seitenblick zu Jan räuspert er sich. »Oh, ich meine …« Er zieht einen Unterarm hinter den Rücken und verbeugt sich. »Mademoiselle, darf ich Sie in unser hochexklusives Restaurant begleiten?«

»Ich bitte darum!«, sage ich, mache einen Knicks und werfe Jan einen belustigten Blick zu.

Hendrik führt mich durch einen kurzen, chaotischen Flur, wo an der Wand ein Dutzend Paar Schuhe stehen, hin zu einer Küche, in deren Mitte ein kleiner, runder Tisch mit einer schlichten Karodecke und einer Kerze steht. Eine Lichterkette hängt über der Glastür, die zum Balkon hinausführt, und wirft kleine, hübsche Schatten auf den Fliesenboden.

»Mademoiselle?« Jan zieht einen Stuhl für mich raus.

»Oh, merci, äh, … Mister.« Französisch hatte ich nur in manchen Schulen, und gemocht hab ich's nie. Vor mir auf dem Tisch steht ein flacher Teller mit einer umgestülpten Schüssel darauf.

Hendrik reicht mir ein handgeschriebenes Menü, gibt mir aber keine Zeit, es wirklich zu lesen, sondern plappert drauflos. »Erster Gang: Feldsalat mit leichtem Balsamicodressing, Hauptgericht: Garnelen-Pilz-Risotto, und zum Nachtisch gibt es Eis mit frischen Erdbeeren. Dazu empfehle ich den Hauswein, der deshalb so heißt, weil es der ist, den wir dahaben. Einverstanden? Wunderbar.« Grinsend wirft er das Menü hinter sich und hebt dann mit einer ausladenden Geste die Schüsseln, darunter kommen kleine Hügel Grün zum Vorschein, über die sich dunkle Linien aus Balsamicocreme ziehen. »Bon appetit!«

Skeptisch spieße ich Feldsalat auf meine Gabel. Es schmeckt großartig. Sobald Hendrik aus der Küche gehüpft ist, werfe ich Jan einen tadelnden Blick zu. »Wenn Hendrik alles gekocht hat …«

Jan legt seine Hand aufs Herz. »Alles selbst gekocht, Ehrenwort!«

»Das stimmt!«, schreit Hendrik aus seinem Zimmer rüber. »Ich hab ihm nur gesagt, wie man Risotto macht, weil dein Freund bloß irgendwelche Bauerngerichte kann.«

»Hey«, ruft Jan empört. »Du mieser Verräter!«

»Halt die Klappe und iss, du Bauer!«, kommt es zurück.

Jan seufzt ergeben und macht sich über seinen Salat her. »Eigentlich hätte ich dich ja in ein schickes Restaurant ausgeführt, aber dafür fehlt mir leider die Kohle.«

»Restaurants sind für Spießer«, winke ich ab.

Und das stimmt auch. Hier, in Jans nach Risotto duftender Küche finde ich es viel gemütlicher als in jedem Sushirestaurant, auch wenn Töpfe und Pfannen in der Spüle liegen. Das halbe Abendessen über lache ich über Hendrik, der nach jedem Gang in die Küche gestapft kommt, beherzt die Teller abräumt und Wein nachschenkt. Erst nach dem zweiten Glas fällt mir ein, dass ich Ma ja eine Alkoholpause verspochen habe, und bitte Hendrik um Wasser. Nach dem letzten Löffel Walnusseis mit Erdbeeren bin ich so satt, dass ich das Gefühl habe, die Knöpfe an meinem Kleid würden gleich aufplatzen.

»Das war superlecker, Jan, danke!«, sage ich und beuge mich schwerfällig über den Tisch, um ihm einen Kuss zu geben.

»Sehr gut.« Jans Augenlider sind halb geschlossen, und er summt zufrieden vor sich hin.

In diesem Moment platzt Hendrik herein und fängt an die Schüsseln in die Spüle zu räumen.

»Alles zu Ihrer Zufriedenheit, meine Herrschaften?« Er lehnt sich gegen die Küchenzeile und zeigt mit dem Finger auf mich. »*Jan*«, er betont es komisch, »hat mir erzählt, dass du auch Ukulele spielst?«

Leicht irritiert schaue ich zwischen den beiden Mitbewohnern hin und her. War das grad ein Insider? »Ähm, ja. Ein bisschen.«

»Willst du? Ich kann dich auf der Gitarre begleiten.«

»Ich bin nicht supergut ...« Ich werfe Jan einen Blick zu, eigentlich will ich Zeit mit ihm allein verbringen. Aber er nickt ermutigend. »Na, gut. Aber nur ein Lied.«

Eine Stunde später grölen wir den Text zu *Grenade* von Bruno Mars auf Hendriks Couch, Jan mit einem Tamburin in der Hand, auf das er total unrhythmisch einschlägt.

»You know I'd do anything for you«, jaulen wir, und am Ende des Songs schmeißt sich Hendrik mit seiner Akustikgitarre auf die Knie und wirft den Kopf in den Nacken. Jan schüttelt sein

Tamburin, und ich schwinge die Ukulele über meinen Kopf, als würde ich sie gegen die Wand schlagen.

»Also ich finde, wir sollten 'ne Band gründen«, pruste ich.

»Auf jeden Fall!«, sagt Jan und schmeißt sich in Pose, was mit dem Tamburin richtig bescheuert aussieht.

»Ich seh's schon groß auf unserem Bandwagen stehen.« Hendrik malt ein Banner in die Luft. »Die Kartoffelbauern – von August bis Oktober auf Welttournee.«

Ich lehne mich zu Jan und küsse ihn. Seiner Hand fährt über meine Wange.

Vorsichtig legt Hendrik seine Gitarre ab und stemmt sich hoch. »So jetzt muss ich euch aber rausschmeißen, ich muss morgen früh arbeiten.«

»Kein Problem!«, sage ich und löse mich von Jan. »Danke für den Abend, war echt nice.«

»Immer wieder gerne.«

Jan salutiert ihm zum Abschied zu, und Hendrik salutiert zurück, ein Insider, schätze ich. »Du hast echt Schwein, dass du so 'nen coolen Mitbewohner abgekriegt hast«, flüstere ich Jan im Flur zu. »Und jetzt will ich aber endlich dein Zimmer sehen.«

»Oh, klar.« Auf einmal wirkt Jan nervös, und ich kann ihn gut verstehen. Wenn unsere Plätze vertauscht wären und ich ihn in mein Chaoszimmer lassen müsste, würde ich mir auch Sorgen darüber machen, wie er reagiert.

Er drückt die Klinke und zieht die Tür für mich auf. Eine Sekunde später strahlt mir das Weiß seiner Tapete ins Gesicht, das von einer nackten Glühbirne an der Decke beleuchtet wird. Am Fenster befindet sich ein Schreibtisch, und anstelle eines Bürostuhls steht davor eine große Holzkiste mit einem Kissen drauf. Daneben ist ein billiges Expedit-Regal, wie ich es bisher buchstäblich in jeder WG gesehen habe, in dem Jans Klamotten aufeinandergestapelt sind. Eine Stange reicht vom Rand des Regals bis zur Wand mir gegenüber, die Jan offensichtlich als Kleiderstange benutzt.

»Ich hatte nicht so viel Kohle fürs Einrichten«, sagt er kleinlaut.

»Ja, und? Sieht doch okay aus.« Ich drücke seine Hand und gehe zu seiner Schreibtischlampe, mache sie an und drehe sie so, dass sie einen warmen Lichtkegel nach oben wirft. »Wenn du willst, können wir ein paar Pflanzen ausgraben, ich hab noch Töpfe, die ich dir schenken kann!« Ich mache das große Zimmerlicht aus, und sofort fühlt sich der Raum wärmer an. »Und dann hängst du ein, zwei Poster auf, und schon ist es das beste WG-Zimmer in Hamburg.«

Dankbar schlingt Jan meine Arme um sich, hebt mich hoch und dreht mich einmal, bevor er mich runtersetzt. In meiner Tasche vibriert schon wieder das Handy. Zweifellos Emma, die mir von ihren Fortschritten erzählen will. Das muss jetzt warten. Ich schalte mein Handy einfach komplett aus.

Ich schaue in Jans Augen, es fühlt sich an, als würde ich mich immer weiterdrehen. Erst als er mich loslässt, entdecke ich hinter der Tür ein Bett, das eindeutig selbst gezimmert aussieht. Es besteht aus Europaletten und einer Doppelbettmatratze.

»Hey, so ein Bett wollte ich mir auch schon immer mal machen!«, rufe ich begeistert. »Ist es gemütlich?«

»Überzeug dich selbst davon.«

Mit dem Gesicht voran lasse ich mich auf Jans Bettdecke fallen. Der Bezug riecht nach Waschmittel, aber auch ein bisschen nach ihm. Ich lasse mich auf den Rücken rollen und schaue zu Jan hoch, der sich auf den Bettrand setzt.

»Mein altes Bettgestell wollte meine Mutter behalten. Und die Paletten habe ich von einem Freund gekriegt.«

»Echt schön«, sage ich und kuschle mich an Jan heran.

Er streicht mir durchs Haar, und einen Moment lang genieße ich einfach nur das Gefühl seiner Finger, die Entspannung, die von dort in meinen ganzen Körper fließt. In diesem Moment ist es mir egal, was ich getan habe, egal, was morgen passiert, was Emma mir schreibt, was ich nächste Woche den Kommissaren auftischen werde. Ich spüre meinen Herzschlag, träge und stetig, und ich spüre seine Wärme. Das ist alles, was zählt.

»Hey, wegen neulich im Schwimmbad …«, fängt Jan an.

Ohne mich zu entziehen, stemme ich mich hoch, bohre die Ellenbogen in die Matratze.

»Da wollte ich auch drüber reden.« Ich mustere sein Gesicht. Das indirekte Licht macht seine Züge weich. »Was genau war denn los?«

Hab ich irgendetwas Falsches gemacht oder gesagt?, verkneife ich mir gerade so noch.

»Das hab ich mich auch gefragt«, seufzt er und blinzelt langsam und müde.

Er senkt den Kopf, und ich bereue sofort, etwas gesagt zu haben. Dann hat er eben scheiße reagiert, warum müssen wir uns den Moment ruinieren. Ich will doch nur meine Lippen auf seine drücken und alles andere vergessen.

»Es ist ein bisschen kompliziert … Ich glaube, das Problem war, dass ich das Gefühl hatte, du verschweigst mir etwas.«

Ich versuche, nicht zu scharf einzuatmen. Er ahnt es, er weiß es, fuck.

»Ich glaube das jetzt nicht mehr.«

Lautlos und zittrig atme ich aus.

»Aber ich hab mich mit meiner Mutter ziemlich heftig zerstritten, weil ich das Gefühl hatte, sie verbirgt etwas vor mir. Deshalb bin ich auch von zu Hause ausgezogen.« Erst jetzt schaut er mich an, seine Augen fangen das schwache Licht ein, glänzen feucht. »Ich liebe meine Mutter, wirklich, aber ich …«

Überrascht murmelt er an meinem Mund, als ich ihn am Nacken zu mir ziehe und küsse. Erst jetzt spüre ich, wie dringlich der Wunsch in mir brennt, genau das zu tun, und zwar seitdem ich diese Wohnung betreten habe. Es ist, als hätte ich mich aus einer schweren Rüstung geschält.

Alle Bewegungen sind flüssig, sein Oberkörper gibt nach, und er legt sich auf mich, meine Hand fährt seinen Nacken hoch in dieses weiche Haar, während die andere seinen Rücken runtergleitet, wie schwimmen, oder wie ich mir schweben vorstelle. Sanft lasse ich mich zurückfallen, ziehe ihn mit, bis ich mit den Schultern auf der Decke liege, und der Kuss vertieft sich.

Bis Jan zurückschnellt und sich abstützt. Sein Blick ist unsicher.

»Was ist?«, frage ich und versuche, beiläufig zu klingen. Die Frage, was ich falsch gemacht habe, brodelt knapp unter der Oberfläche.

»Ich erwarte nicht, dass du …«, er räuspert sich, »also, ich meine, wir müssen nicht … Ich kann dich auch nach Hause bringen.«

Mein Herz rutscht mir in die Hose. Shit, natürlich hat er nicht damit gerechnet, dass ich schon mit ihm schlafen will! Er denkt jetzt bestimmt, dass ich voll die Schlampe bin. Doch Jan sieht nicht so aus, als würde er das denken. Seine Wangen sind leicht gerötet, seine Augen sind geweitet, sein Mund steht offen. Als hätte er zum ersten Mal in seinem Leben das Meer gesehen und würde ehrfürchtig die Schönheit des tanzenden Lichts auf den Wellen bewundern. Nur dass er bloß mich anschaut.

»Willst du nicht?«

»Doch schon, aber nur wenn du … äh … dich wohlfühlst.«

»Ich fühl mich wohl bei dir, ich vertraue dir, Jan.« Ich beiße mir auf die Zunge. Mann, klingt das lahm. Was ist nur los mit mir? Es ist doch nicht mein erstes Mal! Aber vielleicht, sagt eine leise Stimme in mir, liebst du ihn, vielleicht ist es dann anders.

Blödsinn, rufe ich mich zur Ordnung, doch als meine Lippen seine berühren, fühle ich mich verräterisch leicht.

Kapitel 12

Wieder sitze ich in diesem beschissenen Verhörzimmer und kneife die Zehen in meinen Sandalen zusammen. Kommissarin Hohensträtter lehnt sich auf ihrem Stuhl zurück und trommelt ein paarmal mit ihren spitzen Nägeln auf die Tischplatte, bevor sie zum Sprechen ansetzt.

»Frau Jakobi-Hua, in unserem letzten Gespräch sind Sie einfach gegangen. Gibt es dafür einen speziellen Grund? Haben Sie uns vielleicht das eine oder andere Detail zum Ablauf der Party am 27. Juni verschwiegen?«

Das ist wahrscheinlich die Untertreibung des Jahrtausends.

Ich zittere in meinem Stuhl, als würde sich unter mir ein Erdbeben anbahnen. Warum ist es hier so scheißkalt?

»Ich denke nicht, dass diese Frage angebracht ist, Frau Kommissarin.« Anita Berber, mit ihren Heels bestimmt eins achtzig groß, beugt sich neben mir vor und lächelt die Hohensträtter charmant an. »Vielleicht stellen Sie eine Frage, die weniger suggestiv formuliert ist.« Meine Ma hat es doch tatsächlich geschafft, uns eine Anwältin anzulachen. Und eine verdammt einnehmende noch dazu.

Doch Hohensträtter bleibt anscheinend von ihrer Ausstrahlung unberührt. Sie hebt nur eine Braue und kritzelt etwas in ihr Notizbuch, was mich schon wieder irre macht. Ich habe kein Wort gesagt, wie kann sie da irgendetwas zum Aufschreiben gefunden haben?

»Warum halten Sie es für nötig, eine Rechtsvertretung hinzuzuziehen?«

Fast zucke ich zusammen, als Brandtner sich zu Wort meldet. Ich habe ihn bis jetzt kaum wahrgenommen, weil er heute ein beigefarbenes Hemd trägt, das ihn mit der Tapete hat verschmelzen lassen.

»Ich …«, fange ich an, doch die Rechtsanwältin hebt die Hand, und ich erinnere mich an die kurze Einweisung, die sie mir eben auf dem Damenklo gegeben hat:

»Erste Regel: Wenn ich die Hand hebe, verstummst du sofort.

Zweite Regel: Immer erst antworten, wenn ich nicke.«

Und das war's schon.

»Meine Klientin braucht keinen Grund, um einen Rechtsbeistand anzufordern«, sagt sie unverhohlen grinsend.

Ich glaube, es macht ihr Spaß, mich zu vertreten. Tatsächlich schmettert sie die Fragen der Kommissare ab wie lahm gespielte Tennisbälle. Ich komme gar nicht zum Reden.

Wow, schon eine Woche ohne Panikattacke. Vielleicht gewöhne ich mich langsam daran, eine Mörderin zu sein. Wenigstens mit Jan läuft es gut. Nach dem Küchendinner war ich noch mal bei ihm zu Hause, und, klar war das erste Mal mit ihm schön. Aber das zweite Mal war noch schöner. Ich glaube, wir waren entspannter, haben uns mehr Zeit gelassen.

Die Klimaanlage surrt mir unmöglich laut in den Ohren. Ich kann kaum verstehen, was Anita Berber gerade sagt. Irgendetwas mit Unzurechnungsfähigkeit und Zeugenaussagen?

Am Sonntag haben Emma und ich uns noch einmal getroffen. Ihre Wangen waren noch blasser als letzten Mittwoch, doch die Augen blitzten lodernd und entschlossen. Sie hat mir von ihren Ermittlungen erzählt. Da stand ich kurz vorm Umkippen. Ich will, dass es aufhört, ich will nicht mehr an Marie denken, wie sehr ich sie vermisse, oder an die Klippe oder daran, dass Emma sie geliebt hat und –

Fuck.

Die Hohensträtter fragt gerade, ob sich irgendjemand auf der Party seltsam verhalten hat. Ja, ich, will ich sagen. Ja, *ich* hab mich verdammt seltsam verhalten, weil ich meine beste Freundin die Klippe runtergestoßen habe, aber anscheinend ist das niemandem sonst dort aufgefallen, was kein Wunder ist, weil sich ja auch nie jemals wer für mich interessiert hat, niemand außer dem Mädchen, das ich versehentlich von der verfickten Scheißklippe gestoßen habe!

Stattdessen schüttle ich einfach den Kopf. »War halt eine Party«, sage ich dumpf. »Da sind alle ein bisschen bekloppter als sonst.«

Brandtner zuckt ein Muskel am Kinn. Der Typ muss mich wirklich hassen. Vielleicht vermutet er sogar, dass ich es war.

Warum beunruhigt mich das nicht? Ich will endlich jemandem die Wahrheit sagen, aber ich will nicht gefasst werden.

Das würde meine Mutter zerstören. Und natürlich mein Leben, aber das ist mir gerade herzlich egal.

Ich weiß nicht, wie ich weitermachen soll, aber irgendwie passiert es trotzdem. Mein Leben stößt mir einfach zu. Wie man einfach so, aus dem Nichts, eine schlimme Krankheit bekommt oder ein Jobangebot, bloß weil man da jemanden kennt.

Und plötzlich stehen die Kommissare auf. Ist es schon vorbei?

Einen merkwürdigen Moment lang versetzt es mir einen Stich, als ob ich gehofft hätte, sie würden mich enttarnen. Aber im nächsten bin ich einfach nur erleichtert, da raus zu sein.

Im Flur legt mir meine Anwältin – boah, das klingt schon echt verrückt – eine Hand auf die Schulter und drückt sie kurz, als wollte sie mir »Gut gemacht!« zuflüstern.

Was würde sie wohl sagen, wenn sie wüsste, dass sie eine Mörderin vertritt?

Ich räuspere mich. »Danke, dass Sie das einfach so umsonst machen.«

»Du, für deine Mutter würde ich sogar durchs Feuer gehen. Sie hat sich bei der Klinikleitung dafür eingesetzt, dass ich meine Hormone gekriegt habe.«

Eine Sekunde lang habe ich keinen Schimmer, wovon sie redet. Ich blinzle einmal, zweimal, dann weiß ich es wieder. Richtig, meine Mama hat mir mal von ihrer Transgender-Patientin erzählt. Schätze mal, die Anwältin ist das. »Oh, also ich glaube, das hat meine Ma gerne gemacht.«

»Dann grüß sie mal schön von mir!«, sagt Anita und schreitet davon.

Ich wische mir den Schweiß von der Schläfe. Wie es überhaupt möglich ist, dass es immer noch so affenheiß ist wie vor einer Woche, und das in Hamburg, das ist bestimmt ein Fall für die Wissenschaft.

»Wer war das denn?«, ertönt eine Stimme vom Ende des Ganges her.

»Em?«

Ich drehe mich um und tatsächlich, da sitzt sie auf dem letzten Stuhl in einer langen Reihe, die Beine in einer unmöglich langen Hose übereinandergeschlagen. Sie muss sich doch zu Tode schwitzen, In ihrer Hand hält sie ein halb angefangenes Bändchen, dessen ungeflochtene Enden sie mit einem losen Knoten verbindet, um später weiterknüpfen zu können.

»Ich war vor dir drin«, sagt sie, steht auf und steckt das unfertige Armband in ihre Hosentasche. »Mein Arschlochbruder ist als Nächstes dran.« Sie zeigt mit dem Daumen über ihre Schulter. Am anderen Ende der Reihe sitzt ein Junge in einem unförmigen weißen T-Shirt, die Ellenbogen auf die Knie gestützt und den Baseballmützenkopf in den Händen begraben. Was für ein erbärmliches Häuflein Mensch.

»Das gerade eben war meine Anwältin«, erkläre ich und versuche, einen beiläufigen Ton anzuschlagen. Emma darf auf keinen Fall auf den Gedanken kommen, dass ich tatsächlich eine Anwältin brauche. »Meine Ma hat darauf bestanden, dass sie mit bei diesen Gesprächen dabei ist.«

»Cool, cool.« Emmas Blick wandert über die Türen im Flur.

»Sollen wir in die Stadt?«

»Sorry, ich muss schuften gehen.«

»Dann bring ich dich zum Café.« Ihre Augen wirken hohl und alt und schauen an mir vorbei. »Bin gleich wieder da. Muss nur kurz auf Klo.« Sie schlurft an mir vorbei, und am liebsten würde ich jetzt einfach abhauen.

Kann ich natürlich nicht.

Stattdessen lasse ich mich auf Emmas Stuhl fallen und lehne meinen Hinterkopf gegen die Wand. Meine Augen fallen zu.

Ich spüre meinen Herzschlag, meine Atmung flach wie die einer Raucherin. Wenn ich nicht so eine blöde Pussy wäre, würde ich jetzt eine rauchen. Aber dazu bin ich zu ängstlich. Ich bin mir ziemlich sicher, dass ich irgendwann an Krebs sterben werde, keine Ahnung, warum. Vielleicht, weil alle immer an Krebs sterben. Er wird festgestellt, Lunge, Darm oder Brust, dann ist man tapfer, dann die Chemo, dann wieder tapfer, und am Ende siecht man vor sich hin, hat unvorstellbare Schmerzen und schreit, weil man bald nicht mehr da sein wird. Wenn das schon auf mich zukommt, dann bitte erst so spät wie möglich. Ernsthaft, scheiß aufs Rauchen.

Ich spüre, wie sich jemand neben mich setzt, und weiß, schon bevor ich die Augen öffne, dass es Daniel ist. Er riecht nach Rasierschaum und Proteinshakes.

Lass mich in Ruhe, bitte, verpiss dich einfach.

»Kassy, hi!«

»Hey«, sage ich knapp und ziehe widerwillig meine Augenlider auseinander. Ich will eigentlich nur noch nach Hause und schlafen.

Daniel sitzt vorne auf dem Stuhlrand, kaum die eine Arschhälfte drauf, mit nervös zitterndem Bein. Auf seinem T-Shirt steht *F. B. I. – Female Body Inspector.*

Wow, da denkt man, jemand ist ein Vollidiot, und dann bestätigt er das nicht nur, sondern übertrifft sogar die Erwartungen.

Im Flurlicht wirkt sein Gesicht merkwürdig flach, fast 2-D.

»Sag mal, weißt du, was mit Emma los ist?« Seine Stimme klingt verschleimt, als hätte er eine üble Grippe.

Ich rutsche ein Stück von ihm weg. »Frag sie selber.«

»Also, du hast ihr aber nicht erzählt, dass ich – Au! Was zur Hölle, Mann?« Bevor er zu Ende quatschen kann, habe ich ihm heftig auf den Fuß getreten.

»Halt bloß die Klappe!«, sage ich zwischen zusammengebissenen Zähnen. Ich kann nicht glauben, dass er tatsächlich schon wieder vom Dealen anfängt und dann auch noch buchstäblich ein paar Schritte vom nächsten Landeskriminalbeamten entfernt.

Wie dumm kann man eigentlich sein? »Wir sind auf einer verdammten Polizeistation.«

Aus einem der Zimmer tritt eine schlecht gelaunte Beamtin und stöckelt vorbei, ohne von uns Notiz zu nehmen. Daniel nuschelt eine Entschuldigung und schaut sich fahrig über die Schulter wie ein Grundschüler, der sich in der großen Pause heimlich zurück ins Klassenzimmer gestohlen hat.

»Und wenn du mich wegen der Sache endlich in Ruhe lässt«, ich atme tief durch den Mund aus und beuge mich ein wenig näher in seine Richtung, »werde ich auch nicht petzen, dass du mich da reingezogen hast. Okay?«

»Was flüstert ihr beiden denn?« Daniel fährt zusammen, als würde nicht Emma, sondern Maries Gespenst vor uns stehen und die Hände in die Hüften stemmen.

»Dein Bruder hat mir wieder einen Heiratsantrag gemacht«, sage ich und muss meine Angenervtheit nicht mal spielen.

Daniel seufzt verärgert, stößt sich vom Stuhl hoch und setzt sich wortlos zurück ans andere Ende der Sitzreihe. Echt unnötig, der Move.

Ich stehe auf und nehme Emma bei der Hand. Ziehe sie. »Komm, raus aus diesem Scheißladen!«

Und obwohl es draußen gefühlte zehntausend Grad wärmer ist, atme ich die Hamburger Abgase ein wie frische Alpenluft.

Kaum lasse ich ein bisschen locker, zieht Emma ihre Hand zurück. Es versetzt mir einen Stich zwischen die Rippen. Ich folge ihr auf die Schattenseite der Straße, wo der Gehweg schmaler ist und die Häuser gebrechlicher sind.

»M Quadrat«, sage ich und versuche ein bisschen von der Energie zusammenzukratzen, wie ich sie früher in meine Stimme gelegt hätte, »warum trägst du bei dieser Affenhitze eine Jeans?«

Sie zuckt nur mit den Schultern. Offensichtlich nicht genug Energie. »Wegen meiner Beine.«

Ich schaue an ihr hinunter. Sie trägt eine Schlaghose, die Marie und ich mit ihr im Secondhand in der Marktstraße gekauft haben, der Saum liegt schwer über ihren Römersandalen.

»Ja, was ist damit?«

Wir nehmen die Treppen zur U-Bahn runter, und Emma zieht die Brauen hoch, wie wenn jemand etwas wirklich Offensichtliches übersieht.

»Meine Oberschenkel sind superdick. Ich kann nicht einfach Shorts tragen.«

»Klar kannst du!«

»Das ist superhässlich. Es schwabbelt alles rum.«

Früher wäre mir ihr Gejammer auf die Eier gegangen. »Emerald, das schwabbelt bei allen rum.« Ich streiche ihr eine Strähne aus der Stirn, die ihrem Pferdeschwanz entbüxt ist. »Du hast schöne Beine. Wie eine von diesen römischen Statuen.«

Und ich glaube, ich habe das Richtige gesagt, denn Emma liebt diesen antiken Kram. Sie wirft mir einen kurzen Blick zu, bei dem ihr Mund verkniffen ist, aber ihre Augen glänzen. Wie immer, wenn jemand ihr ein Kompliment macht und sie sich nicht traut, es anzunehmen.

Aus irgendwelchen Lautsprechern knistert eine unverständliche Durchsage, und die Anzeige springt von zwei Minuten bis zur Ankunft der Bahn auf zwölf. Scheißbahn. Ich ziehe mein Handy aus der Tasche und schreibe Andi eine kurze Whatsapp, dass ich noch später komme als geplant.

»Wie geht es eigentlich mit deinem Freund?«, fragt Emma und scharrt mit ihrer Sandalenspitze an der gelben Linie zu den Gleisen herum.

»Du meinst Jan?« Ich muss kurz lachen. Mein Freund. Das ist so Emma. »Ich weiß ehrlich gesagt nicht, ob wir wirklich schon Freund und Freundin sind. Aber immerhin haben wir uns schon gestritten und versöhnt.«

»Und das ist ein gutes Zeichen?«

»Ich hatte bisher nur eine *Beziehung.*« Ich mache ganz fette Anführungszeichen in die Luft, weil ich mein vergangenes, ahnungsloses Ich nicht ernst nehmen kann. »Damals haben wir uns nie gestritten. Und als wir uns getrennt haben, hab ich gemerkt, dass er mir halt einfach nicht wichtig genug war, um mir die Mühe zu machen.«

Jetzt lacht Emma ungläubig auf.

»Was?«

»Ach, nichts«, sagt Emma, doch an der Art, wie ihr Lächeln warm und ihr Blick trüb ist, weiß ich sofort, dass sie sich gerade an Marie erinnert. An irgendetwas, das sie erlebt haben, bevor ich dazugehörte.

Ich sehe Punkte vor den Augen, als hätte ich zu wenig gegessen, und mir wird schwindelig.

Reiß dich zusammen, Kassy.

»Ich hab mit meinen Eltern geredet«, sagt Emma, und ich weiß sofort, was jetzt kommt. Und auch wenn ein Gespräch über Coming-out leider selten geil ist, bin ich dankbar für den Themenwechsel.

Auf dem Gleis gegenüber fährt eine U-Bahn ein. Die Bremsen kreischen, und sie kommt zum Stehen.

»Was hast du ihnen gesagt?« Ich kenne ihre Eltern nur von Emmas ständigen Klagen über Verbote und vom Hallo-, Tschüs- und Dankesagen, wenn ich sie besuchen komme. Nett, aber spießig. Und spießig ist fürs Lesbischsein nicht gerade zuträglich.

»Dass ich in Marie verliebt war. Und dass ich nicht denke, dass ich auf Jungs stehe. Aber sie haben mich nicht ernst genommen.«

Mit einem durchdringenden Piepen schließen sich die Türen der Bahn gegenüber. Emmas Stimme klingt gleichgültig, aber ich erkenne den Tonfall wieder. Sie ist eigentlich richtig am Arsch. »Meine Mutter meinte, ich wäre bloß verwirrt von meiner Trauer. Und es sei bloß eine Phase.«

Ich hab mich geirrt, diese Unterhaltung macht mich gerade total fertig. Das Anfahren der Waggons brüllt mir ins Gesicht, und der heiße Wind verschlägt mir den Atem.

Em schaut mir nicht in die Augen und malt beim Reden mit ihrem linken Fuß Kreise auf dem ekligen U-Bahnhof-Boden. Nicht genug, dass ich Emmas erste große Liebe ermordet habe, jetzt wird sie auch noch von ihren Eltern alleingelassen und verletzt. Es macht mich so wütend, dass es mir Tränen in die Augen treibt.

Es ist alles meine Schuld. Ich starre auf die gelbe Linie und Emmas Fuß. Am liebsten würde ich ihr meine Mutter schenken. Die würde wahrscheinlich nur einen Witz über einen Brautkleidmengenrabatt machen und mich umarmen.

Ich schließe kurz die Lider, dann ist mein Blick wieder klar. »Und dein Dad?«, frage ich dumpf.

»Papa hat mich einfach nur in den Arm genommen und mir gesagt, dass alles gut wird.«

»Sehr hilfreich.« Ich seufze tief in die Brust, um den Knoten darin zu lösen.

Emma zuckt nur mit den Schultern. »Wenigstens Daniel war auf meiner Seite.«

»Ehrlich?«

Emma ruckt mit dem Kopf, ein ersticktes Nicken. Ich sehe förmlich den Kloß in ihrem Hals.

Jetzt habe ich ein bisschen ein schlechtes Gewissen, weil ich Daniel vorhin arschig behandelt habe. Andererseits macht einmal Coolsein nicht wett, wie er Emma die letzten Wochen terrorisiert hat.

»Weiß aber nicht, warum er das gemacht hat. Keine Ahnung, irgendwie hab ich das Gefühl, er will sich bei mir einschleimen.«

Endlich ist unsere Bahn da.

»Aber du hast jetzt nicht irgendwas Schlimmes über ihn rausgefunden«, frage ich vorsichtig, als wir uns im Waggon gegen die Trägheit an der klebrigen Stange festhalten.

»Nee.« Ihr Blick ist sofort scharf und wachsam. »Du?«

Scheiße. Sie ahnt, dass Daniel und ich etwas vor ihr verbergen. Warum ist Emma auch so gut im Gedankenlesen? Oder hat sie vielleicht vorhin mitgehört?

Ich zucke mit den Achseln. »Ich hab ihn nicht beschattet.«

Emma schaut aus dem Fenster, obwohl da nichts zu sehen ist. Nur Schwärze. An ihrer Schläfe glänzt der Schweiß. »Ach, das bringt doch alles nichts«, sagt sie und kickt unten gegen die Stange. »Ich meine, die Polizei verschwendet ihre Zeit damit, uns immer wieder den gleichen Scheiß zu fragen. Ihr Tagebuch ist weg.«

Mein schlechtes Gewissen versetzt mir einen Stich zwischen die Rippen.

»Udo hat ein Alibi, Ralf weigert sich, mit uns zu sprechen, Daniel ist wahrscheinlich einfach nur paranoid, und der einzige Anhaltspunkt, den wir zu Maries mysteriösem Ostseebeachboy haben, ist ein inaktives Facebook-Profil.« Sie lehnt die Stirn gegen das Fenster, und ihr Kopf schlägt durch die unsanfte Fahrt dagegen. »Wir haben keine Chance, herauszufinden, was mit Marie passiert ist.«

Die U-Bahn brettert mit offenen Fenstern durch den Tunnel. Die Notausgangslichter brennen mir blinkende Neonstreifen in die Netzhaut.

Und dann habe ich die schlechteste und beste Idee der letzten Woche.

Ich packe Emma an der Schulter und schiebe sie zu mir herum, bis ich ihr in die Augen schaue. »Wir müssen nach Nienbrook fahren.«

Kapitel 13

Mit meinem Riesenrucksack auf den Schultern schleppe ich mich durch Emmas Spießerstraße und verfluche das Wetter und alles, was damit zusammenhängt. Seit ich losgegangen bin, drängen sich tiefe Wolken zusammen und drücken wie eine Wolldecke auf die nach Regen lechzenden Vorgärten.

Alles an mir klebt, widerlich ist das. Aber wenigstens riecht mein Schweiß nicht sauer. Gestern Abend lag ich in Jans Bett und dachte an heute, daran, wie ich mit Emma nach Nienbrook fahren würde – in dieses verdammte Dorf mit diesem verdammten Haus –, und sofort wurde mir schwindelig. Ich versuchte, langsam und tief zu atmen, doch meine Brust zog sich immer enger zusammen. Ich konnte nur daran denken, dass Emma es rausfinden würde, vielleicht wusste sie es ja schon, was, wenn sie es schon die ganze Zeit über gewusst hatte, was, wenn es eine Falle –

Und dann dachte ich: Aber was, wenn ich ihr zuvorkomme? Was, wenn ich es ihr einfach sage? Ich lag in Jans Bett, nebenan ratterte der kaputte Duschkopf, und auf einmal war ich ruhig. Atmete ein und aus, erleichtert, und schlief ein. Ich schlief so tief, so fest wie seit Wochen nicht mehr.

Ich habe mich entschieden. Heute werde ich mit Emma an die Klippe gehen und ihr alles gestehen.

Es liegt alles an diesem Geheimnis. Es setzt sich auf meinen Brustkorb, es hält mich wach, es will mich abwerfen, wie ein scheues Pferd, an dessen Hals ich mich klammern muss. Deshalb werde ich einfach loslassen. Und natürlich wird Emma dann zur Polizei gehen, aber das ist mir egal. Ich werde endlich wieder atmen können. Endlich wieder schlafen.

Also scheiß auf die Konsequenzen.

Irgendwo in einem der Reihenhäuschen ruft jemand etwas. Oder vielleicht ist es nur ein Fernseher. Ich drücke die Klinke an Emmas Gartentor – sie liegt warm und glatt in meiner Hand –, und im gleichen Moment fliegt die Haustür auf. Die Stimmen der Richters, eben noch gedämpft und undeutlich, schallen auf die Straße.

Emma läuft heraus, die Schritte hart, ihr Blick ist siedend heiß. Sie zieht einen kleinen Rollkoffer hinter sich her, der auf der Seite ohne Rollen durch den Kies schleift.

Ihre Mutter rennt auf die Türschwelle. »Emma«, schreit sie und bleibt auf der Fußmatte stehen, den Oberkörper nach vorne gelehnt, die Fäuste zitternd an ihrer Hüfte, als wären ihre Handgelenke am Türrahmen festgekettet. »Wage es ja nicht!«

Emma bleibt kurz vor dem Tor stehen. Ich suche ihren Blick, doch sie nimmt mich kaum wahr. Sie trägt das gepunktete Kleid, das Marie und ich ihr letzten Herbst aufgeschwatzt haben. Sie wirbelt herum, sodass der Rock aufwirbelt und der sonnenwarme Schotter unter ihren Sandalen knirscht.

»Was soll ich nicht wagen, Mama?«, sagt Emma, und obwohl mir der Schweiß im Nacken zusammenläuft, kriege ich Gänsehaut. »Wegfahren oder auf Frauen stehen?«

Frau Richter weicht einen Schritt zurück, aber langsam, als ob sie sich ihrer Bewegung nicht sicher wäre.

Ich kann ihren Kiefer mahlen sehen, ein Zahnrad, das nicht einrastet. Emmas Gesicht kann ich nicht sehen, doch in ihrem Kleid zittern die Schultern.

Ich will zu ihr hingehen. Sie umarmen. Sie stützen.

Stattdessen starre ich auf ihre weißen, angespannten Finger, die den Koffergriff umschließen, während meine eigenen an der Gartentorklinke taub werden.

»Mach dir deswegen keine Sorgen«, sagt Emma plötzlich kalt und tonlos. »Die Einzige, die ich je lieben werde, liegt unter der Erde.« Ihre Stimme schießt mir schmerzhaft in den Kopf. »Bitte schön, das erspart dir die Schande, eine gestörte Tochter großgezogen zu haben. Problem gelöst.«

Ich schließe die Augen, hole Luft, doch es ist, wie Wasser einzuatmen. Und als ich sie wieder öffne, tritt Emmas Vater aus dem Schatten des Hausflurs heraus.

»Emma.« Er legt seiner Frau eine Hand auf die Schulter, doch sein Blick gilt seiner Tochter. »Mein Spatz, komm wieder rein! Du bist ganz aufgewühlt.«

»Nein, echt jetzt, Papa!«, schreit Emma durch den Vorgarten. Der Koffergriff zittert in ihrer Faust. »Ich frage mich, woran das liegen kann!«

»Hat sie dir das eingeredet?« Plötzlich fixiert mich Emmas Mutter. Und als hätte sie einen Fluch ausgesprochen, sind meine Kopfschmerzen nun vollends wieder da.

»Was?« Emmas Schultern sinken. Mein Gesicht wird heiß. Ich wünschte, meine Mutter wäre hier. Oder Andi. Sie würden sich vor Frau Richter aufbauen und sie zur Schnecke machen wie alle, die mich bisher irgendwie beschuldigt haben.

»Sie war es, nicht wahr? Hat sie dir eingeredet, dass du in Marie verliebt bist?«

»Hannah, du …«, setzt Emmas Vater an, doch seine Frau schüttelt seine Hand von ihrer Schulter.

»Bevor sie aufgetaucht ist, warst du …« Sie kreuzt die Arme vor der Brust und vergräbt ihre Hände unter den Achseln. »Mädchen wie sie sind neidisch auf dich, weil du eine intakte Familie hast. Sie will nur Ärger verursachen.«

Meine Handinnenflächen brennen auf einmal, pochen im Takt zu meinem brennenden Gesicht. Ich lasse die Klinke los und trete auf den Kies, bis ich neben Emma stehe.

»Ich glaube«, höre ich mich sagen, »wir wissen alle ganz genau, wer gerade Emmas Familienglück zerstört.« Meine ganze Haut steht in Flammen. »Sie sind diejenige, die die Gefühle ihrer Tochter nicht ernst nimmt. Sie stellen Emma vor eine unmögliche Wahl.«

Emmas Hand schließt sich um meine, und sie hebt den Kopf, um ihrer Mutter in die Augen zu sehen. »Denk einfach darüber nach, ob du lieber eine Tochter hast, die aus Fleisch und Blut ist, oder ob du einem Menschen nachtrauern willst, der ich nicht bin«, sagt sie mühevoll, jedes zweite Wort erstickt.

Aus den Augenwinkeln kann ich es auf ihren Wangen glänzen sehen. Ich hab Emma noch nie in meinem Leben so bewundert wie jetzt. Dann strafft sie die Schultern und dreht ihren Eltern den Rücken zu. Ihr Vater ruft ihr etwas hinterher. Doch sie geht einfach weiter, schleift den Koffer durch den Kies und mich an den Briefkästen vorbei.

Der Geruch nach frisch geschnittenem Gras liegt schwer in der Luft. Irgendwo in einem heckenumzäunten Reihenhäuschen am Ende der Straße mäht jemand den Rasen. Emmas Hand liegt kühl in meiner verschwitzten. Sie hat die Zähne zusammengepresst und diesen heißen Blick, der in die Ferne gerichtet ist. Auf den feinen, durchsichtigen Härchen über ihrer Lippe perlen winzige Schweißtropfen.

Sie hat Marie geliebt, sie richtig geliebt, wahrscheinlich mehr noch, als ich Jan liebe. Marie kannte Emma besser als jeden anderen Menschen auf der Welt. Besser noch als ihre Eltern oder Daniel.

Ich sehe uns an der Klippe stehen. *Und übrigens, Em, hier hab ich die Liebe deines Lebens runtergestoßen.*

Vergiss es, ich kann das nicht. Dann werde ich halt für den Rest meines Lebens Albträume haben, ich kann ihr das unmöglich gestehen. Wir biegen in die Straße zur U-Bahn ein, hier riecht es nach heißem Asphalt. Mir wird schlecht.

Eine halbe Stunde später sitzen wir im RE nach Nienbrook. Emmas Haar kitzelt an meinem Hals. Ihr Kopf liegt auf meiner Schulter und duftet nach Shampoo mit Kokosnote. Alle paar Minuten schüttelt es sie, sie fängt an zu weinen und reißt mich mit. Sie erzählt mir, ohne mich anzusehen, dass ihre Mutter sie zur Therapie schicken wolle. Dass sie behauptet, Emma habe posttraumatische Belastungsstörungen. Und wenn ich noch am Schniefen bin, hat sie schon wieder aufgehört. Ich streichle ihr Haar und flüstere immer wieder die gleichen sinnlosen Floskeln. Das wird schon wieder. Deine Ma muss sich vielleicht einfach an den Gedanken gewöhnen. Auch wenn sie sich gerade echt assi verhalten, deine Eltern lieben dich. Irgendwann schläft sie vor Erschöpfung ein.

Unter meinem Po spüre ich den Sitz vibrieren, spüre das leise Brummen des Motors. Hören kann ich es nicht, ich höre nur *Cadillac Dust*, Gitarre und Banjo und Elliott Broods Stimme aus meinem rechten Kopfhörer, der linke steckt zwischen Emmas Ohr und meiner Schulter. Ich mag das Lied deshalb so gern, weil über der Melodie Regen und Sturmgeräusche liegen. Und wenn der Song zu Ende ist, hört man eine halbe Minute lang nur noch die Regentropfen trommeln und ein fernes Donnergrollen. Mein Blick wandert zum Fenster, an dem alles vorbeirauscht, und es wirkt merkwürdig, dass statt Wassertropfen nur Staubpartikel daran kleben.

Meine Augen brennen vor Müdigkeit. Ich weiß nicht mehr, ob der Himmel draußen klar oder bewölkt ist, und wenn ich den Kopf drehe und rausgucke, habe ich es eine Sekunde später wieder vergessen. Die Zugfahrt zur lebenden Marie ist so nah, als könnte ich einfach auf den anderen Sitz rutschen und die alte Kassy sein. Die alte Kassy dazu bringen, nach Hause zu fahren oder sie auf der Party am Abend nur ein einziges Bier trinken oder sie aus dem fahrenden Zug springen zu lassen.

Wie viele Schwindelanfälle und Atempausen kann mein Körper noch verkraften, bevor er nachgibt? Ich wünschte, Jan wäre hier, um sich mit mir in ein Handtuch zu rollen.

Unter meinen Fingerkuppen fühlt sich meine Haut dick und rissig an. Mir gegenüber sitzt eine Version von mir, die Kaugummi kaut und ihre Beine über den Trekkingrucksack baumeln lässt. Sie hat den gleichen alten iPod, hört die gleiche Playlist, der gleiche Emmakopf liegt auf ihrer Schulter.

Ich bin wieder hier, ich bin noch hier. Vielleicht ist nichts passiert, vielleicht war alles in meinem Kopf. Ich atme gegen den Schwindel an. Meine Schultern heben sich. Ich kann Emma sich an meinem Hals wachblinzeln spüren.

»'tschuldigung«, nuschelt sie und wischt sich über den Mundwinkel. Dabei hat sie mich gar nicht angesabbert.

Ich ziehe mir den Stöpsel aus dem Ohr und halte ihn Emma hin. Sie nimmt ihn und dreht ihn zwischen den Fingern.

»Kassy?«, sagt sie und klingt dabei nicht älter als dreizehn.

»Hm?«

»Wie war eigentlich dein erster Kuss?«

Fast hätte ich gelacht. Ich versteh schon, wie sie auf das Thema kommt, aber für mich ist das so weit weg. Als wären fünftausend Jahre und eine Galaxie zwischen mir und der Kassy, die mit verbundenen Augen beim Flaschendrehen von jemandem schüchtern auf die Lippen geküsst wurde. »Ein bisschen weird, ehrlich gesagt. Und nicht besonders romantisch.«

»Warum?«

»Weil ich bis heute nicht weiß, wer es eigentlich war.« Ich fühle meine Mundwinkel zucken, während ich mich an das genaue Jahr zu erinnern versuche. »Jetzt, wo ich's mir überlege, war's vielleicht auch ein Mädchen.«

Emma zieht die Augenbrauen hoch, und ich sehe so etwas wie Neid aufblitzen. Vielleicht ist es aber auch bloß das Licht, das durchs Fenster flutet, als unser Zug hinter einem langen Wall hervorkommt.

»Wahrheit oder Pflicht auf Klassenfahrt«, sage ich und sehe die Hochbetten der Jugendherberge noch vor mir, die rot-weiß karierte Bettwäsche. Rieche den Früchtetee, den es zu jeder Mahlzeit gab. »Ich musste die Augen schließen und mich drehen und wen auch immer küssen, bei dem ich stehen blieb. Und danach wollte mir niemand verraten, wer es gewesen ist.«

Am liebsten würde ich »Und deiner?« fragen, aber ich habe zu viel Angst vor der Antwort. *Dass* sie schon jemanden geküsst hat, weiß ich auf jeden Fall.

»Nächster Halt: Timmendorf«, säuselt die Durchsage. Das

Wummern unter meinen Füßen verlangsamt sich. Ich schwinge mir den Jutebeutel über die Schulter. Emma zieht ihre Oberschenkel auseinander, die unter dem Kleidersaum aneinanderkleben, und fährt sich durchs Haar. In meinem Nacken ziept es rechts, an der Seite, wo Emma sich angelehnt hat. Ich lasse meine Schultern kreisen. Ein Gelenk knackt, und Emma schüttelt sich bei dem Geräusch.

Sie starrt aus dem Fenster auf den verwitterten Betonbahnsteig, der immer näher kommt. Schließlich kommt die Bahn zum Stehen. Wir steigen aus.

Bus 19 steht schon bereit. Genau wie vor vier Wochen.

Ich würde meinen Hintern darauf verwetten, dass Emma das exakt gleiche Déjà-vu-Gefühl verspürt wie ich vorhin. Dass sie sich wünscht, mit ihrem vergangenen Ich Plätze tauschen zu können. Welche Hätte-ich-nurs ihr wohl im Kopf rumscheppern?

Drei Haltestellen später laufen wir nebeneinander her. Emmas Sandalen schlurfen über den Boden. Ihr Atem geht ruhig und flach.

Das Fachwerkhaus steht vor uns wie ein Schloss. Der Gartenzaun strahlt weiß, wie frisch gestrichen. Ich drücke die Klinke des Tors hinunter, abgeschlossen.

Ich nehme ein bisschen Anlauf und schwinge mich drüber. Dann helfe ich Emma, die hinterhergeklettert kommt. Etwas knackt, als sie auf dem Kiesweg aufkommt. Sie hebt den rechten Fuß. Darunter liegt eine zerbrochene Haarspange.

Emma geht in die Hocke und hebt die größten Stücke auf, dreht sie zwischen den Fingern. »Solche Dinger trägt Conny immer. Wahrscheinlich hat sie sich um das Haus gekümmert.«

Ein Stich durchfährt mich, als hätte Emma mir eine fette Nadel direkt in einen Nervenknoten gerammt. Ich habe nicht nur Marie und Emma, sondern auch Conny und Ilsa das Leben ruiniert.

»Sollen wir«, meine Stimme ist zu hoch, um beiläufig zu klingen, »reingehen?«

»Du meinst einbrechen?«, fragt Emma und rüttelt demonstrativ am Türknauf.

Ich denke an den Dienstagabend, an dem ich Emma in unserem Hinterhof gefunden habe. Es kommt mir vor, als wäre das Monate her. Ich laufe einmal um das Haus herum. Und entdecke im ersten Stock ein offenes Fenster.

Einfach. Ich rolle die Papiertonne an die Hauswand und steige drauf. Ich spüre Emmas Blick im Rücken. Jetzt ja kein falscher Griff. Ich quetsche meine Fußspitze in die Halterungen, die die Regenrinne am Fachwerkgebälk halten, hoffentlich kracht nichts unter mir weg. Mein Puls schnellt in die Höhe. Adrenalin und Endorphine. So viel besser, als wenn er panisch rast.

Ich spüre eine kühle Brise aufkommen, dann den ersten Nieseltropfen auf dem Arm. Okay, jetzt bin ich auf der Höhe des Fenstersimses. Ich schaue runter auf Emma. Sie hält den Atem an. Dann springe ich auf die Fensterbank, die nur ein paar Zentimeter breiter ist als mein eigener Fuß, meine Arme schießen durch das offene Fenster und haken sich unter die obere Kante.

»Yes!«, jubelt Emma. Ihre Augen glänzen kurz, als ob sie selbst gesprungen wäre.

»Bin gleich unten!« Mit dem Knie stupse ich das Fensterglas an und schwinge mich ins Zimmer dahinter.

Noch bevor ich auf dem Boden aufkomme, wird mir klar, dass ich in Maries Zimmer eingestiegen bin. Mein Herz pocht vom Adrenalin und von der Anstrengung. Ich atme tief durch. Ich steh das durch. Maries Zimmer im Ferienhaus wirkt merkwürdig unbelebt und fremd. Mehr wie ein Gästezimmer. Kein Bücherregal. Keine Marie-Zeichnungen an der Wand.

In Maries Zimmer will ich nicht sein, ich gehe direkt runter ins Wohnzimmer. Vor dem Bücherregal bleibe ich stehen. Bei mir zu Hause haben wir höchstens ein Regal mit Krimis, mit denen sich meine Mutter in den Nachtschichten wachhält. Die obersten und untersten Reihen sind offensichtlich mit Ilsas Büchern gefüllt, Lehrbücher für Recht – wahrscheinlich noch von ihrem Studium –, Biografien, Architekturfotobände. Von den Büchern geht ein staubiger Geruch nach altem Papier aus. In den mittleren, besser zugänglichen Reihen, stecken die *Harry-Potter*-Bände, *Die Tribute von Panem* und die gefühlte Gesamtausgabe von Astrid Lindgren und Paul Maar.

Der abgegriffenste Schinken ist eine Taschenbuchausgabe von Karin Seemayers *Die Sehnsucht der Albatrosse*. Es guckt noch ein bisschen raus. Als hätte Marie es gerade erst abgestellt.

»Hey!«, tönt es von draußen. »Was ist los, Mann? Ich bin schon ganz nass.«

Verwirrt blicke ich aus dem Fenster, es regnet jetzt richtig, und zwar heftig.

»Komme!«, rufe ich zurück und flitze zur Haustür, um Emma aufzumachen. Sie steht auf der Türschwelle, die Arme über dem Kopf zusammengeschlagen.

Sie stapft an mir vorbei. Emma schaut sich sehr viel aufmerksamer um als ich, mit Scannerblick. Auch sie bleibt an *Die Sehnsucht der Albatrosse* hängen. Langsam, als könnte das Buch unter ihren Händen zerfallen, zieht sie es raus und schlägt es auf. Die Seiten sind ein bisschen vergilbt, aber noch super lesbar.

»*San Francisco, Januar 1904. Du willst also tatsächlich diese unmögliche Reise machen?*«, liest Emma und streicht über den gerillten Taschenbuchrücken wie über eine kostbare Antiquität.

Das Buch klappt auf einer Seite mit Lesezeichen auf, und eine Leerseite, die vorne aus dem Buch gerissen wurde, fällt raus.

Ich bücke mich und hebe sie auf.

»Was ist das?« Neugierig streckt Emma ihren Hals in meine Richtung, um besser lesen zu können.

»No idea.« Ich drehe das Papier um und erkenne Maries Handschrift.

»Lieber Tom«, lese ich und schaue aufgeregt direkt in Emmas weite Augen. Wir haben gerade wirklich etwas gefunden! »Denkst du, das ist ihr Freund?«

Emmas Gesicht entgleist kurz, und ihre Lippen zucken. »Nee. Tom ist ihr Cousin. Connys Sohn. Aber lies trotzdem weiter!«

»Lieber Tom«, lese ich, und einen absurden Moment lang muss ich an Tom Riddle aus *Harry Potter* denken.

»ich hoffe, dass du den Brief liest, weil ich den Gedanken nicht ertragen kann, dass du mich hasst für etwas, wofür ich nichts kann! Ich sitze im Ferienhaus, unserem Ort. Dass wir uns ausgerechnet hierher zurückgezogen haben, kommt mir vor wie Hohn. Du fragst dich bestimmt, was ich da rumfasel, von Ort und Hohn. Tom, deine Mutter und mein Vater waren vor siebzehn Jahren ebenfalls hier. Sie waren wie wir ein Liebespaar, und sie haben dich im Ferienhaus gezeugt. Tom, du bist mein Bruder. Und ich liebe dich! Verstehst du nun, wieso wir nicht zusammen sein können?«

Emma atmet scharf ein. Oh, Scheiße. Ich traue mich nicht, aufzusehen und Emma anzugucken.

»Ich weiß nicht, wie lange es dauert, bis ich dich nicht mehr liebe. Bei Ralf und Conny hat es nie aufgehört. Ich hoffe sehr, dass wir uns nach meinem Australienjahr gegenüberstehen, einfach so als Tom und Marie, die sich zwar mögen, aber … als Geschwister!«

Maries hastig geschriebenes Ausrufezeichen rutscht am Ende des letzten Wortes ab, als wäre sie erschrocken. Und plötzlich fällt mir wieder ein, wo ich das Buch zuletzt gesehen habe. Marie hat darin gelesen, als ich mit Emma hier reingeplatzt bin. Nur hat sie anscheinend nicht wirklich darin gelesen, sie hat überhaupt nichts gelesen, sondern die erste Leerseite im Taschenbuch für diesen Brief benutzt, den sie dann schnell im Buch verborgen hat, um ihn vor uns zu verstecken.

Neben mir knarzt Leder. Zweimal streiche ich das Papier glatt, bevor ich meinen Blick heben und Emma ansehen kann. Sie sitzt auf dem alten Sessel und sammelt matt ihre Haare im Nacken. Wickelt sie in ein rotes, ausgeleiertes Telefonhaargummi. Ich gehe einen halben Schritt auf sie zu, doch an der Art, wie sie ihre Schultern hochzieht, merke ich, dass ich nicht näher kommen soll. Meine Fingernägel graben sich in die Rillen am Buchrücken.

»Jetzt verstehe ich, warum sie mir nicht erzählen konnte, warum das Tagebuch geschwärzt war«, sagt Emma schließlich, und es klingt abgekämpft, wie nach einem stundenlangen Streit.

Da ist es wieder. *Mir*. Immer geht sie davon aus, dass sie die Einzige ist, der beschissene Dinge zustoßen. Maries beste Freundin.

»Sie hat mir auch nichts erzählt«, und ich weiß, ich habe kein Recht, wütend zu sein, dennoch klingt meine Stimme hart und bitter.

Sie hebt den Kopf. »Natürlich, tut mir leid.« Ihre weichen Schultern fallen und mit ihnen die unsichtbare Mauer, die ich um sie herum gespürt habe. Vor ein paar Wochen hätte sie sich nicht so schnell entschuldigt, schon gar nicht bei mir.

Ich atme aus und lasse mich neben sie auf die Armlehne des Ledersessels sinken. Es knirscht unter meinem Hintern. Meine Schenkel kleben sofort am Leder. Auf meiner Brust liegt wieder eine unsichtbare Bleiweste, und ich muss tief einatmen, um Luft zu bekommen.

Marie hat wissentlich mit ihrem Cousin geschlafen. Okay, das ist – nein, Kassy, das ist nicht abgefuckt. Es geht mich nichts an. Es geht niemanden etwas an. Ich versuche nach allen Kräften, mir vorzustellen, wie es wäre, mich in einen meiner Cousins zu verknallen, Brüder hab ich ja keine. Vielleicht in Niklas? Der ist immerhin Schlagzeuger … Einen schrecklichen Moment lang sehe ich meinen Cousin sein Jimi-Hendrix-T-Shirt ausziehen.

Oh mein Gott, nein! Das macht's nicht besser!

Emma regt sich und macht ein merkwürdiges Geräusch. Ich brauche ein paar Sekunden, um zu kapieren, was es ist. Sie kichert.

Vielleicht dreht sie jetzt vollkommen durch. Wie ich.

»Was ist los?«, frage ich ungehalten.

»Ich … Keine Ahnung, ich kann einfach nicht mehr«, kiekst sie. »Ich meine, von allen Menschen, die Marie angehimmelt haben, hat sie sich in ihren Bruder verliebt? Wie scheiße ist das denn?«

Und plötzlich bricht auch aus mir ein einzelner Lacher aus. »Absolut total scheiße.«

»Oh, Mann«, sagt Emma, und das Lächeln in ihren Augen

verschwindet. »Arme Marie. Ich wette, sie wollte uns von Tom erzählen, hat aber immer wieder den Mut verloren. Und ich hab einfach nicht zugehört.«

»Keine von uns hätte das ahnen können, Em.« Ich lege tröstend meinen Arm um sie. »Ich meine, okay, sie war ein bisschen komisch drauf in den Wochen vor der Party und währenddessen auch. Aber niemand kann Gedanken lesen – oder in die Zukunft sehen.«

Mit einer zittrigen Hand streicht Emma sich eine Strähne aus der verschwitzten Stirn. »Glaubst du … glaubst du, Tom hat … du weißt schon, dass er Marie …«

Ja, Emma, vielleicht hat Tom sich mit Marie gestritten, vielleicht hat er sie geschubst.

Es wäre so einfach, sie das glauben zu lassen, den Verdacht auf diesen Tom zu lenken. Weg von mir. Aber sie wirkt so abgeschlagen, das kann ich ihr nicht antun.

»Ich weiß es nicht, Em. Ich glaube …«

Plötzlich sitzt Emma kerzengerade auf ihrem Stuhl und stößt ihren Finger in die Höhe.

»Was i…?«

»Psst!«

Sie steht auf. Der Sessel knarzt laut, aber vielleicht kommt es mir auch nur so vor, weil ich versuche zu hören, was Emma meint. Die Wasserleitung, die unter uns im Keller gurgelt? Die Wellen, die gegen die Brandung schlagen?

Da, kaum merklich. Ein Rupfen, wie wenn man Unkraut jätet. Shit, jemand ist draußen im Garten. Vielleicht ein Gärtner? Wenn wir durch die Vordertür rausgehen, bemerkt er uns bestimmt nicht. Doch bevor ich Emma mitschleifen kann, steht sie schon an der Terrassentür und späht nach draußen.

»Em!«, rufe ich lautlos.

Sie wirft mir einen kurzen Blick zu, dann schiebt sie die Glastür schwungvoll auf und tritt in den Garten hinaus. Großartig!

»Emma, Herrgott, hast du mich erschreckt!«, sagt eine Stimme, die ich irgendwo schon mal gehört habe. Scheiße, das ist doch nicht Maries Mutter?

Ich beiße die Zähne zusammen und gehe Emma hinterher.

»Sorry, Conny.« Emma steht vor einer Frau, die ich nur an Maries Beerdigung kurz kennengelernt habe. Maries Tante Conny. Toms Mutter. Ihr blondes Haar hat sie zu einem hohen, zerzausten Dutt zurückgebunden, die Hände sind voller Erde.

»Oh, hallo! Kassy, nicht wahr?«, sagt sie, als sie mich bemerkt. Ich nicke stumm und werfe Emma einen besorgten Blick zu; sie hat wieder dieses manische Glimmen in ihren Augen. Sie wird Conny doch nicht erzählen, was wir gerade herausgefunden haben, oder?

»Was macht ihr beiden hier?«

»Wir …« Emmas Stimme klingt hoch und ein bisschen schief, als hätte sie einen falschen Ton bei ihrem Lieblingslied getroffen. »Ich wollte bloß …« Ihre Lippen zittern, und sie schluchzt auf.

»Oh, Schätzchen. Komm her!« Achtlos wirft Conny ihre spitze Handschaufel beiseite und nimmt Emma in den Arm. Ich starre auf das Paar, und einen Moment lang sehe ich Emmas Schultern in Maries Umarmung zucken. Und plötzlich ist Marie wieder am Leben. Falsche Erleichterung bläht sich unter meinen Rippen, kürzer als ein Zigaretten-High. Doch dann löst sich Marie von Emma und wird wieder älter, wird wieder bloß ihre Tante. Sie nimmt Emma bei der Hand und lächelt mir mit müden Augen zu.

»Lasst uns bei mir einen Tee trinken, Mädels.«

Ich blinzle das Brennen in meinen Augen weg und folge den beiden. Aber es ist zu spät, Connys tröstlich singende Stimme dringt nicht zu mir durch, während sie mit Emma redet. Wir gehen einen spröden Weg entlang auf die Siedlung zu, und meine Hand liegt taub in Connys.

Ich muss es Emma sagen.

Ich atme salzige Luft ein, die mir in den Lungen brennt. Meine Füße fühlen sich klamm in meinen Flipflops an, als ich über Connys Fußmatte trete. Im Haus ist es eng und schwül, und es fühlt sich an, als wäre ich schon einmal hier gewesen.

Emma sagt, die Farben der Wände seien schön.

Alles kommt bei mir verzögert an.

Conny lächelt knapp und führt uns in die Küche, und die Küche riecht bekannt. Warum? Mir wird schlecht.

Ich fühle mich wie in einem Horrorfilm, in dem die Protagonistin wimmernd von Raum zu Raum geht und erst ganz zuletzt an die Decke guckt, von der das Monster baumelt. Schweiß läuft mir am Haaransatz hinab, und zum tausendsten Mal wünsche ich mir dünnere Haare. Vielleicht sollte ich sie mir komplett abrasieren.

Conny fragt uns, welche Eisteesorte wir haben wollen, sie hat die Tees selbst gemacht. Sie hat Roibusch und Hagebutte und Zitronentee.

Meine Zunge liegt trocken an meinen Zähnen.

»Hagebutte«, sagt Emma, ihre Stimme geht am Ende hoch, als würde sie um Bestätigung fragen, und es ist das Erste seit einer Viertelstunde, das zu mir durchdringt. Ich nicke und werfe ihr einen dankbaren Blick zu. Sie verpasst ihn.

Conny schenkt den Tee in breite Gläser.

Ich sitze Emma gegenüber und will ihre Hand greifen, mich

festhalten, irgendetwas läuft hier furchtbar schief. Als würde jede Sekunde die Farbe an den Tapeten schmelzen, als wollte Conny uns vergiften.

Das ist eine Panikattacke, Kassy, bloß einer deiner dummen Ausraster. Gleich ist es vorbei. Atme, atme, du bist am Leben.

Doch ein paar Minuten später ist Emma schon wieder in Tränen ausgebrochen, und ich weiß nicht einmal mehr, wie es dazu gekommen ist. Mir ist schlecht.

Ich stehe auf und sage, ich müsse auf die Toilette. Conny wiegt Emma hin und her und tätschelt ihren Kopf, ihre Augen starren glasig und matt.

Auf dem Flur sehe ich die Badezimmertür offen stehen, und ich gehe hinein, halte mein Gesicht unter den kühlenden Wasserstrahl im Waschbecken. Atme durch das Wasser aus, bis ich Sterne sehe. Ich hebe meinen Kopf und starre in den Spiegel. Schließe die Augen. Öffne sie wieder.

Ich atme tief ein, ich bin am Leben, und aus.

»Was auch immer das hier gerade war«, zische ich in den Spiegel, »es ist weg.«

Wenn das nicht die offensichtlichste Selbstlüge des Jahrtausends ist! Ich starre auf meine Augenringe, dann stoße ich mich vom Waschbeckenrand ab und trete, ohne mir das Gesicht abzutrocknen, wieder in den Flur.

Aus der offenen Küchentür höre ich Emma immer noch schluchzen. Ich weiß, dass es mich zum größten Arschloch der Welt macht, aber ich drehe mich weg. Der Gang mündet in ein schmales Treppenhaus. Ein paar Fotos hängen auf der hellen Tapete, ungerahmt und ausgeblichen. Ich gehe näher ran.

Das unterste zeigt einen kleinen, blonden Jungen mit einer jüngeren Conny. Sie lächelt an der Kamera vorbei und hält ihren Sohn kopfüber, sein Mund ist aufgerissen, als würde er vor Freude kreischen. Tom wahrscheinlich. Eines weiter oben zeigt denselben, dunkler gelockten Jungen mit Schultüte im Arm. Er schaut ernst, als wollte er mir sagen, dass ich zurück in die Küche gehen und nicht Kinderfotos von irgendwem angucken soll.

Aber ich kann nicht zurück in die Küche, denn ich kenne dieses Gesicht irgendwoher. Ich kenne es doch.

Und sofort ist die Panik wieder da und frisst an den Rändern meines Gesichtsfeldes. Ich versuche, ruhig zu atmen. Was zur Hölle? Und dann fällt mein Blick auf das Gesicht eines Vierzehnjährigen. Es ist Jan.

Jan mit schmalerem Kiefer und halblangen Locken. Was machen seine Kinderfotos hier?

Nein. Falschrum, Kassy. Dumme, naive Kassy.

Das ist nicht Jan.

Das ist Tom.

Jan gibt es nicht.

Ich bin mit Maries Cousin zusammen. Ich habe mit Maries Bruder geschlafen.

Hier riecht es wie in seinem WG-Zimmer in Hamburg. Und anstelle einer Panikattacke – kommt nichts. Ich bin leer. Mein Körper ist taub.

Ich kann wunderbar atmen, wunderbar gehen, hinaus in die stickige Nachmittagsluft. Ich kann zwanzig Minuten lang zum Bahnhof zurücklaufen, die Haare schweißnass im Gesicht, ich kann die Treppen hoch zum Bahnsteig nehmen, kann mir ein Ticket nach Hamburg am sonnenheißen Automaten ziehen. Alles ist einfach, wenn man nichts davon spürt.

Kapitel 14

Ich bin schon besoffen, bevor ich in Hamburg ankomme. Hab mir eine Flasche Billigwein bei Aldi in einem Umstiegskaff besorgt. Der Typ hat nicht mal nach meinem Ausweis gefragt. Jetzt sitze ich irgendwo in der Pampa auf einem schattigen Flecken Gras neben den Bahngleisen, nehme noch einen Schluck ungekühlten Wein und drücke Emmas Anrufe weg. Muss noch eine halbe Stunde hier warten, bis der nächste Zug kommt.

Ich starre auf mein Handy. Jan hat – *Tom* hat mir geschrieben. Ich wische die Meldung beiseite, und es ist, als könnte ich sein kurzes, weiches Haar auf meinen Fingerspitzen fühlen. Nehme einen tiefen Schluck aus der Flasche.

Jan, Tom, höchstwahrscheinlich auch Tobi, alles derselbe Lügner. Kein Zweifel, ein sehr begabter.

Ich atme tief aus. Schreibe ein paar andere Leute an, ob irgendwo schon was läuft. Anna schreibt als Erstes zurück.

Der RE nach Hamburg hält mit kreischenden Bremsen am Gleis. Während ich einsteige, brummt das Handy in meiner Handfläche weiter. Emma schreibt jetzt auch über den Facebook-Messenger. Ich sauge eine Lunge voll abgestandener Zugluft ein und schalte ihren Chat auf stumm.

Eine knappe Stunde später warten Anna und ihre Partytruppe am Hauptbahnhof in einem VW-Bus auf mich. Hinter ihnen hupen die Taxen. Ich grinse und zeige einem knochigen alten Taxifahrer den Stinkefinger.

»Du hast aber früh angefangen, Mädel«, sagt Anna und zieht mich in den Businnenraum, der komplett mit bunten, muffigen Kissen ausgekleidet ist. Meine Nasenflügel blähen sich, und ich atme grasverrauchte Luft ein.

Im Bus sitzen noch drei Mädchen in Badeklamotten und ein Junge mit Hakennase, der mir vage bekannt vorkommt und mich sofort suggestiv angrinst. Irgendwer sitzt auch noch vorne neben der Fahrerin, zumindest sah es vorher so aus.

Hakennase wendet seinen Blick ab, scheiße, ich kenn ihn doch, wie hieß er noch mal? Flo? Er faselt irgendetwas von einer Dachparty.

Anna steckt in einem neongelben Badeanzug und hoch auf den Hüften sitzenden Shorts und sieht umwerfend aus. Sie nimmt von ihrem Kumpel – Carl, vielleicht? – einen Joint entgegen und hält ihn kurz zwischen Ring- und Mittelfinger, bevor sie daran zieht. Dann beugt sie sich vor, und ihre Lippen machen kurz vor meinen Halt. Ihre feuchten Haare tropfen auf meine rechte Wange, ich öffne den Mund, und sie bläst heißen Rauch hinein. Sofort fühlt sich mein Kopf leicht an. Das muss starkes Zeug sein. Oh Gott, das ist sicher nicht gut. Morgen wird es mir richtig scheiße gehen.

Anna lehnt sich zurück und zieht grinsend noch einmal, behält den Rauch diesmal für sich.

Ich lasse meinen Kopf auf ein pinkfarbenes Handtuch sinken, das auf einem kleinen Kissenberg liegt, mein Rücken lehnt gegen Annas Hüfte. Es riecht nach Chlor und Gras und altem Stoff.

Annas Finger tauchen in meine Haare, und sie krault mir den Kopf, wie J – wie *Tom* es immer macht, wenn ich wegdöse. Maries Haare waren bestimmt besser zu massieren, sie sind – waren – leichter und dünner als meine. Meine Augenlider fallen zu.

Die Stimmen von Hakennase und den Mädchen verlieren an Bedeutung, sie sind Geräusche, laufen zu einem zusammen, es klingt nach Emma.

Posttraumatische Belastungsstörung, sagt sie, und jetzt klingt sie wie Marie. *Panikattacken und Albträume … kommt dir das bekannt vor, Kassy?*

Ich liege unter einem Bett, und über mir kichern sie. Marie und Jan. Marie und Tom. Ein tiefes Surren, wie von einem Rasenmäher, durchfährt mich. Jans Haare fallen an mir vorbei auf den Boden. Seine Locken schimmern.

Ich wache auf, als das Handy an meinem Oberschenkel brummt. Meine Zunge ist schwer und trocken, und es schmeckt sauer. Einen Moment lang frage ich mich, wo ich bin, dann spüre ich den Motor vibrieren, und es ist, als würden die Schwingungen auf meinen Körper überspringen. Ich öffne die Augen gerade weit genug, um auf das Handydisplay zu gucken. Meine Ma ruft an.

»Hey«, sage ich und halte mir das Handy an die Wange, doch da hat sie schon aufgelegt. Kurz überlege ich, es einfach wieder zurück in die Hosentasche zu schieben. Dann summt das Teil noch mal in meiner Hand, und eine SMS-Blase erscheint auf meinem Display und drückt Emmas hundert Facebook- und WhatsApp-Nachrichten nach unten.

```
Hallo, mein Schatz! Es tut mir leid, wenn
ich dich nerve, aber deine Freundin Emma
```

```
hat angerufen und gemeint, du bist irgend-
wo verschwunden? Bist du okay? Soll ich dich
irgendwo abholen? Wenn du nicht reden willst,
schick mir doch einfach eine Nachricht! Und
sag auch Emma bitte Bescheid, ich glaube, sie
fühlt sich verantwortlich. Ich hab dich sehr
lieb
```

Ich bin so ein Arschloch. So ein dummes, egoistisches Arschloch. Ich spüre förmlich, wie das Handy die Sorge ausstrahlt. Erst als ich das Handy runternehme, merke ich, wie verschwommen mein Blick ist. Klar, und natürlich fange ich jetzt an zu flennen.

»Oh, nein, was ist denn los, Kassy?«, fragt Anna und streicht mir über den Kopf. Die Berührung ist so leicht, so sanft, dass ich am liebsten darin versinken würde. Ein zweites Mädchen mit einem übergroßen T-Shirt, Chewbacca prangt quer über ihre Brust, rutscht rüber und umarmt mich.

Geht weg, will ich schreien. Ich hab euer Mitleid nicht verdient.

»Ist es wegen eines Jungen?«, fragt das Star-Wars-Mädchen.

Ich nicke einfach und lasse mich von einer Fremden trösten, statt von meiner besten Freundin oder meiner Mutter. Star-Wars-Mädchen versucht, mir kleine Zöpfchen in die Haare zu flechten, während mir Anna den rechten Fuß massiert.

»Hey«, sagt Anna und lächelt dümmlich, während sie an meinen Zehen zupft, »wie war die Stimmung in der DDR?«

Ich schaue sie mit verschwommenem, trägem Blick an, ihre Zähne blitzen durch die verrauchte Luft. »Wie?« Meine Stimme klingt hohl und schwer zugleich.

»Sie hielt sich in Grenzen.«

Ich spüre, wie sich meine Lippen verziehen, träge und schlaff. Aber irgendwie doch zu einem Lächeln.

»Warum gehen Ameisen nicht in die Kirche?« Diesmal komme ich nicht mal dazu, etwas zu sagen, Annas Wange zittert vor unterdrücktem Lachen. »Weil sie Insekten sind. Verstehst du? In Sekten.«

»Oh Mann, Anna«, stöhnt das Mädchen, das meine Haare frisiert.

Doch ich bin froh, dass Anna sich so ins Zeug legt, um mich abzulenken.

»Was sagt der große Stift zum kleinen?«

»Wachsmalstift«, grölt Hakennase, der aus seinem Schlummer gegen die Schulter eines Mädchens hochschreckt.

Anna nickt und lacht und hält sich den Bauchansatz, der sich unter ihrem Badeanzug wölbt. »Was ist braun und sitzt im Gefängnis? Eine Knastanie.«

Flachwitz um Flachwitz haut Anna raus, während sie sich meistens als Einzige schlapplacht und Hakennase durchsichtige Plastikshotgläser hervorkramt.

Meine Ma hat die mir als Kind immer gekauft, weil ich sie so süß fand.

Hakennase reißt die Packung mit den Zähnen auf und schenkt randvoll Pfeffi ins erste Gläschen. Ich setze es mir an die Lippen und leere es in einem Zug. Die Flüssigkeit ist nicht gekühlt, aber der Nachgeschmack ist scharf und kalt und zieht mir in die Nase. Und als wir vor einem Hochhaus haltmachen, steige ich schwankend aus. Wir nehmen den Aufzug hoch, und mein Kopf schwimmt, meine Ohren rauschen, wie wenn man in eine Muschel horcht. Meine verschwitzten Rucksackriemen schneiden mir in die Schultern. Noch bevor die Lifttüren aufzischen, spüre ich das Wummern der Bässe, spüre es am Kribbeln meiner Kopfhaut, an meinen Nackenhärchen. Der Rhythmus – wie jeder Rhythmus, der laut genug ist – erfasst meinen ganzen Körper.

Wir betreten die Dachwohnung, aus der uns die Musik entgegenweht. Anna schleift mich am Handgelenk durch das heiße Gedränge in Flur und Wohnzimmer direkt hinaus auf die Terrasse. Auch hier ist es drückend warm, aber wenigstens kann ich den Wind auf meinem Gesicht spüren. Das Hochhaus steht allein in diesem Block. Niemand da, den laute Musik und Geschrei stören könnten.

»Hier! Um deinen Typen zu vergessen«, ruft mir Anna ins Ohr und drückt mir eine Flasche Sekt in die Hand.

Ich setze die Flasche an die Lippen und trinke ein paar Schlucke, bevor Star-Wars-Mädchen sie mir geschickt aus den Fingern windet. Ich glaube, so viel habe ich noch nie in meinem Leben getrunken.

»Ich bin dran«, giggelt sie und hängt über Annas Schulter, als wäre sie mit ihr verwachsen. Erst jetzt fällt mir auf, wie ätzend ihre Stimme klingt, mit diesem schnarrenden Unterton.

»Übertreib's nicht«, sagt Anna und streicht ihr das strähnige Chlorhaar aus der Stirn. Mein Magen fühlt sich an wie umgestülpt.

»Kommt, lasst uns ein Selfie machen!«, rufe ich, ziehe Anna zu meiner Rechten und winke Star-Wars-Tussi mit meinem Handy heran.

Anna grinst, als hätte sie mich durchschaut, und legt ihren Arm um meine Taille, ihr Haar kratzt an meiner Wange. Bevor sich Star Wars dazustellen kann, habe ich schon dreimal auf den Auslöser gedrückt.

»Oh, das ist gut geworden.« Anna zeigt auf das zweite Foto,

auf dem sie die Zunge rausstreckt. »Schick's mir, dann tu ich's auf Facebook!«

Das Star-Wars-Mädel pult am Etikett der Sektflasche und schaut mit glasigem Blick von uns weg, als würde sie jemanden in der Partymenge suchen. Alles Pose. Ich weiß genau, dass sie beleidigt ist.

»So«, sagt Anna und hält mir ihren Facebook-Post unter die Nase. Unser Foto mit ein paar Hundert Emojis. »Und jetzt wird getanzt!« Sie packt meine Hand und zieht mich in Richtung Tanzfläche.

Je näher wir den Boxen kommen, desto wacher werde ich. Mein Nacken pocht, meine Hände sind heiß und meine Augen weit und wässrig. Ich atme tief die feuchte Luft ein und lasse mich von Anna in einen Rhythmus führen. Schließe die Augen. Mein Rucksack hüpft auf meinem Rücken im Takt. In meiner Hosentasche vibriert es schon wieder, und ich weiß, dass es Emma ist.

Aber ich kann nicht rangehen, ich kann nicht an Tom denken, an Marie. Morgen vielleicht, nach einer traumlosen Nacht mit meiner Ma am Frühstückstisch. Nicht jetzt. Auf keinen Fall jetzt.

Ich warte auf die Panik, doch sie kommt nicht. Vielleicht bin ich zu müde. Vielleicht ist es die stumpfe Musik, die all meine Gedanken tötet.

Ohne mich umzudrehen, schüttle ich plumpe Hände von meiner Hüfte. Heute hab ich keine Lust auf Jungs. Ich ziehe Anna näher an mich ran. Ihre vollen Augenbrauen wandern hoch, dann dreht sie sich einmal um 180 Grad und legt meine Hände auf ihre Taille. So tanzen wir – keine Ahnung, wie lange. Es fühlt sich an wie Stunden.

Und plötzlich ist Star-Wars-Girl wieder da. Zwei Meter neben uns knutscht sie mit einem Typen rum, der sie um anderthalb Köpfe überragt und gebaut ist wie ein Bulle.

Urgh. Sie hat diesen Klotz bestimmt nur angeschleppt, um Aufmerksamkeit zu erregen. Aber es funktioniert. Anna pirscht sich an sie ran, wartet darauf, dass die beiden sich für einen Moment voneinander lösen. Sie flüstert ihr etwas ins Ohr. Star Wars lacht und schlägt Anna gegen den Oberarm.

Gelangweilt lasse ich den Blick durch die Menge schweifen. Ein bekannter Hinterkopf, ein zu breiter Rücken in einem weißen T-Shirt. Och nee. Nicht auch noch Daniel! Aber natürlich dreht er sich um und bemerkt mich.

»Hey!«, schreit er und bahnt sich den Weg zu mir durch. »Du auch hier!«

Alter, halt den Mund, dreh dich einfach um, und verpiss dich!

Mir fehlt die Kraft, es auszusprechen. Er legt seinen Arm kumpelhaft um mich. Er riecht nach Bier und Gras. »Meine Schwester sucht dich«, ruft er gegen die Musik an und schwankt ein bisschen hin und her, als wäre es Absicht.

»Ich weiß.« Ich rede viel zu leise, um zu Daniel durchzudringen, ich höre mich ja selber kaum.

»Übrigens«, Daniel senkt seine Stimme, wahrscheinlich nicht so sehr, wie er glaubt. »Frieden, okay? Die Sache mit dem Gras? Vergessen.« Er wuschelt mir durchs Haar.

Am liebsten würde ich ihn erwürgen.

»Hat sich erledigt, ist alles gut gelaufen.«

Als ob mich das interessieren würde, nimm deine Pfoten von meiner Schulter.

Doch er ist viel zu stark, er bemerkt gar nicht, wie ich gegen seinen Griff ankämpfe.

»Wenn du jemals wieder knapp bei Kasse sein solltest, haste ja meine Nummer.«

Plötzlich steht Anna wieder neben mir und zieht ihre Augenbrauen hoch. »Zisch ab, Mann!« Sie wirft Daniel einen Blick zu, der Diamant schneiden könnte. »Lern mal Körpersprache lesen, sie ist nicht interessiert!« Anna nimmt meine Hand und zieht mich mühelos von Daniels Seite weg. »Ist das der Idiot, der dich scheiße behandelt hat?«

»Anderer Idiot«, sage ich und fühle mich lächeln.

Daniel wirft mir einen giftigen Blick zu und trollt sich zurück zu seinen Prollo-Freunden.

»Danke«, murmle ich und schaue Daniel nach. Ich spüre, wie meine Faust sich zusammenballt. Warum habe ich mich nicht selbst von ihm befreien können?

Jetzt denkt Anna, ich bin eine von diesen schwächelnden Tussen, die zu verschüchtert sind, um sich eklige Typen vom Leib zu halten. Ich werfe ihr einen Blick zu, doch sie schaut sich schon wieder nach Star Wars um. Kein Wunder, nach dieser erbärmlichen Nummer.

»Wie viel willst du wetten«, höre ich mich plötzlich in Annas Ohr rufen, »dass ich es auf dieses Ding hoch schaffe?«

Sie schaut auf das Lüftungsrohr, auf das ich zeige. Zieht die Augenbrauen hoch. Das reicht mir als Herausforderung. Ich renne zum Rohr.

Es ist eine gute Armlänge breit und ähnelt durch seinen quadratischen Zuschnitt auch mehr einem Schacht als einem Rohr. Nach etwa drei Metern biegt es sich um neunzig Grad und bildet eine Fläche, auf der man stehen und über der Dachkante schweben kann. Ich sehe mich schon oben stehen und »I'm the king of the world!« in die Hamburger Skyline schreien.

Ich setze meinen rechten Fuß auf die Lötkante, der Flipflop biegt sich unter meiner Sohle, aber er hält. Die Musik vermischt sich mit dem Pfeifen des Windes. Meine Finger krallen sich um eine Lötkante weiter oben, der andere Fuß zieht nach. Kinderspiel, da hochzukommen.

Erst als ich oben ankomme, merke ich, wie laut es plötzlich geworden ist. Ich rappele mich auf und schaue zurück auf die Terrasse. Alle starren mich an, ein paar grölen, ich solle tanzen, aber die meisten schauen ängstlich. Als würde ich mit einer Knarre dastehen.

»Kassy, komm da runter!«

Ich suche Annas Gesicht in der verschwimmenden Menge. Sie starrt erschrocken zu mir hoch, was soll das, warum jubelt keiner?

Mein Blick rutscht ab, runter zum dunklen Hof des Hauses, der nur eine Handbreit von meinem Fuß entfernt scheint. Müllcontainer, so klein wie Streichholzschachteln. Scheiße, das ist echt riskant. Ich schwanke kurz, und Anna schreit auf.

Mein Herz pocht mir gegen die Rippen.

»Spring runter!«, schreien sie.

Aber natürlich kann ich nicht runterspringen! Ich könnte ausrutschen, ich könnte danebenspringen, ich könnte den Halt verlieren und –

Mir wird schwindelig. Langsam gehe ich in die Knie, bis meine Hände auf dem fleckigen Rohr liegen. Ein dumpfes Klonk ertönt, als ich mich mit dem Bauch flach auf die Oberfläche lege. Daniels Lachen schallt über die Terrasse. Mein Gesicht brennt vor Scham.

Ich kneife die Augen zusammen, um nicht loszuheulen. Irgendjemand muss mir doch helfen. Anna, die neben Star Wars steht, starrt nur mitleidig und überfordert zu mir hoch.

Irgendjemand.

»Hey!«, schreit eine bekannte Stimme direkt unter mir. »Halt die Klappe, Daniel! Das ist nicht lustig!«

Emma. Ich wimmere vor Erleichterung. Ihr flauschiges, zerzaustes Haar wiegt sich, als sie sich von ihrem Bruder abwendet und zu mir hochschaut.

»Bitte komm runter«, sagt sie flehend.

»Em, ich kann nicht«, schluchze ich. »Ich kann nicht.«

Emma nickt, ihre Augen geweitet, und schaut sich um. Dann sieht sie mich wieder direkt an und sagt, ich solle mich nicht bewegen, sie sei gleich wieder da.

Ich schließe die Augen, und meine Schultern schlagen zitternd gegen das raue Metall.

Ich bin am Leben.

Ich atme. Ich blende alles aus, bis auf meine Atmung.

»Kassy«, flüstert Emma plötzlich ganz nah an meinem Gesicht.

Ich schlage die Augen auf.

Sie steht auf einer Leiter und fährt mir mit der Hand über die Stirn. »Nimm meine Hand!«

Ich ziehe mein Bein an und stemme mich wacklig mit dem Hintern zuerst auf, den Oberköper so dicht am Rohr, dass meine Brüste das Metall streifen. Meine Hände liegen immer noch fest auf die schroffe Fläche gepresst.

»So ist's gut«, redet Emma mir zu, »und jetzt noch ein Stück zu mir …«

Als ich mich weiter aufstemme, rutscht meine Hand plötzlich aus, und für den Bruchteil einer Sekunde fühle ich mich schon fallen. Emmas Finger krallen sich in meine Schulter, sodass es wehtut, und halten mich am Platz.

»Schau nicht runter!«, sagt sie schrill. »Schau mir in die Augen!«

Emmas Blick bohrt sich in meinen, als hätte die Warnung nicht nur mir, sondern ihr selbst gegolten. Ihre zweite Hand klammert sich um meine Schulter. Vorsichtig führt sie mich auf die zweithöchste Stufe der Leiter. Sie lässt kurz los, nur um mich an der Taille zu stabilisieren. Jetzt, wo ich sie nicht mehr ansehen kann, fällt mein Blick auf den Abgrund vor uns. Was habe ich mir nur dabei gedacht, hier hochzuklettern?

Ein letzter Schritt und – Boden unter den Füßen. Emma zieht mich von der Leiter, von dem Geländer weg und umarmt mich. Ich schließe die Augen. Trotz ihrer Höhenangst hat sie mich gerettet.

»Danke«, murmle ich in ihr Haar.

Ihre Arme drücken mich fester an sich. »Bitte mach so was nie wieder! Ich kann dich nicht auch noch verlieren, Kass«, sagt sie heiser. Dann lässt sie mich los, lächelt gegen ihre Tränen an und führt mich sanft von der Terrasse.

Ich folge ihr, ohne einen Blick zurückzuwerfen.

Kapitel 15

Ich stehe an der Klippe und starre hinunter. Sehe nichts da unten, alles ist schwarz und kalt wie der Horizont. Und eigentlich sehe ich ihn auch nicht, den Abgrund, ich spüre ihn, er zieht mich an.

Hinter mir steht Emma und flüstert: »Lass uns zusammen springen! Auf drei.«

Sie nimmt meine Hand.

»Eins.«

Ich spüre ihre Wärme.

»Zwei.«

Versuche den Kopf zu drehen, aber es ist, als hätte ich eine Nackensperre.

»Drei –«

Mein Handywecker reißt mich aus dem Schlaf. Neben mir brummt Emma ungehalten. Meine Finger finden das Handy, ich drücke den Ton weg. Am liebsten würde ich in meinem Bett liegen bleiben, für immer. Vielleicht bleibe ich einfach länger liegen, bis zum nächsten Klingeln, und verzichte auf Make-up. Oder ich komme einfach zu spät. Oder ich gehe einfach nicht hin. Ich atme einmal tief aus und reiße meine verklebten Augenlider auseinander.

Ich hab es Emma versprochen.

Ich klettere die Leiter an meinem Bett runter, ziehe ein zerknittertes Shirt aus einem großen, sauberen Klamottenhaufen auf meinem Sofa, danach einen BH und Shorts. Unter der Dusche spüre ich meine Beinhärchen beim Einseifen. Aber ich habe keine Zeit, sie zu rasieren. Sollen die Leute starren. Letztendlich interessiert es ja eh kein Schwein. Nur Jan vielleicht. Nein, er heißt Tom, verdammt. Und was *er* denkt, ist mir egal.

Ich drehe das Wasser kälter, sodass mein Kopf davon pocht. Während Emma mich gestern Abend in eine S-Bahn und zwei U-Bahnen bugsiert und nach Hause geschleppt hat, habe ich ihr erzählt, wer Jan wirklich ist, dass ich, ohne es zu wissen, mit Maries Bruder ausgegangen bin. Ich habe Rotz und Wasser geheult, aber sie hat mich einfach nur mit diesem kalten Zorn im Blick weitergeschleift. Zorn, der durch mich hindurchging und Tom galt. Sie hat gesagt, ich solle ihr mein Handy geben, und hat eine Nachricht an Tom geschrieben. Dass er mich heute um 14 Uhr treffen soll, in irgendeinem Café, von dem ich noch nie was gehört habe.

»Dir ist klar, was du zu tun hast, oder?«, fragte sie nüchtern. Als würde sie über Hausaufgaben oder Essenspläne sprechen. »Du wirst dich an Tom rächen. Dafür, dass er dir Jan vorgelogen hat und mir Tobi.«

»Tobi?«

»Der Typ, der mir über Facebook geschrieben hat! Dahinter muss auch Tom gesteckt haben. Wen kannte Marie sonst so gut aus Nienbrook?«

Die Haare trockne ich mir nur kurz mit dem Handtuch ab, dann ziehe ich mich an, packe meinen Jutebeutel mit Geldbeutel, Schlüssel, Handy, Maries unvollendetem Brief an Tom – ich muss mich zurückhalten, ihn nicht zwischen meinen Fingern zu zerknüllen – und einer Halbliterwasserflasche, dann mache ich mich auf den Weg. Trotz Mittagshitze ist mein Kopf kühl vom feuchten Haar.

Gleich treffe ich also Tom. Nicht Jan, sondern Tom. Jan gibt es nicht, nur Tom Wenke, Maries Halbbruder, Maries Exfreund. Ich beiße die Zähne gegen die aufkommende Übelkeit zusammen. Wahrscheinlich keine gute Idee, das verkatert zu machen. Aber ich habe es Emma versprochen.

Das Café, das sie für uns ausgesucht hat, liegt gerade noch so in Altona, aber in einer schickeren Ecke. Ich bin ein paar Minuten zu spät, aber daran ist er ja gewöhnt. Die Inneneinrichtung ist modern und spießig, gusseiserne Klappstühle mit geflochtenen Sitzflächen, die dir ätzende Abdrücke auf die Unterseite der Schenkel drücken. Es riecht nach Kaffee.

Er wartet an einem Tisch ganz hinten in der Ecke, wo die Bedienungen nie hingucken.

Er sitzt mit seinen bescheuerten knielangen Schlabbershorts da, die Knie weit auseinandergezogen, wie Jungs manchmal dasitzen, als wollten sie so viel Platz wie möglich einnehmen. Er spielt Candycrush auf seinem Handy und bemerkt mich erst, als ich mich ihm gegenüber hinsetze.

»Hi, Tom!«

»Selber hi«, sagt er, legt das Handy weg und lächelt. Ich spüre, wie sein Blick an meinen Augenringen hängen bleibt. »Hey, bist du okay? Du siehst mü–«

Wie in Zeitlupe kriecht der Schrecken in sein Gesicht, als ihm klar wird, dass er aufgeflogen ist. Seine Mundwinkel fallen herab, die Augenbrauen rücken zusammen, die Lider weiten sich.

Am liebsten würde ich ihm eine verpassen. Stattdessen beiße

ich die Zähne zusammen. »Oder findest du Tobi besser?«, frage ich und spüre förmlich die kalte Genugtuung, die Emma fühlen würde. »Em lässt übrigens grüßen.«

»Bitte, hör zu, ich –«

»Was, *Jan*? Was kannst du mir sagen, das auch nur ansatzweise diese riesenfette Lüge rechtfertigt?« Meine Stimme zittert vor unterdrückter Wut, sodass die Kellnerin, die gerade unsere Bestellung aufnehmen will, diskret den Rückwärtsgang einlegt. »Und wie kannst du auch nur für eine Sekunde glauben, ich würde dir zuhören wollen?«

Flehentlich versucht er, Augenkontakt mit mir herzustellen, doch ich kann ihm höchstens auf die Schulter starren. »Ich wollte es dir sagen, bei jeder Stille, nach und vor jedem Date …« Seine Stimme rutscht ab. Es ist nie der richtige Zeitpunkt, um mit so etwas rauszurücken.

Während ich Tom dabei zuschaue, wie seine Hände ziellos durch die kurzen Haare fahren, und er beteuert, wie dumm und kindisch es von ihm war, zu glauben, er könne auf eigene Faust herausfinden, wer Marie umgebracht hat, indem er sich mir und Emma unter einem falschen Namen nähert, denke ich an Marie.

So oft wollte ich Emma sagen, wie Marie wirklich gestorben ist. Letztendlich habe ich es nicht anders verdient. Ich habe Marie nicht nur ihr weggenommen, sondern auch Tom.

Ich atme tief ein und tief aus, der Geruch nach Kaffee verschlägt mir den Atem. Habe ich Marie ersetzt?

Plötzlich legt sich seine verschwitzte Hand auf meine und drückt sie. »Ich liebe dich, Kassy«, sagt er verzweifelt, und alles in mir zieht sich zusammen. »Ich dachte, nach Marie würde ich mich nie wieder verlieben. Und dann kamst du, und ich …«

Er redet weiter, doch seine Worte kommen nicht richtig bei

mir an. Dass er Angst hatte, die Polizei würde ihn verdächtigen. Dass er mit Marie an der Klippe verabredet war und zu spät gekommen ist. Dass er sich erschreckt hat und weggerannt ist, als die Polizei auf dem Strandweg auftauchte. Und dass er nächtelang wach lag und sich gefragt hat, ob Marie Selbstmord begangen hat, weil er nicht aufgekreuzt ist. Ob er sie hätte retten können. Er könne nicht beweisen, dass er nach der Gala – welcher Gala? – nur zu Hause in seinem Zimmer gelegen hat. Blut rauscht in meinen Ohren, es pocht laut, übertönt alles andere.

Mein Atem bricht weg. Fuck. Hätte ich es nur geahnt! Ich balle die Fäuste, grabe die Nägel in die Handfläche, doch es hilft nichts, ich habe Marie umgebracht, ich habe sie umgebracht, und Tom hat sie geliebt, und Emma hat sie geliebt, und sie ist tot, und ich bin am Leben. Warum musste das passieren? Wenn sie nicht so nah am Abgrund gestanden hätte. Wenn ich ihre Beleidigungen an mir hätte abprallen lassen können. Wenn ich nichts getrunken hätte … Ich –

Als würde ich mich losreißen, stehe ich auf.

Tom fragt, wo ich hingehe.

»Klo«, würge ich hervor und gehe, den Blick so fest auf das WC-Schild geheftet, dass das Café tatsächlich für eine Weile aufhört, sich zu drehen. Die Tür ist hinter einem Sichtschirm aus verzierten Milchglasplatten versteckt, an dem ich mich kurz abstütze.

Ich schließe die Tür hinter mir ab, drehe den Hahn auf volle Pulle und halte mein Gesicht unter das kalte Wasser. Richtige Entscheidung, heute kein Make-up zu tragen. Das Wasser kühlt nicht richtig, ich atme durch den Strahl, zu schnell, zu flach. Meine Finger krampfen sich um die Kante des runden Waschbeckens, ich drücke mich hoch. Warum hilft das nicht? Sonst hilft es immer. Scheiße!

Mein Handy vibriert, und bevor ich überhaupt nachgedacht habe, ziehen es meine zitternden Hände schon hervor.

Emma. Gut. Emma hat den Plan gemacht, Emma wird mir helfen.

```
bleib stark! er hat nicht nur dich verarscht!
er hat maries andenken beschmutzt
```

Ja, mit mir hat er es beschmutzt. Als hätte sie meine Gedanken gelesen, schickt sie eine zweite Nachricht hinterher.

```
sorry, so meinte ich das nicht
gib ihm einfach den brief, wenn wir mit der
wahrheit leben müssen, muss er es auch!
```

Mein Rücken fällt gegen die Fliesen. Wasser läuft mir über den Hals ins T-Shirt.

Es ist egal, was ich denke, was ich fühle, woher soll ich das wissen. Inzwischen fühle ich außer Panik und Müdigkeit sowieso nichts mehr. Ich mach das hier nur für Emma.

Emma, die mich gestalkt hat.

Emma, die ein Hassprofil auf Facebook über mich gemacht hat.

Emma, die –

Die Tür ruckt im Schloss, und ich zucke zusammen.

»Besetzt!«, rufe ich und versuche, meinen Herzschlag zu beruhigen.

Was auch immer Emma dir angetan hat, du hast es verdient. Und mehr. Und jetzt reiß dich zusammen, und tu, was du versprochen hast.

Das Schloss klackert dumpf, und ich drücke die Tür auf. Versuche, durch den Mund zu atmen, um den Kaffeegeruch auszusperren. In der Milchglastrennwand sind ein paar Streifen aus durchsichtigem Glas. Ich gehe näher heran und halte mein linkes Auge dagegen. Jan sitzt zwei Tische weiter und stützt seinen Kopf mit der rechten Hand ab, als würde er sich langweilen. Ich denke an den Tag im Schwimmbad, wie er das Handtuch mit seinem Kopf über uns hochgehalten hat, seine weichen Lippen an meinem Hals, und plötzlich ist die Wut wieder da.

Jan gibt es nicht. Dieser Typ heißt Tom, und alles, was ich mit ihm hatte, war eine Lüge. Meine Hand gleitet in den Jutebeutel und krallt sich in Maries Brief. Gerade will ich hinter dem Schirm vortreten, da sehe ich seine Schultern zucken. Ich presse mein Gesicht gegen die Scheibe.

Da, noch einmal. Seine Schultern zittern jetzt, als würde er lachen. Aber natürlich lacht er nicht. Egal, ob er mich liebt oder nicht, er hat Marie auch verloren.

Das Gebrabbel im Café schwillt in meinen Ohren an. Ich kann ihm das nicht antun. Er hebt den Kopf und schaut sich um, wischt sich peinlich berührt über die Wangen.

Ohne mich noch einmal umzusehen, verlasse ich das Café. Ich werfe einen Blick über die Schulter, aber er folgt mir nicht. Und obwohl ich das eigentlich auch wollte, versetzt es mir einen leichten Stich.

Ich gehe weiter zur S-Bahn-Station, an der ich ausgestiegen bin, die Juteriemen meiner Tasche schneiden mir ins T-Shirt. Nach Hause kann ich nicht. Da ist Emma. Zur Arbeit vielleicht. Aber was soll ich da? Ziellos steige ich in die nächste Bahn und fahre zwei Stationen. Mein Handy summt an meinem Hintern und hört nicht auf. Ich schwöre, Emma kann hellsehen.

Ich nehme ab. »Em?«

»Wie ist es gelaufen?« Ihre Stimme klingt ein bisschen verschlafen. Als wäre sie schon seit einer Weile wach, hätte aber noch im Bett vor sich hin gedöst.

Ich schaue mich um und streiche mir ein paar feuchte Haare aus dem Gesicht. Niemand mehr auf dem Gleis. »Ich hatte eine Panikattacke.«

»Oh, nein, du Arme«, sagt Emma. Ich kann sie förmlich auf ihrer Unterlippe kauen hören. »Bist du okay?«

»Jetzt schon.« Erschöpft lasse ich mich auf eine Bank fallen. Es riecht nach alter Asche.

Ich höre Emma langsam ausatmen, als ob sie ihr schlechtes Gewissen wie die Luft aus einem Luftballon ablassen würde. »Hey, wenigstens hast du es hinter dir.«

»Ich hab ihm den Brief nicht gegeben, Em. Ich bin abgehauen.«

»Was? Warum?«, fragt sie scharf.

Ich öffne den Mund.

Jetzt könnte ich es ihr sagen, jetzt könnte ich ihr alles gestehen. Ich spüre mein Herz schwer in der Brust schlagen.

Jetzt,

jetzt,

je–

»Okay, hey«, sagt Emma, und ich kenne sie zu gut, um die Ungeduld in ihrem Ton zu überhören. »Ich weiß, das ist schwer, aber wir schaffen das. Ich komm vorbei. Wir geben ihm den Brief zusammen.«

Ich sacke auf der Bank zusammen, meine Augen fallen zu. »Ich will ihm den Brief nicht geben.«

»Kassy, wir –«

»Ich will keine Rache.« Ich weiß selbst, wie hohl und müde ich klinge, aber ich kann einfach nicht mehr. »Wir haben alle genug gelitten.«

»Er hat dich voll verarscht! Er verdient –«

»Niemand verdient irgendetwas, Emma«, schneide ich ihr das Wort ab. »Oder meinst du, Marie hat es verdient, diese beschissene Klippe runterzufliegen? Scheiß auf Tom oder Jan, scheiß drauf. Sie ist tot. Und ab jetzt wird nichts mehr irgendwie Sinn machen. Egal, wie am Arsch wir sind, sie ist und bleibt tot. Und es gibt nichts, was wir …« Mitten im Satz breche ich ab. Es ist zwecklos. Emma wird mich nicht verstehen. Es sei denn, ich gestehe endlich. Und das kann ich nicht. Aber ich kann etwas anderes tun.

»Es tut mir leid«, sage ich und lege auf.

Mein Puls ist ruhig. Mein Atem geht regelmäßig.

Auf meinem Display steht eine Benachrichtigung: acht neue Nachrichten von Jan.

```
bist du okay?
ich kann total verstehen, wenn du weg bist,
aber bitte, Kassy, du musst verstehen!
seit dieser nacht kann ich quasi nicht mehr
schlafen. ich war mit Marie verabredet. wenn
ich nicht zu feige gewesen wäre, wenn ich
gekommen wäre
es ist meine schuld, dass sie tot ist,
und als ich dich gesehen habe, also die zeit,
die ich mit dir verbringen durfte, war die
einzige, in der ich mich nicht total scheiße
gefühlt hab
```

bitte sag was
irgendwas!
ich liebe dich

Ach, Tom. Wenn er nur wüsste, wer wirklich Schuld an Maries Tod ist! Aber ich verstehe ihn nur zu gut. Ich dachte auch, mit ihm könnte ich alles vergessen.

Ich schicke ihm eine letzte Nachricht, bevor ich seine Nummer lösche:

bin okay. bitte schreib mir nicht mehr

Mit einem Windstoß, der mir die Haare ins Gesicht bläst, fährt die S-Bahn ein. Ich stehe auf, mechanisch.

Ich weiß jetzt, wo ich hinmuss.

Kapitel 16

Ich gehe durch Nienbrook mit fast geschlossenen Augen. Die Sonne lässt alle hellen Flächen reflektieren und brennt sie in meine Netzhaut. Der Asphalt schwitzt flirrende Streifen in die Luft, wie ein Glitch in einem Videospiel.

Ich gehe mit tastenden Schritten.

Als Kind fand ich den Gedanken schrecklich, dass es kein Leben nach dem Tod gibt. Ich hatte eine riesige Angst, zu sterben, war schüchtern und hab mich nie was getraut. Im Kindergarten hab ich ein Jahr lang gebraucht, bis ich auch nur ein Wort rausgebracht habe. Ich bin nie die große Rutsche hinuntergerutscht, bin nie unter den rostigen Zaun hinter der Schule gekrochen und nie im Waldsee geschwommen. Irgendwann in der Pubertät ist die Angst von alleine weggegangen. Aber diese Gewissheit ist immer noch da. Wenn das letzte bisschen Elektrizität in meinem Gehirn erlischt, war's das mit mir. Mit Marie. Mit allen, früher oder später.

Hohes Gras streift mir um die Waden. Ich bin an der Klippe angekommen. Einen Schritt vor dem Abgrund bleibe ich stehen. Obwohl die Sonne weit über dem Horizont schwebt, färbt sich der Himmel schon rosa. Keine Wolken. Nicht in dieser Elendshitze. Dumpf fällt mein Jutebeutel neben mir ins Gras.

Mein Blick gleitet über die Wellen, bis er auf den Felsen unter mir aufschlägt. Ich schlucke meinen Speichel, was mich nur noch durstiger macht. Mein Wasser habe ich schon im Zug leer getrunken.

Ich bewege meinen Fuß, spüre ihn durchs Gras fahren, langsam. Zähle die Wellen wie Sekunden. Lass dich fallen.

Jetzt, oder jetzt, oder jetzt. Ich atme ein, noch tiefer, bis meine Lungen brennen. Spüre mein T-Shirt am Rücken kleben, mein Herz pocht schmerzhaft und schnell. Schnappe nach Luft.

Aber ich kann nicht. Ich plumpse rückwärts zu Boden, kraftlos, und drücke dabei alle Halme platt. Zu feige, um zu springen, zu feige, zurückzugehen. Ich stecke fest.

Ich drücke mein Gesicht ins Gras und presse die Lider fest aufeinander. Als wäre es so einfacher, das Rauschen der Wellen auszusperren. Die Halme kitzeln mir in der Nase und kühlen meine Wange. Ich spüre meine Beine nicht mehr, meine Arme, mein ganzer Körper schmilzt in den Boden. Ich bin am Leben. Warum und wie lange, ist egal.

Ich atme ins Gras, bis mein Herz langsam gegen die Erde klopft, und zähle Atemzüge. Bei dreihundertfünfzehn habe ich mich schon mindestens achtmal verzählt. Ich schlafe nicht richtig, aber wirklich wach bin ich auch nicht. Tue so, als wäre ich nicht auf der Welt. Irgendwann geht es nicht mehr, und ich stelle mir vor, ich wäre jemand anderes. Ein Mädchen, das mit seiner Familie in Nienbrook Urlaub macht und eine Pause von seinen Geschwistern braucht, oder ein Mädchen aus dem Dorf, das auf seine beste Freundin wartet. Eine Backpackerin, die sich verlaufen hat. Ich gebe ihnen Namen, überlege, wo sie geboren sind, was sie sich vom Leben versprechen, wie sie aussehen. Ich träume mich weg und zurück und weg und zurück, bis ich das Gefühl habe, als hätte ich mein Leben eben nur ausgedacht, als hätte ich mir alle Menschen nur ausgedacht. Meine Ma, Marie, Tom, Emma.

Plötzlich spüre ich eine Hand auf meinem Schulterblatt und zucke so heftig zusammen, dass sie abrutscht. Ich reiße die Augen auf, und vor mir steht Emma, dunkel gegen den blendenden Sonnenuntergang. Ich stemme mich auf den Ellenbogen hoch. Mir ist zu schwindelig, um mich richtig aufzusetzen. Wie lang liege ich hier schon? Vielleicht habe ich einen Sonnenstich abgekriegt?

»Wie –?« Meine Stimme klingt rau und belegt. Ich schlucke. »Woher wusstest du, dass ich hier bin?«

Einen Moment lang sieht es so aus, als würde Emma gleich losrennen, aber dann geht sie nur neben mir in die Hocke. Auf ihrem Gesicht tanzen grüne und blaue Punkte. Ich blinzle sie weg.

»Ich hab dein Handy getrackt«, sagt sie, ihre Augen ausdruckslos, berechnend.

Sprachlos starre ich sie an. Weiß sie es?

»Ich will, dass du mir endlich sagst, was los ist. Du verheimlichst mir etwas.«

Sie weiß es. Mir bricht kalter Schweiß aus. Meine Hände krallen sich ins Gras, als könnte es mir Halt geben.

Natürlich weiß sie es, seit dem Moment auf der Abschiedsparty, an dem ich von der Klippe zurückkam, steht es mir auf der Stirn geschrieben, in großen, leuchtenden Buchstaben: Mörderin. Es ist ein Wunder, dass nicht eher jemand darauf gekommen ist.

Emmas Haar wirft Schatten auf ihr Gesicht. »Ich weiß, was passiert ist.«

Daniel geht vor ins Haus, er meint, er will nach den Jungs schauen, und dann: »Diese Party ist die geilste!«

Ich schließe die Augen und lege meinen Kopf in den Nacken.

Der Adrenalinschub vom Sprung malt tanzende Lichter ins Innere meiner Lider. Ich summe vor mich hin, irgendetwas über grüne Radieschen, und dann spüre ich erst, dass mit Marie etwas nicht stimmt. Ich blinzle und bemühe mich, meinen Blick auf sie gerichtet zu halten.

Die Sterne spenden wenig Licht, aber die Wut lässt Maries Züge deutlich genug hervortreten. Ich versuche, sie an mich zu ziehen, doch ihre Hand entgleitet meiner. Sie muss sich echt mal locker machen. Was ist denn an dieser Party auszusetzen, bitte? Sogar Daniel jubelt.

»Es sollte unser Fest werden, nicht nur deines! Es wundert mich nicht, dass jemand so ein Facebook-Profil von dir angelegt hat!« Ein Birkenblatt fliegt gegen meine Wange, und die sanfte Berührung fühlt sich an, als hätte Marie mit einem Messer ausgeholt.

»Ach ja?« Ich weiß nicht, woher ich die Wut hole, denn eigentlich ist mir eher nach Heulen zumute. Das kann sie doch nicht ernst meinen! Was hab ich ihr je getan, um diese widerlichen Bilder und Hänseleien zu verdienen?

Doch Maries Augen bleiben kalt. »Langsam hab ich echt genug von deiner Soloshow«, schiebt sie nach.

Ich gehe ein paar Schritte ohne Marie weiter, bevor das Brennen in meinem Gesicht zu viel wird. Warum ist sie so ätzend zu mir? Ich wollte doch nur, dass es voll wird. Dass es eine besondere Party wird, an die sie sich für immer erinnern wird.

Ich drehe mich auf dem Absatz um und laufe schnurstracks zurück zur Klippe.

»Tom?«, flüstert sie. Keine Ahnung, wen sie damit meint, ist mir auch schnuppe.

»Nein, ich bin's!«, sage ich und balle die Fäuste. »Wie kann ich's dir recht machen, Marie? Soll ich diese Party auflösen? Kein

Problem. Sag Bescheid, und ich marschier da rein und schick sie alle nach Hause!«

»Lass mich einfach in Ruhe, okay?«

»Ich lass dir alle Ruhe der Welt! Ich bin nicht diejenige, die sich andauernd aufdrängt, das ist Emmas Spiel.«

»Oh, klar, jetzt mach auch noch Emma runter! Die ist wenigstens zuverlässig, im Gegensatz zur dir.«

»Im Ernst jetzt? Ich arbeite mir den Arsch ab, um dich in Australien besuchen zu kommen, und du beschwerst dich, dass ich zu spät zu den Kaffeekränzchen mit Em komme? Ich muss arbeiten, ich hab keine Millionärseltern wie du. Wie sonst soll ich die Kohle zusammenkriegen?«

»Mir ist es aber viel wichtiger, dass wir jetzt Zeit miteinander verbringen! Emma kommt auch nicht mit –«

»Du willst, dass wir mehr Zeit miteinander verbringen?« Ich schnaube. »Du bist doch quasi jedes Wochenende hier in diesem Ostseekaff!«

»Ich – ich helfe meiner Tante … Und ich kann hier besser malen …«

»Oh, richtig, die sensible Künstlerseele, Marie, die geheimnisvolle Schöne!«

»Und du findest dich so einzigartig! Also ob gegen alles zu sein eine Haltung wär.«

Ich öffne den Mund.

Gleich werden Worte hinausfallen, unüberlegte, verletzende Worte, egal was, Hauptsache verletzend. Aber es kommt nichts.

Ich schaue Marie an, ich bin nicht gegen alles. Und ich hab nie gesagt, ich wär einzigartig. Ich spüre mein Gesicht brennen.

»Du bist so durchschaubar, Kassy! Glaubst du ernsthaft, wenn du die Klappe weit genug aufreißt, bemerken die Leute nicht, wie

unsicher und erbärmlich du hinter dieser Fassade eigentlich bist? Da kannst du so viel pseudohippen Second-Hand-Kram tragen, wie du willst.«

Zitternd atme ich ein. Sie meint das nicht so, sie ist bloß wütend. Doch ein Kloß bildet sich in meinem Hals. »Wenigstens bin ich ehrlich zu meinen Freundinnen.«

»Ja. Ganz toll! Wie oft hast du Emma und mich stehen lassen für irgendwelche ach so coolen Partys, und anstatt dich zu entschuldigen, hast du uns langweilig und spießig genannt! Wenn hier jemand selbstbesessen ist, kannst du dir so was von an die eigene Nase fassen! Du teilst immer nur aus und kannst nichts einstecken.« Marie schiebt ihr Kinn vor, bevor sie hinzufügt: »Wie beim Facebook-Profil.«

In meinen Ohren rauscht es lauter, als Wellen klingen können. »Pfff«, sage ich und verschränke die Arme vor der Brust. Spüre mein Herz dagegenhämmern. »Dieses Profil ist mir total am Arsch vorbeigegangen.«

»Ach, wirklich?« Ihre Stimme klingt dunkel und lauernd. »Dann ist es dir wohl auch egal, wer es erstellt hat?«

»Was meinst du damit?«

Maries Augen glänzen hämisch. »Ich war's. Ich hab es erstellt.«

Meine Arme lösen sich und fallen zur Seite. Ich atme zitternd ein und unterdrücke den Impuls, zurückzuweichen. »Warum?«, frage ich und spüre, wie sich alles in mir zusammenzieht. Warum hat Marie mir das angetan? Meine beste Freundin. Bei ihr habe ich mich endlich verstanden gefühlt. Warum hat sie mich so hintergangen?

Ich spüre ihren Atem auf meinem Gesicht. »Damit dir endlich klar wird, dass du ohne mich und Emma im Grunde niemanden hast. All deine Partys und die hunderttausend Jungs …« Ich sehe es in ihren Augen schimmern. »Keiner wird dich jemals lieben.«

Ich stoße sie von mir. Sie stolpert einen Schritt zurück. Weg von mir. Ich zittere am ganzen Körper. Doch anstatt sich zu fangen, strauchelt sie weiter zurück, fuck, sie fällt über die Kante.

Meine Hand schießt vor, will ihr Handgelenk packen, will sie zurückziehen, doch meine Finger greifen ins Leere.

Die Dunkelheit verschlingt ihren Körper sofort. Ich höre einen erschrockenen, halb erstickten Laut, der überhaupt nicht nach Marie klingt, und kurz danach einen dumpfen, fernen Schlag. Vor meinen Augen tanzen Punkte. Ich versuche zu begreifen, was gerade passiert ist.

Zitternd gehe ich in die Knie. Strecke den Kopf über den Rand. Es ist zu dunkel, um ihren Umriss zu erkennen. Ich sehe nur das Weiß ihres Kleides zwischen den Klippen. Die Wellen brüllen in meinen Ohren.

»Marie!«, schreie ich dagegen an.

Der Gestank nach Salz und Tang treibt mir Tränen in die Augen. Der weiße Fleck bleibt regungslos.

Ich stehe noch zwei Minuten da, bevor mich die Party wieder an sich zieht. In meinen Ohren pocht es. Ich spüre die Abendluft in meinen Lungen wie beißenden Rauch. Automatisch setze ich einen Fuß vor den anderen, bewege mich auf das Haus zu. Als wäre nichts passiert.

Emma kniet immer noch vor mir, die Sonne genau hinter ihrem Kopf, als wäre sie gar nicht wirklich da, als wäre sie eine Erscheinung. Ich zittere, als hätte ich Marie gerade eben, vor Emmas Augen, die Klippe hinuntergeschubst. »Es ist okay«, sagt sie ernst, mit traurigen, müden Augen. »Ich vergebe dir.«

Ich schlottere am ganzen Körper, dass meine Zähne aufeinanderschlagen. »Was?«

»Ich vergebe dir.« Jetzt breitet sie sogar die Arme aus und lehnt sich vor.

Ich rutsche zurück. Was ist los mit ihr? Wer verzeiht es einem, den einzigen Menschen umgebracht zu haben, den man je geliebt hat?

»Einfach so?«, frage ich, unfähig, auszuatmen.

Emma zieht mich in eine feste Umarmung. Sie riecht nach Duschgel und Sonnencreme. Meine Nackenhaare sträuben sich.

»Daniel ist mein Bruder, aber er muss bezahlen für das, was er getan hat.«

Ich erstarre. Als hätte jemand mich mit einem Kübel Eiswasser übergegossen, als hätte man mich angeschossen. Mit einem Ruck reiße ich mich von ihr los und krabble rückwärts von ihr weg, ringe nach Atem.

Sie lässt die Arme sinken und runzelt die Stirn. »Er hat Marie die Klippe runtergestoßen. Und du deckst ihn.«

»Nein!«, schreie ich und springe auf, mein ganzer Körper ist unter Strom, bereit, loszusprinten. Ich kann es nicht fassen, dass ich für ein paar Sekunden darauf reingefallen bin. Dass ich erlöst war von dieser Schuld, dieser Last.

Emma schaut vom Boden zu mir auf, ihre Unterlippe zittert. Ihrem eigenen Bruder würde sie nicht verzeihen, welche Chance habe ich dann?

»Kassy, du musst nicht mehr –«

»Ich war es!«, platzt es aus mir heraus, mein Puls rast, als würde ich selbst gerade die Klippe runterfallen. »Ich hab Marie gestoßen. Wir haben uns gestritten.« Meine Beine fühlen sich an, als würden sie jede Sekunde unter mir nachgeben.

Emmas Lippe hört auf zu zittern, ihr Mund steht halb offen, sie ist ganz ruhig.

»Wegen diesem blöden Facebook-Profil, und sie ist mir auf die Pelle gerückt. Und da hab ich sie weggestoßen, und sie ist gefallen.«

Vom Boden aus starrt Emma zu mir hoch, ihre Augen sind feucht und ungläubig. »Du lügst.«

»Warum sollte ich deswegen lügen?«

Ich sehe die Erkenntnis in ihr einrasten. Langsam steht Emma auf. Ihre Nasenflügel blähen sich, rötliches Abendlicht fällt ihr ins Gesicht. Sie dreht sich weg. Will sie einfach weggehen?

Im nächsten Moment trifft mich ihre Faust hart am Kiefer. Der Schmerz treibt mir Tränen in die Augen. Ich schnappe nach Luft. Ich spüre Emmas Hand mich am Nacken packen. Sie zwingt mich, in die Sonne zu gucken. Instinktiv versuche ich mich zu wehren, doch als ich sehe, wie nah wir an der Kante zum Abgrund stehen, erstarre ich.

»All die Zeit, in der du mich getröstet hast –« Ich spüre ihren heißen Atem an meiner Wange, kann sie durch ihre zusammengebissenen Zähne und das Rauschen in meinen Ohren kaum hören. »Du hast mit mir ermittelt –«

Emmas Finger graben sich tiefer in meinen Nacken. Mein Blick fällt nach unten, die Klippen sind zu nah. Ich fühle, wie mein Schwerpunkt sich über die Kante verlagert. Die Sonne ist fast untergegangen, ein letzter Streifen blendet mich. »Em«, wimmere ich. »Bitte.« Ich verliere das Gleichgewicht, rudere mit den Armen, kippe langsam nach vorne.

Emmas angestrengter Atem geht mit meinem um die Wette. Doch dann zieht sie mich zurück. Ich bleibe stehen wie eingefroren, mein Herz rast, meine Lider sind fest zusammengepresst. Das Gras neben mir raschelt.

Ich öffne die Augen, zucke vor der Klippe zurück, die nur eine

Handbreit von meinem rechten Fuß abfällt, und stolpere rückwärts, vorbei an Emma, die in ihr Handy tippt. Sie schaut flüchtig in meine Richtung, ihr Blick ist tränennass und geht nicht höher als bis zu meinen Schultern.

»Was machst du?«, frage ich, meine Stimme fühlt sich schwach und kratzig an.

Emma hält das Handy ans Ohr. »Können Sie mich zur Hamburger Kriminalpolizei durchstellen?« Obwohl sie halb schluchzt, klingt sie fest entschlossen. »Oh, also, ich habe neue Informationen in …«, ihre Stimme versagt kurz, und sie zieht ihre Nase hoch, »… in einem Mordfall.«

Ihre restlichen Worte dringen nicht zu mir durch. Ich habe Marie ermordet. Egal, was passiert, diese Tatsache wird nie aus meinem Leben verschwinden. Und bald werden alle es wissen. Ich habe es nicht anders verdient.

In meinen Ohren rauschen die Wellen. Jetzt!

Der Grasgeruch vermischt sich mit dem salzigen Geruch der Gischt. Mein Blick schießt nach vorne auf den Rand Erde kurz vorm Horizont. Nicht zu verfehlen.

Ich vergesse Emma, ich vergesse Marie.

Ich vergesse, dass es schlimm ist, zu sterben.

Ich höre nur noch das Rauschen.

Ich atme tief ein, tief aus und nehme Anlauf.

Kapitel 17

Der Geruch nach Desinfektionsmittel weckt mich. Er dringt mir in Mund und Nase, bis ich anfange zu blinzeln. Meine Lider kleben. Irgendwo über mir surrt eine Klimaanlage. Mein linker Arm pocht. Erst als ich versuche, ihn zu bewegen, wird mir klar, dass er eingegipst ist.

Ich hebe den Kopf.

Andi. Er sitzt an einem … meinem Bett.

Träge gleitet mein Blick von den Wänden, die in einem hässlichen Blasstürkis gestrichen sind, zu einem Streifen Vertäfelung auf halber Höhe mit Neonlampen am oberen Rand. Mir gegenüber prangt ein Bild von einem Strand mit kleinen Segelbooten am Horizont. Außerdem im Zimmer: ein Tisch, drei Stühle, auf einem davon Andi, dessen Kopf nach hinten hängt. Er schnarcht leise.

Eindeutig ein Krankenhaus.

Was mache ich denn in einem Krankenhaus?

Ich versuche, mich hochzustemmen, doch ein stechender Schmerz flammt in meinem linken Arm auf, und ich knicke weg. Ein klägliches Wimmern kommt mir über die Lippen, bevor ich es zurückhalten kann.

Anscheinend reicht das schon, um Andi alarmiert aufschrecken zu lassen. Ernsthaft, als hätte der Mann einen sechsten Sinn.

»Kassy«, sagt Andi und wischt sich über die Augen. »Alles okay, ich bin da.«

»Wo ist Mama?«, ist das Erste, was ich über die Lippen bringe. Ich klinge verdammt heiser.

»Sie ist gleich um die Ecke, sie hat ihre Nachtschicht nicht tauschen können, aber sie ist hier.« Er streicht mir das Haar aus dem Gesicht und holt mit der freien Hand sein Handy aus der Hosentasche. »Moment, ich ruf sie gleich an!«

»Nein, bitte«, höre ich mich wispern.

»Ja, sie ist wach.« Andi wirft mir einen besorgten Blick zu.

Ich strecke den eingegipsten Arm nach dem Handy aus, aber er pocht immer noch, und ich muss ihn stöhnend zurück aufs Bett legen.

»Alles klar, bis gleich!«

Ich fange an zu zittern.

Sie wird so enttäuscht sein, ich sehe ihr Gesicht vor mir, ihre Augen geweitet.

Ihre Tochter ist eine Mörderin.

Andi nimmt meine Hand, die aus dem Gips ragt. »Deine Mutter kommt gleich.«

»Nein, ich –«

»Hey, hey, schau mich an!« Seine Stimme ist sanft, aber bestimmt, und ich sehe ihm in die Augen. »Atme ein, gut, und aus. Alles ist gut, du bist in Sicherheit.« Andis Hand liegt schwer auf meiner, sein Blick ist warm und liebevoll. »Du bist nicht allein, okay? Du hast eine Menge Leute, die dich lieb haben und sich um dich kümmern wollen, und jetzt gerade bin ich da, und ich geh auch nicht weg, bis deine Mutter da ist.«

Der Wortschwall begräbt meine Panik kurz. Und trotzdem drückt etwas auf meine Brust, als würde mein Bett von null auf 300 km/h beschleunigen und gleich – sobald meine Ma durch die Tür hereinkommt – gegen die Wand mit dem hässlichen Strandbild krachen.

Ich versuche, mich auf Andis beruhigende Stimme zu konzentrieren, aber immer wieder legt sich Emmas darüber. *Können Sie mich zur Hamburger Kriminalpolizei durchstellen?*

Die Tür geht auf, wie meine Ma sie immer aufmacht, mit einem behutsamen Klopfen, das mehr eine Ankündigung ist als eine Frage, ob sie hereinkommen darf. Eine Sekunde lang steht sie auf der Schwelle, die Klinke in der Hand. Sie trägt ihre üblichen Arbeitsklamotten. Dann schließt sie mit langen Schritten den Abstand zum Bett und ergreift meine unverletzte Hand.

»Schatz«, sagt sie nur, und ihre Stimme ist schwach vor Erleichterung.

Ich starre sie an. Warum schreit sie mich nicht an?

»Was ist passiert?«, frage ich und schaue von Ma zu Andi und zurück.

Auch ihr Blick zuckt kurz zu Andi, als wolle sie sich versichern, dass er noch da ist. »Du und Emma, ihr wart an der Klippe hinter Maries Haus. Und du wolltest –« Ihre Stimme bricht kurz weg, und meine Kehle schnürt sich zu.

Ich wollte mich umbringen. Es bleibt unausgesprochen, aber das Beben in Mas Schultern sagt alles.

Und schon wieder habe ich einen Menschen unglücklich gemacht. Alles ist meine Schuld.

»Aber Emma war da, sie hat sich auf dich geworfen wie ein Rugbyspieler. Und du bist einfach umgekippt und in Ohnmacht gefallen.« Sie hebt eine zittrige Hand und deutet auf meinen Gips.

»Emma hat mich angerufen, und ich habe sofort einen Krankenwagen geschickt. Ich bin auch selber direkt losgefahren, um dich zu holen.«

Ma erzählt, ich sei dehydriert gewesen, ich hätte einen Sonnenstich mit Fieber und allem drum und dran. Sie haben mich erst einmal hierhergebracht, weil ich, und bei diesen Worten schluckt sie wieder mühsam, ein bisschen durch den Wind gewesen sei. Sie haben mir ein Beruhigungsmittel verabreicht, und dann sei ich eingeschlafen.

Meine Ma kramt ein Taschentuch aus ihrer Hosentasche und putzt sich die Nase. Danach dröhnt nur noch das Brummen der Klimaanlage durch das Zimmer. Mein Mund ist wie zugetackert, wenn ich ihn aufkriegen würde, würde ich wahrscheinlich anfangen zu heulen:

Es tut mir leid.

Ich mache es nie wieder.

Es war eine Kurzschlussreaktion.

Irgendwie so was hervorwürgen. Stattdessen nicke ich nur, während der Kloß im Hals schmerzhaft gegen meine Luftröhre drückt.

Stuhlbeine quietschen auf dem PVC-Boden. Andi steht auf. »Ich warte draußen, okay?« Er fährt mir noch einmal über den Kopf, dann geht er mit dumpfen Schritten auf den Flur hinaus.

Wir fangen beide gleichzeitig an zu reden, meine Ma sagt: »Ich –«, und ich: »Was –«

Ihre Hand streicht zärtlich über meinen Handrücken.

Ich räuspere mich. »Was ist mit der Polizei?«

Meine Ma blinzelt einmal verständnislos, bevor sie antwortet: »Ach, du meinst wegen Daniel?« Sie seufzt und lehnt sich ein Stück vor, sodass fahles Neonlicht auf ihre Augenringe fällt.

»Also, er hat zugegeben, dass er Liquid Ecstasy in den Wodka gegeben hat.« Sie schüttelt den Kopf. »Ich würde ja ›dummer Junge‹ sagen, aber das ist schon mehr als verantwortungslos. Du hast das Zeug bestimmt auch abgekriegt, wenn du mitgetrunken hast.«

»Und?«, frage ich heiser.

Meine Ma zuckt matt mit den Achseln, eine verschwitzte Strähne fällt ihr in die Augen. »Ich glaube, er kommt mit einem blauen Auge davon. Er ist ja noch minderjährig. Jedenfalls hat die Polizei die Ermittlungen in Maries Fall für beendet erklärt. Sie ist offensichtlich unter Einfluss der Drogen von der Klippe gefallen.«

»Nein.«

Um mich herum dreht es sich wieder.

Ich bin doch schuld. Emma wird morgen zur Polizei gehen, und dann ist es vorbei.

»Nein!«, sage ich, und diesmal klingt es wie ein Schrei. »Es ist meine Schuld, meine!«

Ich kriege nur noch am Rand mit, wie meine Mutter eine Pflegerin ruft und Andi wieder hereinstürmt. Wie ich gegen behutsame Hände kämpfe und um Luft und Orientierung ringe. Ich höre mich immer wieder rufen, dass alles falsch ist. Irgendetwas sticht in mein Arm, die Pflegerin sagt, es sei ein Beruhigungsmittel.

Ich werde müde. Mein Körper wird schwer.

Eine Weile spüre ich, wie meine Mutter meinen Kopf streichelt und mir gut zuredet. Ich rieche ihr Deo. Ich höre sie flüstern, bis mir die Augen zufallen.

Ich träume von der Gischt und von Maries weißem Kleid. Von Emma und Daniel, die sich gegenseitig mit großen, flachen Steinen bewerfen. Von meiner Ma, die mich am Arm packt und mit mir einen Flieger nach Neuseeland nimmt. *Niemand nimmt mir meine Tochter weg.*

Als ich wieder aufwache, schläft sie in einem Stuhl in der Ecke, sie schnarcht lauter als Andi. An meinem Bett sitzt Emma. Sie zuckt zusammen, als sie bemerkt, dass ich wach bin. Ihre Hand liegt neben meiner, als hätte sie sich nicht getraut, mich zu berühren.

Das sitzt sie also, der einzige Mensch, der weiß, dass ich Marie umgebracht habe. Ihr Haar hat sie in einem losen Dutt zusammengebunden, eine Strähne ist allerdings entkommen und spielt ihr um die Wange. Das Zimmer hat kein Fenster und keine Uhr. Wie spät es wohl ist, wie lange war ich bewusstlos? Ich bin immer noch so müde. Meine Lider fallen kurz zu, dann öffne ich sie sofort wieder.

»Du bist wach?«

Ich versuche gar nicht erst, Worte zu formen.

Fahrig greift Emma unter ihren Stuhl und zieht einen Jutebeutel auf ihren Schoß, meinen Jutebeutel. Sie holt mein Handy hervor und gibt es mir. Ich muss es mir sehr dicht ans Gesicht halten, um zu entziffern, wer mir geschrieben hat. Die Nachricht ist von Jan. Also Tom.

Liebe Kassy,
es tut mir leid, dass ich dir nicht von vornherein gesagt habe, wer ich bin und dass ich mit Marie zusammen war. Nichts auf der Welt kann dieses Verhalten entschuldigen, und ich erwarte auch absolut nichts. Trotzdem will ich, dass du weißt, ich habe mich wirklich in dich verliebt. Ich weiß nicht, ob es das Ganze besser oder schlimmer macht … Ich werde mir nie verzeihen, dir das angetan zu haben.

```
Nach Marie nun auch noch dich verloren zu
haben, weil ich so ein Idiot bin. Wenn du
irgendwann, wenn es dir besser geht, mit mir
sprechen willst, dann sag Bescheid. Ich würde
mich sehr darüber freuen.
Tom
```

Oh … Ich lächle schwach. Irgendwann schreibe ich ihm vielleicht zurück, aber jetzt fehlt mir die Kraft.

Ein Schnarcher meiner Ma lässt mich aufschrecken.

»Ilsa hat sich von Udo getrennt.« Emma knetet ihre Hände. »Ich weiß nicht, ob das mit dem Foto zusammenhängt, das ich ihr den Briefkasten geschmissen …«

»Darauf kannst du wetten.« Mein Satz klingt merkwürdig hohl, aber ich klammere mich an den kleinen Triumph über Udo, als könnte ich dadurch verhindern, über das zu reden, was eigentlich im Raum steht.

Doch Emma hebt den Blick und sagt: »Du wolltest springen.«

Ich muss mich zusammenreißen, um nicht vom Bett zu rollen, so weit weg von ihr wie möglich. »Von der Klippe.« Emma streicht sich die Strähne hinters Ohr, als wäre sie zu verlegen, um weiter darüber zu reden. »Sorry wegen des Arms.«

Ungläubig schüttle ich den Kopf. »Du hast mich gerettet.« Ich will sie an den Schultern packen und sie schütteln. Warum hat sie mir verziehen? Hat sie mir verziehen? Ich erinnere mich an die Hand an meinem Nacken, wie sie mich über den Abgrund gehalten hat.

»Warum hast du mich nicht fallen lassen?« Wir beide wissen, dass ich nicht das Anlaufnehmen meine, sondern die paar Sekunden davor.

»Ich – konnte einfach nicht. Nicht mit Absicht.« Emmas schönes, rundes Gesicht verschwindet in ihren Händen. Ihre Schultern beben, ihr Weinen bricht durch ihre Finger. Nach ein paar Minuten fährt sie sich über die Augen, um ihre Tränen wegzuwischen, routiniert, als hätte sie es in den letzten Stunden schon oft gemacht. »Wolltest du Marie wehtun?«, fragt sie schwach.

Mein Atem geht langsam und drückend. »Ich wollte ihr wehtun. Aber nicht so. Ich war wütend. Ich war unfassbar verletzt. Ich wollte, dass sie mich in Ruhe lässt.«

Emma nickt, als würde ich ihre Vermutung bestätigen. »Es war ein Unfall.«

»Ja. Nein. Es ist meine Schuld. Wenn ich nichts getrunken hätte, wenn ich all diese Leute nicht eingeladen hätte. Ich muss der Polizei erzählen, was ich getan habe.«

»Kassy, nein.« Sie greift meine Linke mit beiden Händen und hält sie so fest, als würde ich sie daran aus einem Abgrund ziehen. »Das wird dein Leben ruinieren.«

Ein blendender Schmerz, der weiter oben vom Ellenbogen ausgeht, durchzuckt mich, und für einen Moment überdeckt der Schmerz jede andere Empfindung. »Aber das ist doch längst kaputt.«

»Das geht vorbei. Du hast einen Haufen Menschen, die sich um dich kümmern. Und du wirst Hilfe kriegen, von Psychologen und so.«

Ich weiß nicht, ob das auf Dauer helfen wird, aber ich nicke. Ich drücke ihre Hand mit schwachen Fingern. Ich weiß, dass sie mir verziehen hat. Dass sie versteht, wie beschissen es ist, etwas zu tun, das du sofort bereust, etwas zu tun, das dich wachhält, dich für immer verfolgen wird.

»Was ist mit Maries Brief an Tom?«, flüstere ich schließlich.

»Ich hab ihn verbrannt.« Emma klingt pötzlich alt und müde. »Du hattest recht. Wem bringt es etwas, zu wissen, dass sie Geschwister waren?«

Ich nicke träge.

»Wir werden es geheim halten«, sagt Emma, und ich weiß sofort, dass sie damit meint, was ich getan habe, aber auch das, was sie fast getan hätte.

Sie streicht mir das Haar aus der Stirn. »Lass uns schwören.«

Danksagung

Zuoberst und allererst geht mein Dank an Kristin Neugebauer, der stets geduldige, gut gelaunte Sonnenschein einer Lektorin. Deine Anmerkungen haben immer ins Schwarze getroffen und gemeinsam haben wir es jedes Mal geschafft, meine Vorstellungen mit der Jugendbuchpolizei zu vereinbaren.

Katrin Weller, für das Vertrauen, das du in meine Fähigkeiten als Schriftstellerin gesetzt hast, sodass ich den Abschluss der Secrets-Trilogie bilden durfte.

Daniela Pusch für den mitreißenden ersten Band, der mich dazu ermutigt hat, alles zu geben, um eine würdige Fortsetzung zu schreiben.

Elisabeth Denis für die lyrischen Ostseegefühle, die Gastfreundschaft und lustige Swingtanz-Abende in Berlin.

Stefan Valentin für die lockere und entspannte Mentorschaft.

Silas Matthes, dafür, dass du mich ins Oetinger34-Boot geholt hast und mich dazu überredet hast, mich für die Secrets-Ausschreibung zu bewerben. Ohne dich hätte es dieses Buch nicht gegeben!

Kat Lichtlein, für den erschrockenen Astronauten, dafür, dass du mir Hamburg gezeigt hast, und immer wieder neu an mich glaubst.

Patrick Höbling für die Referenzfotos der Stadt, bester Wingman!

Dank an meine Hildesheimer Gäng: Fionna Kessler, Ulrike Czogalla und Anneke Bartsch für die Gesellschaft, Betten und Energydrink-durchwachte Nächte kurz vor den Deadlines.

Laura Tamoj und Moira Frank für die Unterstützung aus der Ferne.

Raimund Tabor, dafür, dass du mich jeden Morgen mit einem Lächeln begrüßt hast, und mir mehr als nur Dramaturgie beigebracht hast.

7 Fragen an Lara de Simone

© Moira Frank

3 Sätze über dich: *Am besten schreibe ich mit Blick auf Wellen und dem Duft von Salzwasser in der Nase. Hildesheim, wo ich zurzeit Kreatives Schreiben und Kulturjournalismus studiere, ist leider ein Stück entfernt von Ost- und Nordsee. Aber wenn ich alt bin, ziehe ich ans Meer.*

Warum Oetinger34? *Oetinger34 fördert explizit junge deutsche Autorinnen und Autoren, zu denen ich mich zähle, und stellt sie in den Mittelpunkt ihrer Programme. Unsere Bücher müssen nicht mit eingekauften Übersetzungen aus dem Englischen konkurrieren, was ich wirklich gut finde.*

Was ist das Besondere an deinem Text? *Es ist immer schwierig die eigenen Texte zu loben. Ich hoffe, ich hab es geschafft, eine originelle, interessante Figur einigen Leserinnen näher gebracht zu haben.*

Hamburg oder Nienbrook?

☒ ☐

Australien oder Ostsee?

☒ ☐

Kino oder Party?

☒ ☐

Ein Gruß an deine Leserinnen: *Lest immer weiter! Die Welten, in die euch gute Bücher entführen, sind kostbar. Sammelt sie wie Schätze.*

Kann ein Mensch zweimal sterben?

Krystyna Kuhn
Monday Club.
Das erste Opfer
384 Seiten. Ab 14 Jahren
ISBN 978-3-7891-4061-7

Auch als e-book

Krystyna Kuhn
Monday Club.
Der zweite Verrat
384 Seiten. Ab 14 Jahren
ISBN 978-3-7891-4062-4

Krystyna Kuhn
Monday Club.
Die letzte Rache
384 Seiten. Ab 14 Jahren
ISBN 978-3-7891-4063-1

Bei einem Autounfall kommt Fayes beste Freundin Amy ums Leben. Doch kurze Zeit später begegnet Faye der totgeglaubten Amy auf der Straße. Halluziniert sie? Oder ist Amy noch am Leben? Faye sollte besser nicht zu viele Fragen stellen. Auch nicht zum Monday Club, in dem alle wichtigen Leute der Stadt Mitglied sind ...

Oetinger

Weitere Informationen unter:
www.monday-club.de, **www.oetinger-media.de** und **www.oetinger.de**

Liste mit Verdächtigen

Ilsa

- Pro: ???
- Kontra: Sie tötet nicht ihr eigenes Kind.

Udo

- Pro: Er ist richtig ekelig. Marie fühlte sich bedrängt
- Kontra: Laut Polizei hat er ein Alibi ???

Ralf

- Pro: Marie hat ihn dort gesehen.
- Kontra: Niemand sonst hat ihn dort gesehen.

Notiz: Wie heißt Maries leiblicher Vater mit Nachnamen?

Daniel

- Pro: Benimmt sich richtig scheiße in letzter Zeit.

Stand er auf Marie?

- Kontra: Hat er wirklich Drogen in den Wodka gemischt ???